みちのく銀山温泉
あやかしお宿の若女将になりました

沖田弥子 Yako Okita

アルファポリス文庫

http://www.alphapolis.co.jp/

プロローグ　花湯屋《はなゆや》の若女将

東京《とうきょう》では桜が綻《ほころ》びはじめる三月。

新幹線のホームに降《お》り立った私は、首筋を鋭く撫《な》でる寒風に首を竦《すく》めた。

「うわ……さむっ」

ぶるりと背筋を震わせながら、スーツケースを引いて人気のないホームを見渡す。

降車する乗客は私ひとりらしい。新幹線が停車するホームとは思えないほど、こぢんまりとした構内だ。山形新幹線は在来線と線路を共用しているそうで、駅構内の線路は下りと上りの二本しかない。

終点へ向かうべく発車した新幹線を見送り、振り向けばそこには改札口がひとつだけ。

東京から新幹線つばさにのって三時間半。

はるばるやってきた山形《やまがた》県の大石田《おおいしだ》駅はとても小さな駅で、寒々しい。

というか、実際に寒い。

薄手の春物ニットとスカートの上にトレンチコートを羽織った格好は、東北ではまだ早かったらしい。新幹線の車窓から雪の残る街並みが見えていたので驚いたけれど、こんなに寒いとは思わなかった。東北の冬をなめていた。もう三月なのに。

改札を通り抜ければ、左手には券売機が二台並び、待合のための椅子が設置されていた。椅子に座るおじいさんが驚いたように私を見ている。

おじいさんはダウンジャケットに長靴で、毛糸の帽子を被《かぶ》っていた。

これが山形の三月における正しい支度なのだろう。私の格好はあまりにも軽装だ。せめてもの救いはピンヒールにしなかったことだ。

私は飴色をしたローファーの先を、おじいさんに向ける。

もしかしたら、このおじいさんが迎えの人なのかもしれない。旅館から迎えが来ているはずなのだ。

「すみません。花湯屋の方ですか？」

「あんたそだながっこうでどごさいぐんだ？」

私は瞬《まばた》きを繰り返す。

訛《なまり》がきつくて全く聞き取れない。

「いえ、あの、おじいさんは花湯屋の花野《はなの》さんですか？」

「なんだって？」

「私は花野優香《ゆうか》です。私のおじいちゃんは花野光一郎《こういちろう》です」

亡くなったおじいちゃんは山形出身だった。

おじいちゃんの実家は、山形県の尾花沢《おばなざわ》市にある銀山《ぎんざん》温泉で旅館を営んでいるのだ。

その旅館の名は、花湯屋という。

長男だったおじいちゃんは東京の会社に就職したので旅館を継がなかった。気まずいためか、実家とは疎遠だったらしい。私もおじいちゃんの実家が温泉宿だったなんて、つい最近知ったくらいだ。

けれど私が山形へやってきたのは、観光や湯治《とうじ》が目的というわけではない。とある理由のため、私は今日から、山形で暮らすのだ。

「花？　尾花沢はほっちだけども」

言葉が全然通じないので前途多難である。

かろうじて尾花沢という固有名詞だけは聞き取れた。

ここは尾花沢市だと、おじいさんは言いたいのかな。

「尾花沢の花でなくてですね、花野という名字ですー！」

「おい」

ふいに後ろから声をかけられて振り向く。

そこには呆れ顔の青年が立っていた。

「あんたが花野優香さん？」

「……はい」

私は目の前の青年を見上げて驚いた。

切れ上がった涼しげな眦《まなじり》、高い鼻梁《びりょう》、薄いけれど形のよい唇。深みのある声音《こわね》は鼓膜を甘く震わせる。

背が高くて手足が長く、すらりとした体躯《たいく》はモデルにしてもおかしくない。

田舎だから純朴な男子ばかりなんだろうなと勝手に想像していたけれど、それは大きな誤解だった。こんな美男子が山形にいるなんて。

ただし、彼も長靴である。

これが山形の正装なんだろうな。

目線を下げている私に構わず、彼は私の持っていたピンク色のスーツケースの把手《とって》を掴んだ。

「俺は花湯屋の圭史郎《けいしろう》。荷物はこれだけ？　じゃあ行こうか」

挨拶もそこそこにスーツケースを引きながら、圭史郎と名のった美男子は待合室を出て行く。

「あの……っ」

「じいさん、じゃあな」

先程話していたおじいさんに、圭史郎さんはひらりと手を振った。

どうやら花湯屋の迎えは彼だったらしい。

私がこっそり人違いを恥じていると、おじいさんは鷹揚《おうよう》に笑いながら手を挙げていた。

「んだらばな」

じゃあね、という山形弁のようだ。

大石田駅の外へ出ると、そこにはまだ冬景色が色濃く残る風景が広がっていた。

ロータリーにも、その向こうの広い交差点にも所々に黒ずんだ雪の小山が残されている。歩道はまだ白い雪に覆われていた。空は今にも雪が降り出しそうな、一面の曇天《どんてん》。

駅前だというのにコンビニはなく、角に雑貨屋らしき商店が佇《たたず》んでいるのみ。

「のれよ」

圭史郎さんはロータリーに停めていた白い軽トラックの荷台にスーツケースを放り込む。

もちろん荷台に屋根はない。曇天《どんてん》からは粉雪が舞い降《お》りてきた。

「雪が……」

「今日はまだ暖かいほうだぞ。運がよかったな」

「ところが私のスーツケースは運悪く雪塗《ゆきまみ》れになるようです」

「あんた面白いこと言うな」

圭史郎さんは可笑《おか》しそうに声を立てて笑った。

暖かいの感覚が違いすぎる。

私は目眩《めまい》を覚えながら軽トラックの助手席にのり込んだ。

車内は暖房が効いているので暖かいけれど、私の手はすでにかじかんでいる。手袋が必要だったようだ。掌《てのひら》を擦り合わせていると、圭史郎さんは男物の大きな黒の手袋をひょいと私の膝にのせた。

「寒そうだな。俺の手袋つけていいぞ」

「……結構です。これ、男物だし、それに濡れてるじゃないですか」

「そりゃそうだ。雪かきしてきたからな」

三月に雪かき。さすが北国。

私は濡れた黒の手袋をそっと座席の脇に置いた。

圭史郎さんはギアを手慣れた仕草で操作すると、ハンドルを切る。節くれ立った指は長くて美しい。働く男の手という感じだ。

ちらりと横顔を盗み見ると、整った横顔はほれぼれするほど美形だ。

けれど、ときめいたりはしない。

恋だとかそういうものは、東京に置いてきたから。

「さっきのおじいさんに挨拶してましたけど、知り合いなんですか？」

「いや？　知らないじいさんだけど、この町にいればみんな知り合いみたいなもんだか

「知り合いじゃなくても気軽に声を掛け合うものらしい。

「圭史郎さんは、花湯屋のスタッフなんですか？」

亡くなったおじいちゃんは実家のことを一切語らなかったので、私は山形に連れてきてもらったこともない。実家の花野家にお父さんが連絡を取ったときは女将さんが応対してくれたそうだけど、女将さんに子供はいないとのことだった。詳しい家族構成はわからないが、おそらく、おじいちゃんの弟が旅館を継いで、女将さんはその娘ではないかという話だ。

だからさっきのおじいさんが、おじいちゃんの弟なのかなと思ったわけだけれど。

圭史郎さんの年齢は高校生の私より上で、二十代前半だろう。跡取りはいないそうだから、彼は私のはとこではないはず。

前を向きながら、圭史郎さんは形のいい唇を開く。

「そうだな。スタッフだな。俺は神使《しんし》だ」

聞き慣れない言葉に、私は目を瞬《またた》いた。

車道は所々が雪のためでこぼこしていて、車体が揺れる。そのたびに私のお尻も浮き上がる。

「神使？　神使っていう役職名ですか？」

「そんなところだ。神様の見習いってことだよ」

「……花湯屋は確か旅館ですよね？　神社じゃないですよね？」

「旅館だよ」

「そうですか、旅館ですか……」

神使という肩書きは初めて聞いた。いまひとつわからないけれど、山形ではそういった役職もあるのかもしれない。両親は会社員なので、私も旅館経営について詳しくは知らない。

私は花湯屋に住まわせてもらう代わりに、旅館の手伝いをすることになっている。

東京で暮らしていたときから、仲居さんに憧れはあった。着物を着て、お客様を笑顔で出迎えて、おいしいお料理でおもてなし。

高校に通いながら住み込みで働かせてもらうことは両親の了解を得ている。卒業してからも旅館業に就くかどうかはわからないけど、投げ出さないで頑張ると宣言したので、あとは私のやる気次第だ。

女将さんには初めて会うけれど、優しい人だといいな。

私と圭史郎さんをのせた軽トラックは、曲がりくねった山道を進んでいく。

車窓から覗《のぞ》く山々は雪化粧で純白に輝いている。銀山温泉は、みちのく（道の奥）と呼ぶに相応《ふさわ》しい秘境にあるようだ。車内の暖房出力は最大だけれど、底冷えする寒さが足許《あしもと》から這《は》い上がってきた。

もう一度確認するけれど、今は三月である。

「山形って、こんなに雪が多いんですか？」

「地域にもよるけどな。山のほうはこんな感じだ。これでも大分減ったほうだぞ」

これで少ないというのだから、ピークの時はどれほどの豪雪《ごうせつ》なのだろうか。

私の最初の仕事は長靴の購入になりそうだ。

やがて軽トラックは山の奥深く、県道の終着地点に辿り着いた。

眼前に開けた光景に、思わず歓声を上げる。

「わあ……！」

川の両岸に、ずらりと軒《のき》を連ねている風格溢《あふ》れる黒鳶《くろとび》色の旅館。

暮れなずむ街並みに音もなく降り積もる粉雪。

ガス灯と旅館から無数に零《こぼ》れる橙色の明かりはまるで、命の輝きのよう。

幻想的な景色のすべてが静寂で包み込まれている。

ノスタルジックな街並みは、絵本の世界に紛れ込んでしまったかのような錯覚を呼び起こした。

「きれい……」

「大正時代の面影を残してるからな。どこか懐かしい感じがするだろ」

「そうですね。初めて来たはずなのに、帰ってきたような、不思議な感覚があります」

まるでタイムスリップしてしまったかのようだ。

ここが帰る場所だったと思えるような、ひどく懐かしい想いが込み上げる。

とある旅館の前に軽トラックは停車した。

圭史郎さんは車から降《お》りると、トラックの荷台から私のスーツケースを下ろす。

ピンク色のスーツケースは雪を被《かぶ》って真っ白だ。

それを彼は素手で軽く払うと、抱え持って旅館の玄関へ向かった。積雪があるので引けないからだろう。

「あの、自分の荷物は自分で持ちます」

「説得力ないぞ。あんたは自分の体を自分で維持しろ」

呆れ顔で言い返した圭史郎さんは私の足許《あしもと》を指差す。

薄《うっす》らと雪が降り積もった道の上に降《お》り立った私は……すでに覚束《おぼつか》ない足取りだ。

雪上を革のローファーで歩くのは無理があった。足許《あしもと》が滑るので、まともに立っていられないほどだ。荷物を持つどころではなく、気を抜いたら転んでしまう。

「手を繋《つな》ぐか？　ほら」

圭史郎さんは空いたほうの手を差し出した。

姿勢を低く保ちながら、ぶんぶんと首を横に振る。

「いえ、結構です。玄関はすぐそこですから」

綺麗に掃かれた玄関までは、わずか五メートルである。私は生まれたての子鹿を演じながら、どうにか目的の玄関まで転ばずに辿り着いた。

「ふう、到着」

「ご苦労さん」

圭史郎さんは薄い笑いを口許《くちもと》に浮かべている。

雪国に住んでいる人から見れば、滑稽《こっけい》なんだろうな。骨折の危険性があるのでこっちは必死だ。

玄関先には、飴色の重厚な一枚板が掲げられており、『花湯屋』と達筆な文字が躍《おど》っていた。

ここが、おじいちゃんの生まれたところなんだ……

歴史ある建物は大正時代の洋館といった風情が醸《かも》し出されている。柱は艶々とした黒塗りで、敷かれた絨毯《じゅうたん》は朱色だ。広い玄関の向こうにはくすんだ色合いの柱時計が時を刻んでいる。

「ようこそ、いらっしゃいました」

物珍しく辺りを見回していると、女将さんらしき着物の女性がいつのまにか膝を突いて出迎えてくれていた。私は慌てて手を振る。

「いえ、あの、私はお客様じゃないんです。花野優香です。はじめまして。……もしかして、叔母様ですか？」

お母さんと同じくらいの年代の女将さんは、目許《めもと》に優しげな皺《しわ》を刻んだ。

「そうですよ。はじめまして、優香ちゃん。私は優香ちゃんのおばさんの、鶴子《つるこ》です」

鶴子さんは父の従姉妹にあたるので正確には叔母ではないけれど、親戚なので私は叔母様と呼んだ。

「鶴子叔母様……よろしくお願いします」

「鶴子叔母様だなんて恥ずかしいわ。おばさんでいいのよ。さあさあ、寒かったでしょう。中で暖まってちょうだい」

鶴子おばさんは私を花湯屋の中へ招き入れてくれた。

優しそうな人でよかった。

ほっと胸を撫《な》で下ろしながら、三和土《たたき》で靴を脱いでスリッパを履く。

すると、ある物が目に飛び込んだ。

中央の柱時計を挟んで、右側に臙脂《えんじ》の暖簾《のれん》。左側には藍の暖簾《のれん》がそれぞれかけられている。暖簾《のれん》の向こうは廊下のようだが、なぜここに色違いの暖簾《のれん》をかける必要があるのだろうか。まるで男湯と女湯を分けているかのような目印だ。

「圭史郎さんもご苦労様。優香ちゃんとすぐに会えた？」

「ああ。優香はどこかのじいさんと話し込んでたぞ」

「あらあら」

圭史郎さんは旅館のスタッフのはずなのに、女将さんに対してまるで息子のような気やすい態度なのはどうなのかと思うのだけれど、当の鶴子おばさんはころころと楽しそうに笑っている。

鶴子おばさんが先導して、私たちは右側の臙脂《えんじ》の暖簾《のれん》をくぐった。

もちろんすぐに女湯なんていうことはなく、特に変わったところは見当たらない。ふつうの廊下だ。色違いの暖簾《のれん》は飾りだったのだろう。

「こちらへどうぞ」

廊下を渡ると、談話室のような部屋に案内される。

天鵞絨《びろうど》のソファや黒塗りのテーブルが置かれた部屋は趣《おもむき》がある。

「わあ、素敵なお部屋。お邪魔しま……っす⁉」

思わず語尾が跳ねてしまった。

一瞬、視界の端を小さなものが掠《かす》めたからだ。

壁伝いに走ったそれは、キャビネットの裏に隠れた気がする。

まさか……ネズミ？

「どうかしたか」

圭史郎さんは私のスーツケースを壁際に置きながら訊《たず》ねた。

ネズミが出たなんて、言っていいものか迷う。鶴子おばさんはネズミを見なかったらしく、平然として綺麗な所作でお茶を淹れている。

「……なんでもないです」

騒ぎ立てるのも失礼だから、私は黙っていることにした。

ソファに鶴子おばさんと向かい合わせに座り、淹れてもらったお茶をいただく。

陶器の温かさが、冷えた指先にじんわりと染み込んだ。熱めのお茶も体を内側から温めてくれる。

ほう、と息を吐いた。

東京を出発したときから緊張していたのか、肩の強張《こわば》りがほぐれる気がした。

「なんにもないところだけど、温泉はたくさんあるから。優香ちゃんの家だと思って、ゆっくりしてね」

「ありがとうございます。頑張って、お手伝いさせていただきます」

今日から私はこの花湯屋に住んで、新しい高校へ通いながら旅館のお手伝いをする。

旅館のお仕事は初めてだけれど、精一杯頑張ろう。

決意を新たに笑顔でやる気を伝えると、鶴子おばさんはにこやかな笑みで、衝撃的な発言を投げた。

「まあまあ、お手伝いだなんて。優香ちゃんはなんといっても、花湯屋の若女将ですからね」

ころころとした笑い声を上げる鶴子おばさんの発した台詞《せりふ》を反芻《はんすう》する。

若女将？　……って、どういうこと？

そのとき、首を傾げる私の背後で、くすくすと笑い声が響いた。

思わず振り向いたけれど、もちろん誰もいない。空耳だろうか。鶴子おばさんの声が反響したのかもしれない。

「今日からよろしくな、若女将。これで俺も少しは助かるよ」

「……はい？」

隣のソファに腰かけている圭史郎さんに、ぽんと肩を叩かれる。私の肩書きはすでに、若女将に決定しているらしい。

若女将というのは、いずれ旅館の女主人になる人のことではないだろうか。

「あのう……私は仲居さんのようなお仕事だと思っていたんですけど……若女将ってどういう」

そのとき、あはは、と大きな笑い声が突如部屋中に響いた。

空耳じゃない！

小さな子どもの声だ。この部屋には私と圭史郎さん、それに鶴子おばさんしかいないはずなのに。

「ひゃあああ⁉」

悲鳴を上げながら席から立ち上がり、背後を振り返る。

すると先程ネズミが隠れたと思ったキャビネットから、小さな物体がふたつ、ひょこりと顔を出していた。

「仲居さんだって。若女将なのにね」

「オレ知ってる。あやかし使いの末裔《まつえい》だよ」

「神使とあやかし使いの末裔《まつえい》かぁ。どうなるかな?」

「どうなるかな?」

そのふたつの物体は言葉を喋っていた。それぞれが和風の服を着て、瞳は金色、頭には小さな角も生えている。

私は未知の生命体を発見した衝撃を懸命に処理しようとした。

「これは……新種のハムスター……かな?」

ふたつの生命体は手を取り合い、けたたましい笑い声を上げた。

「ハムスターだって。あやかしなのにね」

「あやかし使いの末裔《まつえい》なのに、あやかしを知らないんだよ」

「先代は都会に逃げていったもんね。また逃げちゃうかな?」

「どうなるかな？」

　都会に逃げた先代とは、もしかしておじいちゃんのことだろうか。あやかし使いの末《まっ》裔《えい》とは一体なんのことだろう。

　圭史郎さんは立ち上がると、ふたつの生命体をこともなげに掌《てのひら》にのせた。

「おまえら、若女将をからかうな。都会に逃げ帰られたくないのは、おまえたちのほうだろ。いつ来るか、そわそわして待ってたくせにな」

「圭史郎、それ言っちゃだめ！」

「だめだめ！　はずかしい！」

　ふたつの生命体は、なぜか互いに相手の顔を小さな両手で覆っている。恥ずかしいときは自分の顔を自分の手で隠すものだと思うのだけれど。

　圭史郎さんはどうして謎の生命体と平然として会話できるのだろう。それどころか、彼らとは以前から知り合いのようだ。

　驚いている私に、圭史郎さんは向き直る。

「こいつらは、あやかしの子鬼だ。女子が茜《あかね》で、男子が蒼龍《そうりゅう》な」

「なぜ龍。鬼じゃないんですか」

「つっこむところ、そこか？」

　この謎の生命体は子鬼らしい。しかも名前と性別まである。

言われてみれば、伝奇などに登場する鬼と同じ異形の姿だ。

ただしとても小さい。ハムスターサイズである。

「あたしは茜。よろしくね、若女将」

「オレは蒼龍。よろしくな、あやかし使いの末裔《まつえい》」

ふたりは圭史郎さんの掌《てのひら》の上で左右対称のポーズを取る。

双子なのかな。なんだか可愛い。

「よろしく……お願いします」

「あやかしが見えるってことは、花湯屋の若女将として充分にやっていけるよ」

圭史郎さんはどこか妖艶《ようえん》さすら漂う魅惑的な笑みを浮かべた。

あやかしとやらが見えることと、花湯屋の若女将としてやっていくことにどういった関連があるのだろうか。

「その、あやかしっていうのは……妖怪とか物《もの》の怪《け》といわれる類《たぐ》いのものですか？」

「そうだ。花湯屋は、あやかしが訪れる温泉宿なのさ」

「……えっ。あやかしが⁉」

子鬼たちがふたりそろって、「お客様だぞ」と言って腰に手を当て、胸を反らしている。

お客様でしたか、そうでしたか。

「……って、えええ⁉　だって、ここはごくふつうの旅館ですよね？」

「表向きはな。さっき、暖簾《のれん》をくぐっただろ。臙脂《えんじ》色のほう」

「あ……はい。大浴場みたいに暖簾《のれん》の色が分かれてるのはどうしてかなって思いましたけど」

そういえば、右側が臙脂《えんじ》の暖簾《のれん》。左側は藍の暖簾《のれん》だった。

あの色分けには意味があったのだろうか。

「藍の暖簾《のれん》は人間のお客様、臙脂《えんじ》の暖簾《のれん》はあやかしのお客様がくぐる。花湯屋は人間だけじゃなく、あやかしの湯治《とうじ》客も迎え入れているんだ」

「え……じゃあ、こちら側は……」

「そう。あやかしのお客様専用の、裏の花湯屋だよ」

なんと花湯屋の臙脂《えんじ》の暖簾《のれん》の向こうは、あやかしのお客様が訪れる温泉宿だった。

あやかしなんていうものが実在したことにも驚きを隠せないけれど、自分があやかしの宿の若女将になるなんて想像もできない。

「あやかしが見えるのは、今までは俺ひとりしかいなかった。だから至らないことも多くてな。女将さんや仲居さんたちにも手伝ってもらえるけど、彼女たちはあやかしが見えないから通訳してるような状態になるんだ」

「え？　圭史郎さんひとりって……まさか、鶴子おばさんは子鬼たちが見えてないんですか？」

掌《てのひら》の上でぴょんぴょんと飛び跳ねている子鬼たちは確かに実在している。私や圭史郎さんとも喋って、意思の疎通もあるのに。

鶴子おばさんに目を向ければ、彼女は微笑みを浮かべながらゆるりと首を振った。

「残念だけど、私には何も見えないのよ。優香ちゃんと圭史郎さんの会話を聞いていると、間に他の誰かがいるということは察せられるんだけどね。子鬼さんたちが長く滞在してくださってるお客様なのは知っているんだけれど、声も聞こえないから、圭史郎さんを通してお客様の要望を伺うことしかできない。今まではとても圭史郎さんの負担が大きかったわ」

確かに、滞在しているお客様の姿も見えないし声も聞こえないのでは、そこにいるのかどうかすらわからない。お客様が訪れても全く認知できないだろう。ふつうの人はあやかしなんて見えなくて当然だ。

「そういえば……小さい頃から子鬼たちのような、珍しい生き物を見かけることがあったんです。あれはまさか、あやかしだったのでしょうか」

それは街の片隅に、ちらりと現れては消えていく。

変わった種類の鳥だなとか、逃げ出したペットの珍獣なのかなと思っていた。

圭史郎さんは子鬼たちを肩にのせると、腕組みをして神妙な表情を浮かべる。

「そうだろうな。優香の能力は、あやかし使いのものだ。幼い頃から持っていた能力が、花湯屋に来て研ぎ澄まされたんだろう」

「その、あやかし使いって、なんですか？」

そういえば子鬼たちも私のことを、『あやかし使いの末裔《まつえい》』と言っていた。圭史郎さんが神使という役職名なのは聞いたけれど、あやかし使いとはなんだろう。

「銀山温泉には古くからあやかしが存在した。あやかしには悪さをするものもいれば、そうでないものもいる。古来から土地に棲《す》みついているものから、最近生まれたものまで様々だ。それらのあやかしを取りまとめて温泉宿に招いてきたのが、花野家の代々の当主だったんだ」

花野家があやかしを取りまとめてきた家柄だったなんて初耳だ。

ということは、おじいちゃんは……

圭史郎さんは話を続ける。

「花野家の長子は代々あやかしが見える能力を受け継いで、いつしか、あやかし使いと呼ばれるようになった。温泉宿にいれば、あやかしが街で悪さをすることもないからな。銀山温泉になくてはならない宿だよ。そうして花湯屋は続いてきたんだが……優香の祖父、光一郎はあやかしという人外の者を受け入れることができなかった。当主の座を捨てて、あやかしから逃れるように東京へ旅立っていったんだ。代わりに花湯屋を継いだ孝二郎《こうじろう》、つまり女将さんの父親は残念ながらあやかしを見ることができず、当主であるにもかかわらず臙脂《えんじ》の暖簾《のれん》を預かれないという不名誉を負った。そうだよな、女将さん」

鶴子おばさんは昔を思い出したように眉を寄せる。

「光一郎さんの代わりに花湯屋を継いだ父にも私にも、あやかし使いの能力はありませんでした。昔からあやかしのお宿として、暖簾《のれん》を受け継いできた当主たる者がお客様の姿を見ることもできず、お話もできないとあっては、先祖に顔向けができません。そうしたら東京から、優香ちゃんを花湯屋で住み込みさせながら高校に通わせてほしいと連絡をもらったじゃありませんか。私は小躍《こおど》りしたわ。光一郎さんの孫である優香ちゃんならきっと、あやかし使いの能力を有しているはずだとね。若女将を任せられるのは、優香ちゃんしかいません」

鶴子おばさんに力強く告げられる。

どうやら私は、おじいちゃんのあやかし使いとしての能力を受け継いだらしい。その能力で臙脂《えんじ》の暖簾《のれん》を預かり、若女将として、あやかしのお客様をおもてなししてほしいということなのだ。

そんなこと、突然言われても困ってしまう。

初めて訪れる土地に来て、いきなり若女将だ、あやかし使いの末裔《まつえい》だと言われても受け入れられない。大体、あやかしってなんだろう。全部が子鬼たちのような姿ではないよね。

「あやかしって……結構いるものなんですか？」

「私は全く見えないからねえ。どうなのかしら、圭史郎さん」

そうか。鶴子おばさんには子鬼たちの姿も見えないから、圭史郎さんを通してしか情報が得られないんだ。

私と鶴子おばさんは圭史郎さんに目を向けた。

「銀山温泉は昔からあやかしが集まる地場らしくてな。そこらにいるよ」

「子鬼たちのような小さくて可愛らしいあやかしばかり……ではないですよね？」

「そのとおり。魑魅魍魎《ちみもうりょう》が跋扈《ばっこ》してると喩《たと》えたほうがいいかな。どんなあやかしが来てもお客様だ。丁重にお迎えするために精神は鍛えておいたほうがいいと思うぞ」

すうと背筋が冷える。

私の脳裏には人間を取り殺すような恐ろしい妖怪の姿が浮かんだ。

青ざめた私の考えを察したのか、圭史郎さんは極上の笑顔で追い打ちをかける。

「喰われないよう、気をつけろ。……冗談だよ。そんなわけないだろ。可愛いあやかししかいないから安心しろ」

「安心できません」

幽霊すら苦手なのに、あやかしをお客様としてお迎えするだなんて、とてもできそうにない。私が若女将をしなくても、あやかしに慣れている圭史郎さんがいれば済むのではないだろうか。

「圭史郎さんが若旦那をやればいいんじゃないですか？　私はお手伝いでいいです」

「俺は神使だからな。あやかし使いとは親戚みたいなもので、本来は俺がサポートする側なんだ。若旦那なんていう立場じゃない」

「でも、私は若女将の仕事なんて初めてだし、しかもお客様があやかしだなんて……」

仲居さんの経験もないのに若女将なんて責任が大きすぎる。どうにか若女将は避けたくて、私はやんわりと断りながらソファの端に寄る。

すると向かいの鶴子おばさんが、さめざめと泣き出した。

「鶴子おばさん？　どうしたんですか？」

「いえね、思い出したの。光一郎さんが花湯屋を出て行った日をね。そのとき私は子どもだったんだけれど、『おじさんどこへいくの？』と問いかけたら、光一郎さんは『あやかしなんて気味が悪い、もう勘弁してくれ』と呟いて逃げるように背を向けたわ。あやかしのお客様を持て余した父は、兄さんがいてくれれば、自分にあやかし使いの能力があればと死ぬまで繰り返して……」

「わかりました、わかりました。若女将、やらせていただきます」

おじいちゃん、恨みます。

私はあやかし使いの役目を放棄したおじいちゃんの代わりに、花湯屋で若女将を務めなければならない宿命らしい。

鶴子おばさんの思い出話を聞かされたら、断ることなんてできない。

それに私が花湯屋を訪れたのは、鶴子おばさんから要請があったからではない。近頃の私の様子を見かねた父が、山形の高校に転校したらどうかと提案したことがきっかけだった。

これも何かの縁かもしれない。

やってみようかな。あやかしお宿の若女将。

了承した途端、鶴子おばさんは目許《めもと》に当てていたハンカチを下げて笑顔を向けた。

涙……出てない。

「ありがとう、優香ちゃん。これで当主があやかし使いではないという花湯屋の不名誉を挽回できるわ。私も精一杯サポートするから、若女将として頑張ってちょうだいね」

「ええ……はい」

「俺も手伝うからな。よろしく、若女将」

爽やかに微笑む圭史郎さんに肩を叩かれ、引き攣《つ》った笑いが零《こぼ》れる。

なんだか……うまい具合に……

「丸め込まれちゃったね」

「逃げられなくなっちゃったね」

「どうなるかな？」

「どうなるかな？　たのしみ、たのしみ」

圭史郎さんの肩の上で、子鬼たちは楽しそうに踊っている。

私は呆然としたまま、ふたりが織り成す不思議な踊りを瞳に映した。

「おまえら、余計なこと言うなよ」

「圭史郎も嬉しいのにね」

「嬉しいのにね」

「うるさいな」

圭史郎さんは指先で子鬼たちを弾《はじ》いた。ふたりは華麗な回転を見せてソファに着地すると、私の膝にのってくる。

「優香は？　嬉しい？　茜は嬉しい」

「優香は？　嬉しい？　蒼龍は嬉しい」

まるで蜂蜜を溶かしたような黄金色の小さな瞳で見つめられて、私はこくりと頷《うなず》いた。

「うん……嬉しい」

「わあい。嬉しい、嬉しい」

「わあい、わあい。嬉しい」

ふたりは手を繋《つな》ぎながら、膝の上でくるくると踊る。

こうして私の、あやかしお宿の若女将生活は始まった。

第一章　コロ

奥羽《おうう》山脈の山麓《ふもと》にある銀山温泉は、十七世紀に銀鉱で働いていた鉱夫が発見したと言い伝えられている。

銀山温泉街を抜ければ、江戸時代には御公儀山《ごこうぎ》として栄えた延沢《のべさわ》銀山跡が残されている。最盛期には島根の石見《いわみ》、兵庫の生野《いくの》と共に三大銀山と謳《うた》われたそうだ。

今では銀山川の両岸に、大正ロマンを色濃く残す温泉宿が建ち並び、四季を通して観光客の訪れる温泉街となった。

そのひとつの『花湯屋』は、江戸時代から続く由緒ある老舗《しにせ》旅館である。

ただし、暖簾《のれん》はふたつある。

ひとつは藍の暖簾《のれん》で、こちらは人間のお客様用だ。

そしてもうひとつは臙脂《えんじ》の暖簾《のれん》で……

「圭史郎さん！　ちょっとは手伝ってくれたらどうなんですか⁉」

廊下に、掃除機をかけていた私の怒声が響き渡る。

圭史郎さんは談話室のソファに寝そべりながら、優雅な午睡《ごすい》を貪《むさぼ》っていた。そこはお客様がいらっしゃるところなのだけど。

「んあー……?」

神使という肩書きの圭史郎さんは、外見はモデルのように格好よくて爽やかそうなイケメンなのに、中身は大変残念な青年のようである。

温泉宿といえば心を込めてお客様をおもてなしするものだと思うのだが、私が訪れるまで花湯屋の臙脂《えんじ》の暖簾《のれん》をひとりで預かっていたであろう圭史郎さんは、日がな午睡《ごすい》に励んでいるのだ。

「これじゃあ、鶴子おばさんが私を若女将に、って推すのも無理ないよね」

私は東京からとある理由で、ここ山形の尾花沢市に引っ越してきた。

初めはおじいちゃんの実家である花湯屋で、仲居さんとしてお手伝いをするつもりだったのだけれど……あやかし使いの末裔《まつえい》であると聞かされて、若女将を任されることになってしまったのだ。

臙脂《えんじ》の暖簾《のれん》の向こう側は、あやかしのお客様が訪れる秘密のお宿。

あやかしのお客様を迎えるなんて不安でいっぱいだったけど、花湯屋に来てから二週間ほど経った今では大分慣れてきた。

主に掃除が。

裏の花湯屋には、あやかしのお客様が押し寄せるなんてことはなく、臙脂《えんじ》の暖簾《のれん》はちっとも動かないのである。圭史郎さんが言うには、シーズンも大きく影響するらしいけれど。

今は閑散期なのかな。あやかしが温泉に入りたくなるのは、いつ頃なのか見当がつかない。

もうすぐ春休みも終わり、新年度からは高校も始まる。若女将と高校生の両立だから、頑張らないと！

「圭史郎さーん！　いくらお客様がいなくて暇だからって、昼寝ばかりしないでくださいよ」

紺色の法被《はっぴ》がソファからだらしなく垂れている。その袂《たもと》がもぞりと動いたかと思うと、ひょいと小さな生き物がふたつ飛び出てきた。

「優香は働きすぎ。そうじき、うるさいね」

「うるさいね。圭史郎とお昼寝しよ」

ハムスターほどの大きさをした子鬼ふたりが顔を出す。女の子が茜で、男の子が蒼龍という名前だ。

彼らはあやかしであり、花湯屋の湯治客《とうじきゃく》なのだけれど、あまりにも馴染《なじ》んでいるのでまるでペット……ではなく家族のようである。

「お昼寝しません。色々とお仕事あるんですよ」

初めはあやかしに臆していた私も、子鬼たちとはすっかり打ち解けてしまった。

「優香の次のおしごとは、あたしたちと遊ぶことね」

「遊ぶことだね。だってオレたちお客様。いつもここにいるもんね」

自分たちはお客様なので相手をしてくれと言いたいらしい。

いつもはキャビネットの裏側やソファの下に隠れていたり、圭史郎さんの法被《はっぴ》の中に入っていたりする子鬼たちだけれど、たまにこうして出てくるのだ。

「はいはい、わかりました。じゃあ遊覧に行きますか」

「わあい、いく」

「わあい、いく」

遊覧と名付けているが、湖で遊覧船にのるようなことではない。

私が掌《てのひら》を差し出すと、茜と蒼龍はぴょんとのってきた。両手でふたりを抱えながら廊下を渡り、従業員用の扉を開く。

表は人間とあやかしのお客様で暖簾《のれん》の色が分けられているが、裏は繫《つな》がっている。

いくらあやかしのお客様が少ないといっても部屋はいくつもあるし、温泉浴場も広いので管理が必要だ。私だけではとても手が回らないから、女将である鶴子おばさんを始めとした花湯屋のみなさんに手を貸してもらっていた。

圭史郎さんがあてにならないからね。

事務室に顔を出すと、仲居のみずほさんが受話器を置きながらメモを記していた。

「お掃除、終わりました」

「お疲れさま、優香ちゃん。女将さんは松の間に行ってるよ」

みずほさんは明るいお姉さんのような若々しさに溢《あふ》れた仲居さんだけれど、実年齢は秘密だそうだ。花湯屋に勤めている仲居さんの中で一番古参らしい。

一体いくつなんだろうと好奇心が湧くが、それは永遠の謎にしておこう。

「次は何をお手伝いしましょうか？」

「もう十分じゃない？　どうせ圭史郎さんは優香ちゃんに全部任せて昼寝でしょ？」

そのとおりです。圭史郎さん、見抜かれてますよ。

お茶の準備を始めたみずほさんは、私が何かを持っているような不自然なポーズをしているので、興味深げに覗《のぞ》き込む。

「もしかして、それ……あやかしのお客様がいらっしゃるの？」

「そうなんです。子鬼のふたりが遊んでほしいそうなので、花湯屋を巡る遊覧に出てるところです」

子鬼ふたりは見えないところに引きこもっていることが多い。こうして宿の中を歩いて回るだけでも、ふたりにとっては大冒険らしいのだ。

「みずほだね」

「みずほは若作りだね」

遠慮のない子鬼の感想に、私は頬を引き攣《つ》らせる。

聞こえてなくてよかった。みずほさんに今の台詞《せりふ》を聞かれていたら、握り潰されちゃうかもしれないよ。

みずほさんにはあやかし使いの能力はないので、子鬼たちの姿も見えないし、声も聞こえていない。

「子鬼の茜ちゃんと蒼龍君でしょ？　圭史郎さんから聞いたことあるよ。掌《てのひら》サイズで可愛いんだよね～」

「見たことないのにね」

「見たことないのにね、ブス」

「……ええ、とても、可愛いんですよ……」

お願い、どうかみずほさんが突然あやかし使いの能力に目覚めませんように。

お茶を出してくれたみずほさんの厚意に甘えて、テーブルに子鬼たちを下ろした私は湯呑みを手にする。

子鬼たちは私や圭史郎さんには懐いているのだけれど、稀《まれ》に会う他の人たちに対してはなぜか辛辣《しんらつ》だ。

「茜ちゃんと蒼龍君。お姉さんの手にものってみてよ～」

笑顔で両手を差し出したみずほさん。

茜は鋭い眼光で睨《にら》みつけ、蒼龍は怯《おび》えたように私の袖に掴まる。

「いやだね、ブス」

「いやだね、デブ」

みずほさんはスレンダーな美人なので、その罵倒《ばとう》は事実とはかけ離れている。

「……あの、今日は気分が優れないようです……」

「そっかぁ、残念」

圭史郎さん以外の花湯屋の人々は、あやかしを見ることはできないけれど、その存在を知っているし、お客様として大切に思っている。

みずほさんは素敵なお姉さんなのに、子鬼たちが忌み嫌うのはどうしてなんだろう。

そういえば鶴子おばさんにも絶対に近づこうとしない。

「優香ちゃん、山形には慣れた？　東京から来て突然旅館の仕事だから戸惑うことも多いんじゃない？」

「はい。びっくりしたことも色々あるんですけど、それよりも楽しいです。着物を着るのも憧れてたので、嬉しかったです」

花湯屋で若女将をしているときは小袖の着物を纏《まと》い、髪をお団子にまとめている。今はお掃除をしていたので、前掛けも着用していた。

「尾花沢は雪が多くて驚いたでしょ。もうそろそろ春だから暖かくなるね。でもストーブは五月の連休に入るまで手放せないんだけどさ」

「ゴールデンウィークまでですか⁉　朝晩はすごく冷えますよね」

しばらくみずほさんと気候のことや宿の業務などについて、お茶を飲みながら話に花を咲かせる。子鬼たちはテーブルの上で鬼ごっこを繰り広げていた。本物の鬼ごっこだ。

そのとき、からりと扉が開いて料理人の遊佐《ゆざ》さんが顔を出した。

「みずほさん、女将さんはまだか」

「ぎゃあああああああ‼」

途端に子鬼たちの悲鳴が響き渡る。

驚いた私は肩を跳ねさせた拍子に、椅子をがたんと鳴らしてしまった。

けれど遊佐さんは意に介さず、みずほさんも小首を傾げただけ。

悲鳴が聞こえたのは私ひとり。遊佐さんやみずほさんには、子鬼たちの悲鳴は聞こえなかったのだ。

「松の間に行ってますよ。呼んできましょうか」

「頼む。宴会の舟盛りのことで、ちょっと」

テーブルの上にいた子鬼たちは私の袂《たもと》に逃げ込んだ。

遊佐さんは寡黙《かもく》な料理人で、花湯屋の厨房《ちゅうぼう》を仕切っている。夜毎《よごと》、膳《ぜん》を彩《いろど》る料理は見事なもので、お客様の評判もいい。子鬼たちが恐れるような人ではないと思うのだけれど。

「じゃあ、ちょっと行ってくるね～」

ひらりと手を振ったみずほさんは宿の二階にある松の間へ小走りで駆けていった。遊佐さんも無言で扉を閉めて、厨房《ちゅうぼう》へと戻っていく。

「ねえ。茜も蒼龍も、どうしちゃったんですか？」

湯呑みを隅の流しで洗いながら、袂《たもと》に隠れている子鬼ふたりに問いかける。

……が、返事はない。袂《たもと》が微かに揺れているので、震えているみたいだ。

「そりゃそうだろ。あやかしは人間と仲がいいわけじゃないからな」

「圭史郎さん！　おはようございます」

「ああ、いい昼寝だったよ」

寝癖の付いた髪を掻《か》きながら事務室に入ってきた圭史郎さんは、私の袂《たもと》を掴んで軽く揺する。

子鬼たちは素早く袂《たもと》から出ると、今度は圭史郎さんの法被《はっぴ》の襟元にもぐりこんだ。

「こわかったね、圭史郎」

「こわかったね、こわかったね」

「人間が恐いのはおまえらだろ」

　あやかしは人間のごく近くにいるので共存しているのかと思ったけれど、子鬼たちが怖がったり避けたりしている様子を見れば、人間と打ち解けているというわけではないらしい。

「でも、圭史郎さんや私のことは怖がったりしないし、仲良くしてくれるじゃないですか」

「それは神使とあやかし使いの末裔《まつえい》だからだよ。あやかしは人間を嫌うし、人間はあやかしを厭《いと》うものなんだ。優香はあやかしがどうやって生まれるか、知ってるか？」

「……木の股から生まれるんですか？」

「それは悪魔。誰がボケろと言ったんだよ」

「ボケてません」

　自分があやかし使いの末裔《まつえい》ということも花湯屋にやってきて初めて知ったのに、あやかしが生まれたわけなんて知るはずもない。

　確か、花野家の先祖があやかしを取りまとめて温泉宿に招いたので、あやかし使いと呼ばれるようになったのだと圭史郎さんが語っていた。

　花湯屋を継ぐはずだったおじいちゃんの孫である私は、そのあやかし使いの能力を受け継いでいるのだ。

　とはいえ、あやかしが見えて話ができる以外で特別なことは今のところ何もない。

圭史郎さんは神妙な顔つきをして、私をまっすぐに見つめた。

「あやかしには二種類いる。ひとつは発生したときから、あやかしである者。そいつらは地獄からやってくる。もうひとつは、この世で怨念《おんねん》を抱えたまま死んで、あやかしとなる者。前者は人の手には負えないし、この辺りにはあまりいない。花湯屋を訪れるのは圧倒的に後者だ。子鬼たちもそれだ。あやかしは怨念《おんねん》から生まれるんだよ」

私は瞳を瞠《みは》る。こんなに可愛らしい子鬼たちが怨念《おんねん》から生まれるだなんて、俄《にわか》には信じられない話だ。

「……怨念《おんねん》って、恨みとか、そういうことですか」

「そうだな。この世に未練を残したまま死んだ者が、復讐するためにあやかしになる」

怨念《おんねん》とか、未練とか復讐とか、仄暗い言葉が羅列される。

花湯屋を訪れるあやかしのお客様が、そういったものを抱えているなんて。

でも……果たして本当にそうだろうか。私は首を捻《ひね》った。

「未練を残して復讐を考えているあやかしが、のんびり温泉に浸かってるって、そんなのなんだかしっくりこないじゃないですか？」

私はまだ子鬼たちしか知らないけれど、怨念《おんねん》を抱えた恐ろしいあやかしが、ゆるりと温泉で和んでいるところを想像すると……微笑ましい気がする。

「温泉で怨念《おんねん》も浄化されちゃいそうですよね」

「花湯屋の使命はそこにある。優香は当主になるはずだった男の孫だから、あやかし使いの末裔《まつえい》だけど、やることは一緒だ。あやかしを花湯屋に招いて、怨念《おんねん》を洗い流すということだな」

あやかし使いとは、怨念《おんねん》を持ったあやかしの心を変化させる役目を負っているようだ。恨みや復讐なんて考えてたら、精神衛生上よくないもんね。

でも、そう簡単にいくのだろうか。そもそも茜と蒼龍は復讐なんて考えてるようには見えない。いつでものんびり過ごしている。

圭史郎さんの襟元から、茜と蒼龍は顔を出した。ぴょんと飛んだ子鬼たちは私の肩に着地する。

「茜と蒼龍は、怨念《おんねん》なんて持ってないですよね？　圭史郎さんの言ったことは大げさですよね？」

茜は私の耳に手をついて、こてんと首を傾げる。

「温泉で怨念《おんねん》はなくなったね」

蒼龍は私の肩に座りながら、こてんと茜とは逆方向に首を傾げた。

「怨念《おんねん》で温泉はなくなったね」

「蒼龍、それ逆だね。温泉なくなったらたいへん」

「あっ……しっぱい、しっぱい。温泉怨念《おんねん》温泉怨念《おんねん》……」

「おまえら、温泉と怨念《おんねん》を言いたいだけだろ」

圭史郎さんが呆れながら指摘すると、子鬼たちは、あははと笑った。

「優香の言うとおりだね。圭史郎が大げさ」

「大げさだね。圭史郎は昼寝ばかりなのに言うことは壮大」

「おまえらな」

圭史郎さんが蒼龍を掴もうと手を伸ばすと、ひらりと華麗に身を翻《ひるがえ》して魔の手を避ける。今度は反対の肩にのっている茜を掴もうとするが、茜も素早く私の首根につかまって身を躱《かわ》した。

ひらり、ひらり。

私を挟んだ鬼ごっこは続く。

圭史郎さんの手がぶつからないよう、私は硬直するけれど、ふいに圭史郎さんの指先が耳朶《じだ》を掠《かす》めた。

「いたた」

「ああ、悪い。もうやめだ」

圭史郎さんは手を引く。逃げ切った茜と蒼龍は得意げに胸を反らした。私の肩の上で。

ほっとした私は頬を緩める。よかった。茜と蒼龍は温泉に浸かったことによって、抱えていた怨念《おんねん》は消えたんだ。そもそも怨念《おんねん》だなんて、圭史郎さんは大げさなんだから。

「そういえば、あやかしの客が来たぞ。だから呼びに来たんだ」

圭史郎さんは重大なことを、さらりと告げる。私は目を瞠《みは》った。

「えっ？　お客様⁉　どうしてそんな大事なことを後回しにするんですか！」

子鬼たちを除けば、私が花湯屋を訪れて初めてのお客様だ。

ついにあやかしのお客様が訪れたのだ。それなのに私としたことがお出迎えできなかっただなんて、若女将失格かもしれない。

慌てふためいている私を面白そうに眺めていた圭史郎さんは、笑いながら踵《きびす》を返した。

「もう風呂に入ってるぞ。俺が案内しておいた」

「あっ、そうなんですか。ありがとうございます。……じゃなくて！　今度からは真っ先にお客様がいらっしゃったことを教えてくださいね！」

「わかったよ。ほら、いくぞ」

絶対わかってないよね。

そのとき軽い足音が聞こえて、みずほさんと鶴子おばさんが姿を現す。私たちはあやかしのお客様が訪れたことを伝えて、裏の花湯屋のほうへ向かった。

「おかえりなさいませ！」

私は極上の笑顔で散歩から宿に帰ってきたお客様をお迎えした。

閑古鳥《かんこどり》が鳴いていた花湯屋の臙脂《えんじ》の暖簾《のれん》の向こう側だったけれど、ついに子鬼たち以外のお客様が訪れたのである。

彼が花湯屋を訪れて三日経つ。毎日散歩に出かけるお客様の帰りを、私は出迎えていた。

「ただいま、若女将さん」

その名は、コロさん。

二足歩行のしっかりとした歩み。もふもふで艶々の茶色の毛並み。ぴんと立ったふたつの耳に、くるりと丸まった尻尾。

「コロさん、今日もお散歩ですか。天気がよくて気持ちのいい日でしたね」

「うん。そうだったね。お風呂いただこうかな」

「はい！　大浴場の準備はできていますよ」

「ありがとう」

朗らかにお話ししてから、コロさんはいつものように大浴場へ向かう。

……犬だ。

どこからどう見ても、柴犬だ。

外見は柴犬にしか見えないコロさんも、二足歩行で喋れるので、やはりあやかしである。

あやかしというと棍棒を持った一つ目の鬼とか、花魁《おいらん》のような着物を纏《まと》う大蛇とか、そういうものを想像していたから、なんだか拍子抜けしてしまった。

コロさんのあとを追い、大浴場の脱衣場へ足を踏み入れる。

犬の毛皮を脱いで籠に入れている……なんてことはなく、私は胸を撫《な》で下ろす。浴場へ続く引き戸を開けてみると、コロさんは気持ち良さげな顔で檜《ひのき》造りの湯船に浸かっていた。

「ふう。ごくらく、ごくらく」

「コロさん、お湯加減はいかがですか？」

「ちょうどいいよ、若女将さん」

銀山温泉の泉質はナトリウム――塩化物・硫酸塩温泉である。効能は動脈硬化症・神経痛・疲労回復・健康増進などなど。

加えて、あやかしのお客様には長寿の効能と、それぞれの症状に効く泉質があるのだとか。

怨念《おんねん》を洗い流すという主な目的の他にも様々な効能があるようだ。

とはいえ、可愛らしくて朗らかなコロさんが、怨念《おんねん》を抱えているようには到底見えないのだけれど。

ざぶり、と肩まで湯に浸かるコロさんは小さく呟いた。

「思い出すなぁ……。あのとき、一緒にお風呂に入った……」

「え。何か言いました？」

「ううん！　なんでもないよ、若女将さん」

「そうですか？　それでは、どうぞごゆっくり」

湯気の向こうにコロさんの、ふたつの耳が見えた。私は静かに戸を閉め、大浴場をあとにする。

「あんなに可愛いお客様なら大歓迎だよね」

「コロはまだ若いあやかしだな」

「ひゃっ！　圭史郎さん！」

厨房《ちゅうぼう》に籠もっていた圭史郎さんが、いつのまにか背後に来ていた。

実はあやかしのお客様の食事は、圭史郎さんが調理を行っている。昼寝してるだけじゃなかった。

「あやかしにも若いとか年を取っているだとか、年齢があるんですか？」

「もちろん。正確には死んで間もないという意味だな。だから怨念《おんねん》も強く残ってるはずだ」

ぐっと、胸を塞《ふさ》がれたような思いがする。

圭史郎さんは、あやかしは怨念《おんねん》から生まれるのだと先日教えてくれた。この世に未練を残したまま死んだ者が、復讐するためにあやかしになるのだと。

「まさか。そんなわけないですよ。だってコロさんはあんなに可愛いじゃないですか」

「見かけに騙されてるな。コロは毎日どこかに出かけてるだろ。あれは恨みを晴らしに行ってるのさ」

　圭史郎さんは、さらりと恐ろしいことを言う。コロさんは確かに日中は宿におらず、散歩に行くと言って出かけている。犬だから散歩に行かなければいけないのは当然だろうと私は思っていた。

「勘繰りすぎです。コロさんは散歩に行ってきますって、いつも私に言ってくれるんですよ」

「優香はあやかしのことをもっと知る必要があるな。そんなに言うなら確かめてみるか？」

「確かめるというと？」

「後を尾けるんだよ。明日、コロが本当に散歩に行ってるのかどうか、確かめようじゃないか」

「いいですよ。コロさんが恨みを晴らしてるなんてこと、絶対にありませんから！」

　毅然《きぜん》として圭史郎さんを見上げる。

　圭史郎さんは口端を引き上げて、余裕の笑みを見せた。

「よし。負けたほうが、三遍回ってワンだぞ」

「望むところです！」

圭史郎さんと勝負することになってしまったけれど、引く気はなかった。

ほわりとした雰囲気を醸《かも》し出して、私に気さくに話しかけてくれるコロさんが、誰かに恨みを晴らすために日々出かけているなんて、そんなこと絶対にない。

あやかしが生まれる理由だって、きっと圭史郎さんの大げさな解釈に違いないんだから。

私は憤然として踵《きびす》を返すと、客間へ向かった。


翌日、銀山温泉は晴天に恵まれた。

眩《まばゆ》い太陽が山間から昇り、うららかな春の温もりで温泉街を包み込む。

「それじゃあ、散歩に行ってくるね。若女将さん」

「はい、行ってらっしゃいませ。コロさん」

いつもどおり、コロさんは朝食を食べるとすぐに宿をあとにする。

その背を見送ってから私は自室に戻り、大急ぎで私服に着替えた。鶴子おばさんには、お客様のことで圭史郎さんと外出しますと、すでに許可を得ている。

急ぎ足で勝手口から表へ回れば、圭史郎さんはすでに軽トラックのエンジンをかけて待っていた。

「走っていったから見失うぞ。早くのれ」

「コロさんはどこに？」

慌てて座席にのり込み、シートベルトを装着する。

軽トラックを発進させた圭史郎さんは白銀橋《しろがねばし》の向こうを指差した。

「温泉街から出ていった。一八八号線を西のほうへ向かったな」

銀山温泉から続く県道はほぼ一本道で、その向こうには尾花沢の街と大石田駅がある。

街へ行くつもりなのだろうか。

お客様を尾行するなんて良心が咎《とが》めるけれど、コロさんが嘘を吐いていないことを証明するためだ。

圭史郎さんに、三遍回ってワンと言わせてあげるんだから！

曲がりくねった山道を進めば、やがて全速力で駆けるコロさんに車は追いついた。

「あ……いた！」

コロさんの尻尾と跳ねる後ろ足が見える。走るときは四本足らしい。

「周りの車より速いですね……！」

「犬が本気出したらあんなもんだ。随分と全力の散歩だな」

「そうですね。全力の散歩ですね」

もう勝った気でいるらしい圭史郎さんを横目で見やる。

確かに、ゆったりした犬の散歩という感じではない。コロさんは何か目的があって、どこかへ向かっている。一体どこへ行くつもりなんだろう。

幸いと言うべきか、全速力で走るコロさんは後ろからついてくる私たちには気づかなかったようだ。

車は街を通り抜けて、駅近くまで来てしまった。この辺りは電車を利用する人が行き交うため、人通りも多い。コロさんは迷いのない足取りで大石田駅前へ辿り着いた。

「大石田駅まで来ちゃいましたね。ここで恨みを晴らすわけですか」

「そうだな。恨みを晴らすわけだな」

棒読みで返した圭史郎さんは、軽トラックを駅から少し離れた路肩に停めた。

大石田駅に来るのは、東京から新幹線でやってきたとき以来だ。なんだか懐かしい気がする。

コロさんはどうするのかな。

どきどきしながら見守っていると、足を緩めたコロさんは駅の前に座った。

きちんと足を揃えた犬のお座りだ。コロさんは顔を上げて、微動だにせず駅を見つめている。

「あのポーズ……なんだか忠犬ハチ公を思わせますね」

「動かないな。何やってんだ？」

駅を出入りする人々に、あやかしであるコロさんの姿は見えない。

だからみんな素通りしていく。コロさんの存在を気に留める人は誰もいない。

コロさんは同じポーズのまま、ぴくりとも動こうとしなかった。

ただひたすら前を向いて、駅を見つめていた。

停車して、発車する電車。そのたびに駅を出入りする人々の流れだけが、時が過ぎたことを伝える。

「……もう昼だな」

「……そうですね。コロさんに動きはありません」

「腹減ったな。帰るか」

「負けを認めて三遍回ってワンと言いますか」

「……もう少し待つか」

座席を倒した圭史郎さんは昼寝の体勢に入った。

「動きがあったら起こしてくれ。おやすみ」

「おやすみなさい。いい夢を」

圭史郎さんが立て始めた寝息を聞きながら、私はコロさんの後ろ姿を見つめる。

まっすぐに伸びた背中からは確固たる意志が感じられた。

コロさんは、誰かが電車から降《お》りてくるのを待ってるのかな。

忠犬ハチ公のように。

ハチのご主人様は病気で亡くなったから、帰ってくることのない人をずっと待ち続けていた。

ハチは、ご主人様が死んだことを本当は知ってたのかな……

知っていても、来ない人を待てるものなのかな。

コロさんは若いあやかしだと圭史郎さんが言ってたけど、元々はコロさんもどこかの家の飼い犬で、ご主人様もいたのだろうか。

幾度も電車は停車して、降《お》りた人が駅を出て行く。

けれどコロさんは、じっとして動かない。

やがて日は傾き、辺りは暮色《ぼしょく》に包まれた。

「ふわあ……よく寝た」

「おはようございます。いい夢、見れましたか」

ようやく昼寝から目覚めた圭史郎さんは体と座席を同時に起こす。彼の髪にはひどい寝癖がついていた。

「いい夢なんか見られるわけないだろ。……おい、まさか、朝からずっとあのままっていうんじゃないだろうな」

座ったときから全く動いていないコロさんを見た圭史郎さんは驚きの声を上げた。

「そのまさかです。私が瞬《まばた》きをしている間に、コロさんが動いていなければの話ですが……。私の足も限界です……いたた」

車の座席に一日中座り続けていたので、体が強張《こわば》っている。足は相当むくんでいた。

私が脹脛《ふくらはぎ》を揉みほぐしていたそのとき、視線の先で、ふいにコロさんは立ち上がる。

「ふあっ⁉」

「足揉んどけ。もう帰るぞ。俺の負けでいいよ」

「ち、ちが、ちがうんです。コロさんが、動きました……！」

私たちが凝視した先で、コロさんは重い足取りで来た道を引き返していく。がくりと項垂《うなだ》れて、ひどく落ち込んでいるようだ。

「動きがあったというより、あれは宿に帰るんだな。そろそろコロが帰ってくる時間だろ」

「あ……そういえば、もうそんな時間ですね」

コロさんは毎日駅に来て、ずっとお座りをして、最後に落胆していたのだろうか。夕方になって花湯屋に帰ってきたときはいつも朗らかで、充実した一日を過ごしたように見えたのに。

「コロさんは誰かを待っていたんでしょうか？」

「本人に聞いてみるか」

「えっ、圭史郎さん⁉」

軽トラックを発進させた圭史郎さんはハンドルを切ると窓を開けた。とぼとぼと駅を去るコロさんの脇に車をつけて、声をかける。

「コロ、のれよ」

はっとして顔を上げたコロさんの黒い瞳は、夕陽を映して潤んでいる。

「圭史郎さん……若女将さん。ぐ、偶然だね。ふたりでお買い物？」

ぎこちなく答えたコロさんの声音《こわね》には、自分の姿を見られていたのではないかという恐れが滲《にじ》んでいた。

それなのに。

「実はな、俺たちは今日一日、コロが何してるのか確かめようと、そこで張り込んでたんだ。昼飯も抜きだから腹ぺこだよ」

明るく暴露する圭史郎さんに度肝を抜かれる。

ひい、と私は息を呑む。

コロさんは驚愕に目を見開いていた。

「け、圭史郎さん……！　どうして言っちゃうんですか⁉」

コロさんは散歩としか告げていなかったから、きっと駅にいることは知られたくなかったのではないだろうか。それなのに何をしているのか確かめようと好奇心で張り込んでたなんて言えば、気を悪くしてしまう。

けれどコロさんは目線を下げると、諦めたようにぽつりと呟いた。

「そっか……。見られちゃったか……」

「まあ、のれよ。コロが座りながら怨念《おんねん》を飛ばしてたって言えば、俺の勝ちも有り得る」

軽口を叩いた圭史郎さんはどうやら賭けを諦めていないらしい。

私はもう賭けなんてどうでもよくなっていた。ドアを開けて降《お》りると、悄然《しょうぜん》としているコロさんの体を抱えた。

軽トラックは座席がふたつしかないので、コロさんを抱っこする格好で車にのり込む。コロさんは、ちょこんと私の膝の上に収まってくれた。犬の体はふわふわだ。

圭史郎さんの運転する軽トラックは茜色に染まる街並みを軽快に走行する。

銀山温泉へ向かう県道に入ると、迫る山々は藍の天を背にして黒々とした姿を見せていた。山の夕暮れは早い。

私たちは無言で暮れる景色を感じていたけれど、その沈黙を破るように、コロさんは明るい声を出した。

「僕ね、サトシを待ってたんだ」

「サトシ……？」

「うん。僕の友達だよ。サトシは遠くに引っ越しちゃったんだ。でもいつか、僕を迎えに来るって約束してくれたから、僕、ずっと駅でサトシが来るのを待ってるんだ」

「そうだったんですね」

コロさんは友達を待っていたんだ。怨念《おんねん》なんて、抱えてなかった。そのことに私は胸を撫《な》で下ろした。

けれど、コロさんはどこか寂しげに俯《うつむ》いていた。

今日もサトシ君が現れなかったからだろうか。

あやかしのコロさんの友達であるサトシ君とは何者なのだろう。

まもなく軽トラックは銀山温泉に辿り着いた。静かな温泉街は藍の紗《しゃ》に包まれており、天空には大粒の星が瞬《またた》いている。

「ああ、腹減ったな」

花湯屋の駐車場に軽トラックを停めた圭史郎さんは脱力したように呟いた。

私とコロさんも車を降《お》りる。コロさんはいつものように後ろ足で立ち上がった。

「お昼ごはん、食べてませんからね」

「僕もおなかへったな。今日の夕ごはんはなにかな？」

調理担当でもある圭史郎さんに私たちの期待の眼差しが集まる。

圭史郎さんは頭を掻《か》くと、花湯屋の入口へ足を向けた。

「すぐに作ってやる。ちょっと待ってろ」

花湯屋の臙脂《えんじ》の暖簾《のれん》の向こうには、客室と大浴場、談話室の他にこぢんまりとした食堂もある。あやかし食堂と名付けられたそこで、朝夕の食事を提供する。

いつもあやかしのお客様は少ないんだけどね。今は子鬼ふたりとコロさんのみだ。

あやかしといえど霞《かすみ》のようなものを食べるわけではなく、人間と同じ料理を食する。だから基本的には人間のお客様と同じメニューだ。

圭史郎さんは、遊佐さんとは棲《す》み分けができているだとか言っていた。寡黙《かもく》な遊佐さんと偏屈そうな圭史郎さんだけれど、厨房《ちゅうぼう》では仲良くしているのかな。

私たち従業員は、普段はみずほさんたちと一緒に従業員用の食堂で食事を取る。けれど、圭史郎さんはなぜか鍋ごとあやかし食堂に運んできた。

「面倒だからまとめて食べるぞ。優香もそこに座れ」

「ええ？　でもここはお客様の食堂ですけど……」

と、言いながら私もお椀やお箸をのせた盆を人数分運んできた。もちろん圭史郎さんと私も数に含んである。そろそろ空腹が限界だ。

それに圭史郎さんの作った鍋からは、食欲を刺激する濃厚なお醤油のいい香りが流れてきて……

「芋煮はな、みんなで食べるものなんだよ」

芋煮と聞いた子鬼ふたりは飛び上がって喜ぶ。

「わあい、芋煮だ。おいしいよね」

「わあい、芋煮だいすき。おいしいよね」

コロさんも鼻を近づけて、クンクンと匂いを嗅いでいた。

一日中、駅の前で座り続けていたのだから、コロさんだって何も食べていないのだ。きっとおなかが空いているだろう。

「僕は芋煮は初めて食べるよ。おいしそうな匂いだね」

「私も初めてなんです。山形の郷土料理ですよね」

蓋を開けると、湯気と共に濃密な香りが立ち上る。

里芋と牛肉、こんにゃくに葱《ねぎ》を入れて、醤油味で煮込んだ山形の郷土料理が芋煮だ。煮物に近い素材だけれど、汁はたっぷりあるので鍋料理という分類みたい。

東北地方各地に広まっている芋煮は、味付けや材料が地域によって異なるようで、宮《みや》城《ぎ》なら豚肉で味噌味、岩手《いわて》では鶏肉で、とりすき風の芋煮が食べられているそう。

「芋煮のシーズンは秋だけどな。河原で芋煮作って、芋煮会をやるのが風物詩だ。でもまあ、芋煮は手っ取り早く家でも作れるから、山形の人は年中こうして芋煮を食べてるのさ」

河原で秋を感じながらみんなで芋煮を食べるなんて、とても楽しそうだ。山形では大鍋を使用した芋煮会のイベントもあるらしい。

芋煮会、機会があれば参加してみたいな。

「じゃあ、山形では一年を通して芋煮会ですね」

「そういうことだな」

ひとつひとつのお椀に、おたまで芋煮をよそう。

茜と蒼龍は小さいので、子鬼用の小さなお椀に盛り付けた。

芋煮用の里芋は大きいので、ひとつが子鬼たちの体くらいだ。

「いただきます」

みんなで唱和して、熱々の芋煮をいただく。

里芋は柔らかく煮込まれていて、口の中でとろりと蕩《とろ》けた。ゴボウが絶妙な風味を醸《かも》し出す。

「あつっ……里芋ってこんなにとろっとしてたんですね。初めて知りまし……はふっ」

「火傷しないよう気をつけろよ」

醤油味の汁を啜《すす》れば、濃厚な旨味が口の中いっぱいに広がる。

牛肉と葱《ねぎ》の、それぞれ違った食感も存分に楽しめた。

子鬼たちとコロさんもおいしそうに芋煮を食べている。

みんなで食べる芋煮はとてもおいしくて、心がほっこりした。食堂を満たす醤油の芳香とみんなの笑顔に、私は幸せという形がここにあることを、芋煮の味と共に噛み締めた。

みんながお代わりをして、鍋が空になる頃、箸を置いた圭史郎さんはふいに訊《たず》ねる。

「コロの友達のサトシってのは、どんなやつなんだ？」

先程、コロさんが友達のサトシ君を待っていると話してくれたときは黙っていた圭史郎さんだけれど、やはりサトシ君が何者なのか気になっていたらしい。私もぜひ詳しく知りたい。

おなかがいっぱいになったコロさんは嬉しそうに話し始めた。

「サトシはね、とってもいいやつなんだ。僕は小さい頃、ペットショップのガラスケースの中に閉じ込められてた。色んな人が僕を見て、可愛いって言ってくれるけど、そのまま通り過ぎていっちゃうんだ。誰も僕をガラスの中から出してくれない。でも、サトシは違った。サトシは僕と目が合うと、傍にいたお父さんに必死に頼んだんだ。その日は帰って行っちゃったけど、次の日すぐに来てくれて、僕をガラスから出してくれたんだよ！」

「それって……」

サトシ君はコロさんを犬として、ペットショップから購入したということではないだろうか。それは友達といえるのか不思議に感じたけれど、圭史郎さんは疑問を述べかけた私に目で「待て」と合図した。

私は口を噤《つぐ》んで、コロさんの話を聞く。

コロさんはサトシ君との様々な思い出を語ってくれた。

毎日サトシ君と一緒に散歩したこと。家から脱走して、サトシ君の通う小学校まで迎えに行ったこと。家族で出かけるときに、サトシ君が両親の反対を押し切ってコロさんを車にのせてくれたこと。

「サトシは僕と一緒にお風呂に入ってくれたんだ。お父さんはペットとお風呂に入っちゃいけないって怒った。でもサトシは僕のこと、ペットじゃない、友達だって言ってくれた。僕は本当は犬なのに、ペットなのに……サトシは人間と同じだと認めてくれたんだ。そのとき僕は、何があってもずっとサトシの友達でいようって決めた」

コロさんの黒い瞳に映っているであろう過去の思い出は、眩《まばゆ》く輝いていた。コロさんとサトシ君の間には、飼い主とペットという関係を超えた、とても深い絆が生まれたのだ。

「じゃあ、花湯屋の大浴場で呟いていたのはもしかして、サトシ君のことですか？」

「そうだよ。サトシと一緒にお風呂に入ったこと、思い出したんだ。サトシはいたずらして僕にお湯をかけたから、僕も体を振ってお湯を弾《はじ》いて、ふたりで大はしゃぎした。あのときは楽しかったなぁ……」

本当に、サトシ君のこと好きだったんだな。コロさんの綻《ほころ》んだ表情がそれを物語っていた。

けれど、幸せな思い出を語っていたコロさんの表情が陰りを帯びる。

「……でも、サトシは引っ越していっちゃった。僕は連れていけないんだって。でもいつか必ず迎えに来るよって、サトシは言ってくれた。僕は家でずっと待って、待ち続けて……そうしたらある日、大きな車にのった男の人たちがやって来たんだ。僕は檻に入れられて、知らない施設みたいなところに連れていかれた」

私は嫌な予感がして、ごくりと息を吞んだ。放置された犬が連れていかれる施設とは、保健所ではないだろうか。

圭史郎さんは黙然として眉根を寄せている。

「ここにいたら、サトシは僕を見つけられないんじゃないかって、すごく不安だった。檻の中には他の犬や猫もいて、みんな怯《おび》えてた。でも何日か経ったら、みんな檻から出してもらえたんだ。やっと家に帰れるんだ！　そう思ったけど……すぐにみんな別の箱の中に入れられた。箱の中は汚れていて、嫌な匂いがして、男の人は僕たちを押し込んだら扉を閉めた。みんなは出口を爪で引っ掻《か》いたり、吠えたりしたけど、出口は開かないんだ。そのうち、息が苦しくなって……みんな立っていられなくなって倒れた。僕はサトシ、サトシって呼び続けた。僕は死んじゃうのかな？　でもサトシは迎えに来るってて約束してくれたから、僕は死ねないんだ。そうしたらね、奇跡が起きたんだ！」

私は目から溢《あふ》れる涙を指先で拭《ぬぐ》いつつ、再び嬉しそうに笑んでいるコロさんに、声が震えないよう気をつけながら返事をした。

「……どんな奇跡ですか？」

「気がついたら、僕は施設の外にいたんだ。しかも二本足で立てるようになって、言葉も喋れるようになってた。きっとサトシのことを呼び続けたから、施設から出してもらえたんだよ！」

コロさんは気づいていないようだが、犬のコロさんは、保健所で殺処分されたのだ。けれどサトシ君に会いたいという一念が、肉体が滅びたのち、あやかしとして生まれ変わらせた。

人間の勝手な都合を恨まない無垢《むく》なコロさんの笑顔が、哀しかった。

「でも家へ帰る道がわからなくて、あちこち迷い歩いてたとき、駅を見つけたんだ。僕は前に電車から降《お》りてきたサトシを迎えに行ったこともあるんだよ。だからきっとまた、サトシは駅に来てくれると思った。毎日サトシを待ってる僕を見た猫さんが、花湯屋に行けば温泉に入れるよって教えてくれたんだよ」

コロさんは嬉しそうに目許《めもと》を緩め、尻尾を振っている。まるで明日サトシ君が迎えに来てくれると決まっているかのように。

とても口にすることはできないけれど、コロさんは、飼い主であるサトシ君とその一家に捨てられた。放置していくくらいだから、サトシ君が今後コロさんを迎えに来る可能性は薄い。本当に迎えに来る気があるのなら、誰かに預けていくはずだ。

それなのにコロさんは疑うことなく、サトシ君が迎えに来ると信じ切っている。

サトシ君の口約束がコロさんの胸にいつまでも期待を持たせて、縛りつけているのだ。なんて残酷なんだろう。

私はコロさんに、なんと言ってよいのかわからなくなり、曖昧《あいまい》に頷《うなず》いた。

「そう……ですね。サトシ君はきっと来てく……」

「サトシは来ないぞ。コロ」

断言する圭史郎さんに吃驚《びっくり》させられる。

「圭史郎さん⁉ なんてこと言うんですか、そんなことわからないじゃないですか！」

「コロも本当はわかってるんだろ。サトシはもう見捨てた犬のことなんて忘れてる。だから迎えに来ない。おまえの駅での落ち込みようも、それを俺たちに知られたくなかったのも、真実を見抜いてるからだろ」

コロさんは力なく項垂《うなだ》れた。それは圭史郎さんの指摘が的を射ていることを証明した。

確かに圭史郎さんの言うとおりかもしれない。サトシ君が迎えに来ないことが、真実を表しているのかもしれない。

けれど、誰だって希望を持ちたい。

いつか必ずという希望を持つのは無駄なんかじゃないはず。

何より、ずっとサトシ君を待ち続けているコロさんが報われてほしい。

サトシ君だってきっと約束したことを覚えているはずだ。私はそう信じたかった。

「サトシ君は、来ます！」

大声で叫びながら席から立ち上がった私に、一同は驚きの目を向けた。

「若女将さん……」

「おい。無駄に期待を持たせるなよ。それじゃサトシと同じだぞ」

「圭史郎さんこそ、サトシ君が来ないとどうして言えるんですか。本人に確かめたんですか？」

圭史郎さんは視線を逸らして頭を掻《か》いた。

サトシ君がコロさんを迎えに来ることはないと断定できる証拠は何もないはずだ。

「そりゃあ、知り合いじゃないけどな。状況を鑑《かんが》みればわかるだろ。小学生が玩具《おもちゃ》をほしがって、飽きたら捨てる。そういうことだ」

「違いますね。サトシ君はコロさんを友達だと言ったんです。ペットじゃない、玩具《おもちゃ》でもない。離れていても友達のことを忘れたりしませんよ。来られないのは、きっと何か理由があるんです」

私はコロさんの手をしっかりと握りしめる。肉球の付いた手はふかふかだ。

サトシ君だって、コロさんの毛並みの心地良さや一心に慕ってくれる無垢《むく》さが大好きだったに違いない。忘れたりしない、きっと。

それまで、じっと見守っていた茜と蒼龍が小走りでテーブルを横切り、私とコロさんの傍へやってきた。

「あたしも、サトシは来ると思うね」

「オレも。ともだちを忘れたりしないんだぞ」

茜と蒼龍はコロさんの前で左右対称のポーズを決める。

子鬼たちの援軍を得た私は力強く宣言した。

「私が、サトシ君を捜しますから！　だからきっと再会できます！」

コロさんは驚いたように私を見上げた。垂れていた尻尾が、ゆるりと持ち上がる。

「若女将さん……ほんと？　サトシに会えるの？」

「もちろんです。一緒にサトシ君を捜しに行きましょうね」

「ありがとう……若女将さん。それに子鬼さんたち。僕、もしかしてもう二度とサトシに会えないんじゃないかって不安になることもあったけど、でも、そう言ってもらえて元気出たよ。そうだよね、きっと会えるよね」

迎えに来ないなら、こちらから捜して会いに行けばいい。

喜んで尻尾を振るコロさんと私、そして嬉しそうに飛び跳ねる子鬼たちを尻目に、圭史郎さんは重い溜息を吐いて空の鍋を片付けた。


生前のコロさんがサトシ君を大石田駅まで迎えに行ったことがあるということは、サトシ君とコロさんが住んでいた家は尾花沢市内か、あるいは大石田町であると推測される。

以前住んでいた家の所在がわかれば、何らかの手がかりが掴めるのではないだろうか。

そう考えた私は、コロさんと共に家の捜索を開始した。

住んでいた家がどこなのかわからなくなってしまったというコロさんだが、家の周辺に来れば景色で思い出せるのではないだろうか。犬には帰巣本能が備わっていると聞いたことがある。

「どう？　コロさん」

「うーん……。こっちかなぁ？」

コロさんと私は銀山温泉を拠点として、コロさんの記憶を頼りにあちらこちらを歩いて捜した。尾花沢市全域と大石田町を含めると、とても広範囲にわたる。その中から一軒の家を捜し出すなんて、砂漠から一粒の砂金を見つけるようなものかもしれない。

でも、きっと見つかるはずだ。

ときにはコロさんは地面の匂いを嗅いでいるけれど、これといった手がかりは得られないようだった。

「この近くじゃないみたい。家の近所はこういう匂いじゃなかったよ」

「そうですか……。ここからは結構遠いところなのかな?」

銀山温泉から街のほうまで足を伸ばすには、徒歩ではかなり遠い。コロさんなら走って行けるだろうから、私はバスを利用しようか。でもそうすると、途中で手がかりがあったら合流するのが難しくなる。

困っていると、後ろから軽快なクラクションが鳴らされた。

驚いて振り向けば、軽トラックの窓から顔を出しているのは圭史郎さんだ。

「のれよ」

「圭史郎さん!　のせてくれるんですか」

「そう言ってるだろ。徒歩じゃすぐに限界が来ると思ってな」

花湯屋を出るときには、勝手にしろと言ってソファに寝転んでいた圭史郎さんだけれど、私たちの様子を見に来てくれたのだ。

コロさんを抱きかかえた私は軽トラックの座席にのり込んだ。

でも、圭史郎さんはサトシ君を捜すことには否定的だったはずなのに、どうして手伝ってくれるんだろう。

私の疑問を目線で感じた圭史郎さんは、軽トラックを発進させながら溜息を零《こぼ》した。

「決着つけなきゃならないと思ってな」

「そうですね。サトシ君に会って、話を聞きたいですよね」

「俺は会えるなんて言ってないぞ。コロの怨念《おんねん》に、区切りを付けさせなきゃならないと思ったんだよ。こいつは放っといたら永久に駅に座ってそうだからな」

まだ怨念《おんねん》と称している。友達に会いたいという純粋な想いなのに。

圭史郎さんは、コロさんに諦めろと言いたいのだ。

けれど圭史郎さんなりに、コロさんを気遣ってくれているのだとわかった。

芋煮をみんなで囲んで食べたのも、圭史郎さんがコロさんの抱えているものを引き出してあげるためだ。それに今だってこうして、徒歩で捜す私たちのために車で迎えに来てくれた。冷たいことを遠慮なく言う圭史郎さんだけれど、ちゃんと見てくれている。

でもサトシ君に会えないまま諦めることだけは、絶対にしたくないけれど。

「コロは大石田駅までの道のりを知ってたな。住んでた家はこの周辺じゃないのか？」

「駅から銀山温泉までは前に通ったことがあるんだ。サトシと車にのってね。でも家があるのは、この道の途中じゃないよ」

「大石田町のほうか？　住所は？」

「わからないよ。僕は犬だもの」

「目印は何かないのか。家の近所を散歩で回ってただろ」

「うーん……。山と田んぼがあったね」

「山形は大体が山と田だ」

　コロさんの記憶では具体的な目印はないらしい。

　駅の近くでないこと、銀山温泉の周辺でないことだけは確かなようだ。

「サトシ君の小学校まで迎えに行ったこともあるんですよね？　この辺りの小学校に行けば、道を思い出せるかもしれませんよ」

「なるほどな。よし、小学校を回ってみるか」

　軽トラックは各小学校に向かって走り出した。

　始めに銀山温泉からもっとも近い小学校へ行ってみたが、コロさんは首を横に振る。

「ここじゃないよ」

「この小学校は銀山温泉から大石田駅へ向かう道の途中だからな。だけど田が多いなら街のほうじゃないだろう。北へ向かってみるか」

　圭史郎さんは車を北の方角へ走らせた。母袋《もたい》街道と丹生《にゅう》川を越えて、尾花沢の宮沢《みやざわ》地区にある小学校に到着する。

小学校は休み時間で、校庭には子どもたちの歓声が溢《あふ》れていた。周囲は田に囲まれた、長閑《のどか》な風景が広がっている。

コロさんは黒の瞳を輝かせて、窓から身をのり出した。

「あ……、ここ、来たことある！　ここだよ、サトシが通ってた小学校は！　道路で待ってた僕を見て、サトシはすごく喜んでた」

どうやらサトシ君が通っていたのは、この小学校のようだ。

ということは、住んでいた家も学区内のはずで、この近くだろう。

「近づいたな。で、家はどこだ」

「ええと……そっちだったかな」

コロさんの案内で車は家々の建ち並ぶ道に入る。やがてコロさんは辺りをきょろきょろと見回した。

「こっちじゃなかった。反対のほうかもしれない」

「おい、ちゃんと思い出せよ。サトシを迎えに行って一緒に帰ってきたんだろ？」

「そうだけど……小学校には毎日迎えに行ってたわけじゃないんだよ。いつもは小屋に繋《つな》がれてたんだもの。どうしてもサトシに会いたくなって、紐を引き千切ったんだ」

「小学校には行けたんだから、家もわかるだろ。サトシの匂いは残ってないのか？」

農道に軽トラックを停めた圭史郎さんと私たちは車を降《お》りた。

コロさんは地面に鼻を近づけて、クンクンと匂いを嗅ぐ。

匂いで捜すといっても、サトシ君はもう転校して引っ越しているのだ。そんなに長期間、匂いは残されているものだろうか。

私は圭史郎さんにそっと耳打ちした。

「圭史郎さん。犬が特定の人の匂いを辿れるのって、どのくらいの期間有効なんですか？」

「さあ。雨が降れば匂いは消えるよな」

「そんな！　サトシ君が引っ越してから、少なくとも一か月くらいは経ってますよね」

「だろうな。コロの嗅覚に期待しよう」

私は天を仰いだ。奇《く》しくも空は曇天《どんてん》に覆われて、今にも雨が降りそうである。

「そうだ！　犬小屋のある家を捜せばいいんじゃないですか？　犬小屋って、よく家の前に置いてますよね」

コロさんは小屋に繋《つな》がれていたのだから、家には犬小屋が残されているのではないだろうか。それを目印に捜せばいいと思ったのだけれど。

「俺もそう思って見てるが……次に住んだ人が撤去していたら、もうないわけだしな」

言われてみればそのとおりだ。見渡す限り、近辺には犬小屋を置いている家はない。

一度もサトシ君とコロさんの住んでいた家に行ったことのない私たちにはやはり、捜し当てることは難しいのかもしれない。

溜息が零《こぼ》れかけたそのとき、地面の匂いを辿っていたコロさんは、ふいに叫んだ。

「匂いがする……サトシの匂いだ！」

「えっ。本当ですか⁉」

「こっちだよ！」

猛然と駆け出したコロさんのあとを追いかける。

よかった。匂いが残っていたんだ。

やがて区画の端までやってきて、コロさんは足を止めた。

「ここだ……ここだよ！　僕とサトシが住んでいた家だよ」

歓喜の声を上げるコロさんに反し、私と圭史郎さんは表情を消してその場所を見つめた。

「……え。ここ……？」

そこには、家はなかった。

ただ雑草が生い茂っている空き地だ。

雑草の隙間からコンクリート造りの土台が見えて、そこにかつては家が建っていたことをかろうじて伝えた。崩れかけたブロック塀が、人がいなくなってから相当の時間が経過したことを教える。

空き地にはもちろん、犬小屋も見当たらない。

ただ風が通るばかりの、寂しい場所だった。

「サトシはさっきまでここにいたんだ。だって、サトシの匂いがするもの！」

興奮したコロさんはブロック塀の端まで行って、懸命に匂いを嗅いでいた。

ここには誰もいない。

サトシ君とその家族が引っ越してから、家は取り壊されてしまったんだ。

誰も、来るはずがなかった。

私と圭史郎さんは目を見合わせる。

圭史郎さんも同じことを考えているようだ。

匂いがするのは、コロさんの願望が生み出したもので……

「おい、コロ」

「圭史郎さん、お願いです」

「まだ何も言ってないぞ」

「圭史郎さんが何を言おうとしているのかわかります。コロさんは、サトシ君の匂いがすると言ってるんです。だから……」

そのとき背後から靴音がして、私はふと振り向いた。

「こんにちは。きみたち、この土地に何か用かな？」

現れたのは小粋なシャツを着た二十代くらいの青年だった。言葉のイントネーションから、地元の住民ではないとわかる。おそらく東京の人だろう。

不動産屋の人かな？

「あ、あの……私たち、ここで飼われていた犬のコロさんの、飼い主のサトシ君を捜してるんです」

青年は瞳を見開く。

「きみたち、どうしてコロのこと知ってるの⁉　俺が佐登志《さとし》だよ。山形に住んでたとき、ここで柴犬のコロを飼ってたんだ」

「えっ……あなたがサトシ君なんですか⁉」

なんと目の前の青年が、捜していたサトシ君らしい。小学生だとばかり思っていたのに、彼は成人していた。

「ということは……コロさんとここにあった家に住んでいたのは、随分昔のことなんですか？」

「そうだね。小学一年生のときだから、ちょうど二十年前になるかな」

私は驚いてしまった。

サトシ君が引っ越したのは一か月くらい前だと思っていたのだけれど、実際は二十年もの月日が流れていたのだ。

確かにコロさんは、今もサトシ君が小学生だとは言っていない。あやかしになって時間の感覚も薄れたのだろう。つい最近のことだと捉えたのは完全に私の思い込みだった。

「圭史郎さん、コロさんは若いあやかしだと言ってませんでした？」

「二十年程度だから、若いだろ」

圭史郎さんは、さらりと答えた。

あやかしとしては若い部類に入るようだ。

当時のコロさんが子犬だったとしても、二十年が経過していたら、とうに犬としての寿命を迎えている。仮に寿命まで生きられたとしても、コロさんはもう生きている年齢ではないのだ。

それなのに佐登志さんは、なぜ今頃になってここへ来たのだろうか。

「サトシ！　やっぱりサトシだ！　僕だよ、コロだよ。ずっとずっと、会いたかった！」

コロさんは尻尾を振りながら佐登志さんに飛びついた。

願望なんかじゃなかった。佐登志さんがここを訪れたので、彼の匂いをコロさんは嗅ぎとったのだ。

けれど……佐登志さんは喜ぶどころか、コロさんを見ようともしなかった。

「それで、きみたちが俺が引っ越したあとにコロを引き取ってくれたのかな？　あのときは引き取り手を探す暇もなくて、ここに置いていってしまったんだ。どうなったのかなって、ずっと心に引っかかってた。コロはもう死んじゃったと思うけど……何歳まで生きられたのかな?」

私と圭史郎さんの口からは言葉が出てこなかった。

この人はなんて無責任なんだろう。昔も、今も。

「サトシ、サトシ!　僕はここだよ。ここにいるよ!」

コロさんの叫びがむなしく響き渡る。佐登志さんは私たちが強張《こわば》った表情を浮かべているのを見て、不思議そうに首を傾げた。

見えないのだ。

あやかしとなったコロさんの姿も声も、佐登志さんには認識できていない。

彼はコロさんを無視しているわけではなかった。

それはわかっているけれど、佐登志さんがコロさんの存在に気づかず、コロさんの生死を訊《たず》ねていることが、私にはどうしても許せなかった。

「あなたは……あなたはどうして今頃来たんですか?　コロさんはずっと待ってました。サトシはいつか必ず迎えに来るって、そう言ってくれたって……その約束を信じていたから、だから保健所で殺処分されても、死んであやかしになっても、ずっと駅であなたを待ち続けていたんですよ!　それなのに二十年も経ってから戻ってきて、どうしてそのあとどうなったかなんて聞けるんです!」

佐登志さんは私の剣幕に圧されていた。呆気に取られていた。佐登志さんの足許《あしもと》に縋《すが》りついていたコロさんは力なく前足を下ろし、項垂《うなだ》れる。

雨が、ぽつりぽつりと降ってきた。

ぽつり、ぽつり。

家の跡地に生えた雑草、そして崩れかけのブロック塀を、雨は無情に濡らしていく。

私の頬にも、大粒の雨が落ちてきた。

圭史郎さんは宥《なだ》めるように、濡れた私の肩をぽんと叩いた。

「佐登志さん。俺たちは銀山温泉の花湯屋という宿の者なんだ。雨も降ってきたことだし、ここで立ち話も何だから花湯屋に来ないか？　そこでコロの話をしよう」

圭史郎さんは淡々とした声音《こわね》で紡ぐ。佐登志さんは雨に濡れた前髪を掻《か》き上げながら、圭史郎さんの提案に幾度も頷いた。

「ええ、ええ……銀山温泉か。懐かしいな。……子どもの頃に行ったことあるよ。俺も車で来てるので、一緒に向かいましょう」

やがて夕立は大雨となって世界を灰色に染め上げる。

私は俯《うつむ》いているコロさんをそっと抱きかかえると、圭史郎さんと共に軽トラックへの
り込んだ。

花湯屋へ到着する頃には、幾分雨の激しさは和らいでいたが、温泉街の中央を流れる銀山川にはいくつもの波紋が描かれている。

タオルで濡れた体を拭《ふ》いた私たちは、臙脂《えんじ》の暖簾《のれん》の向こうにあるあやかし食堂に集まり、テーブルを囲んで座った。

佐登志さんは考え込むように両手を合わせて、静かに話し出す。

「……元々、両親は犬を飼うことに反対だった。俺がペットショップでコロを見かけて、無理を言って買ってもらったんです。父の転勤が急に決まって引っ越すとき、もう時間がないから置いていけと親に言われたので、コロに約束しました。いつか必ず迎えに来る、と……。でも東京のマンションではペットの飼育が禁止されていたので、結局俺が大人になるまでどうすることもできなかったんです」

私と圭史郎さんは、神妙な面持ちで佐登志さんの告白を聞いた。コロさんは佐登志さんの足許《あしもと》から離れようとせず、主人に付き従う犬のようにお座りをしている。

普段は人と同じように椅子に着席できるコロさんだけれど、今は佐登志さんが傍にいるので、昔のとおりにしているのだろうか。

「ずっと、気がかりだった。あのあと、どうなったかな。近所の人に飼われていればいいな。そんなふうに自分に都合のいいことを考えて、殺処分されるかもしれないという可能性を、俺は……知らぬふりをしていたんです」

私は、先程怒りに任せて失言を吐いてしまったことに気がつき、唇を噛み締めて目を伏せた。

コロさんは、自分が死んでしまったことに気づいていなかった。

サトシ君との約束を果たすために生き長らえたのだと、希望を持っていたのだから。

約束だけが、可哀想なコロさんのよすがだった。

それなのに私は殺処分されたのだと、はっきり言ってしまった。

私の配慮に欠けた発言が、コロさんを深く傷つけてしまったんだ。

でも、どうしても佐登志さんに事実を知ってほしかった。

コロさんは私たちが引き取って育てました、十五歳で亡くなりましたよ、なんて嘘は、私の口からは到底吐くことはできない。

圭史郎さんは首を傾けて、タオルをするりと髪から外した。

「最後まで面倒見られないなら、初めから飼うな」

「そうだね……そのとおりだ」

室内に重苦しい空気が澱《よど》む。

佐登志さんの事情は仕方ないことといえた。

結果的に無責任だけれど、子どもだった佐登志さんには親の転勤や引っ越し先の環境を選択することはできなかった。せめてもという子ども心で約束した事柄が、コロさんを長く縛りつける結果になってしまったけれど、それじゃあ、別れるときに、なんて言えばよかったのだろうか。

コロさんは佐登志さんを守るように、彼の前に立ちはだかる。

「僕は、サトシと一緒にいられて幸せだったよ！　それにサトシは僕を友達だと思ってたんだ。友達だから、離れていてもいつか会えるんだって、信じてたんだよ！」

佐登志さんを恨むどころか庇《かば》うコロさんに、私は溢《あふ》れる涙を抑えることができなかった。

この言葉もすべて、佐登志さんには届かないだなんて。

「佐登志さん……コロさんは、あなたの隣にいます。サトシと一緒にいられて幸せだったと言って……あなたを庇《かば》っています」

瞳を瞠《みは》った佐登志さんは、顔をくしゃりと歪めると、自分の足許《あしもと》に目を向けた。

焦点は合っていないけれど、そこには確かにコロさんがいた。

「コロ……ここに、いるのか？」

掌《てのひら》をかざせば、コロさんは愛おしそうにクゥンと鳴いて、佐登志さんの掌《てのひら》に鼻先を擦りつけた。

「コロさんは今、掌《てのひら》に鼻を擦りつけてますよ」

「ああ……それはコロがよくしてくれた仕草なんだ。手を出すといつも鼻を擦りつけてきて……。コロ、ごめんな。遅くなって、ごめん」

佐登志さんの声は掠《かす》れていた。

コロさんは黒い瞳を細めて、いつまでも佐登志さんの掌《てのひら》に鼻を擦りつけていた。

佐登志さんには何の感触も得られないはずだけれど、ほんの少しでもいい、そこにコロさんの温もりを感じることができたならと、私は祈らずにはいられなかった。


圭史郎さんは佐登志さんに芋煮を振る舞った。

残り物だと圭史郎さんはそっけなく言ったけれど、圭史郎さんなりに、コロさんを案じて山形までやって来た佐登志さんをもてなしたのだと私にはわかった。

佐登志さんは懐かしいと言いながら、芋煮を喜んで食べてくれた。

やがて夕立は上がり、空は灰色と紅色の雲が美しい模様を織り成す。

明日は仕事があるという佐登志さんは、車で東京へ帰らなければならない。私たちは見送るため、花湯屋の表へ出た。

「芋煮、ごちそうさまでした。それからコロのこと……ありがとう。若女将さんと圭史郎君に会えてよかった」

「俺たちの話、信じたのか。あやかしだの、コロがずっと駅で待ってただの、急に言われて驚いただろ」

「信じるよ。コロと交わした約束は、俺とコロ以外、誰も知らないんだ。それに二十年前のことをあなたがたが詳しく知るはずはないしね。それはやはり、コロから直接聞いたんだろうなと納得したよ」

佐登志さんは吹っ切れたような笑みを浮かべていた。

彼自身も、小学生の頃からずっと喉に引っかかっていた棘《とげ》が抜けたということなのかもしれない。

私はちらりと佐登志さんののってきた車を見て、車を運転してきたから駅で待っていても会えなかったのだなと思った。

コロさんはもうこれで、佐登志さんを待ち続ける必要はなくなった。

「俺、今度結婚するんです。嫁さんは犬好きで、新居に子犬を連れてくる予定なんだよ。コロのことがあったから、今度こそ最後まで面倒みるって誓ってる。……コロ、おまえも一緒に暮らすか？　そこにいるんだろ？　迎えに来るって、約束したもんな」

私の隣に、いつものように二本足で立ち上がっているコロさんは、佐登志さんをまっすぐに見ながら、ゆるりと首を左右に振る。

「え……コロさん、どうして⁉　佐登志さんが迎えに来てくれるの、ずっと待ってたじゃないですか。また一緒に暮らせるんですよ？」

コロさんは佐登志さんから視線を外さない。まるで彼の姿を瞳に焼き付けるかのように、ひたむきに見つめながら、コロさんは静かに話した。

「行かないよ……。サトシはもう大人になって、新しい家族がいる。今度サトシの友達になる子犬は、最後までサトシと一緒に暮らせる。それで充分だよ。サトシは約束を守ってくれた。僕を迎えに来てくれた。今まで不安になったり、寂しかったときもたくさんあったけど、サトシとまた会えただけで僕は報われたよ」

「コロさん……」

本当に、それでいいのかな?

コロさんは清々《すがすが》しく微笑んでいたけれど、どこか寂しげだった。

一緒に暮らせても、佐登志さんはコロさんの姿を見ることはできない。そんな中、佐登志さんが子犬を可愛がっていたらきっと、切ない気持ちになってしまうだろう。

佐登志さんについていっても、そこにコロさんの居場所はない。

そのことに気づいた私は哀しくなってしまった。

コロさんは、佐登志さんと交わした約束をここで終わらせようとしているんだ。これから佐登志さんが新しい家族と幸せに暮らすために。

唇を噛み締めてコロさんを見つめている私に、佐登志さんは遠慮がちに声をかけた。

「コロは、なんて言ったんです? もしかして、行かないって? もし子犬に遠慮してるなら、嫁さんに話して引き取るのはやめることに……」

「東京の水は腹が下るから行かないだとさ」

突然の圭史郎さんの発言に、私は目を見開く。

「圭史郎さん、そんな嘘言わないでくださいよ！　それに東京の水はおなか壊したりしませんからね⁉　確かに山形の水はおいしいけども！　お米もおいしいですけども！」

佐登志さんは声を立てて笑った。コロさんも笑っている。

あやかしとなったコロさんはこの土地に住むのがいいと、圭史郎さんは言いたいのだろう。今後育てる子犬が幸せになることを、コロさんも望んでいる。

私は、とある決意を固めて、佐登志さんに笑みを向けた。

「コロさんは花湯屋の看板犬として、私たちとここで暮らします。いつでも会いに来てくださいね」

花湯屋で、コロさんと一緒に暮らそう。

私たちならコロさんとやり取りができるし、あやかしのお客様が訪れれば、コロさんも寂しくない。

今度は私の決意を聞いた圭史郎さんが、目を見開いた。

反対されるかな？

でも、もう決めた。ここは若女将としての権限を乱用してでも、コロさんを花湯屋の看板犬に就任させせよう。

「そうですか……。コロ、おまえはそれでいいのか？」

佐登志さんの問いに、コロさんはしっかりと頷いた。

「若女将さんが望んでくれるなら、僕は花湯屋の看板犬になりたい。僕のように悩んでるあやかしのお手伝いをしてあげられたらいいな」

「コロさん……ありがとうございます。これからは私たちと一緒に、あやかしのお客様をお迎えしましょうね」

「うん、若女将さん！」

私の言葉で佐登志さんは、コロさんの答えを察したようだった。彼は小さく頷いた。

「若女将さん、コロのこと、よろしくお願いします。今度来るときは嫁さんと子犬も連れてきますね」

「はい。ぜひ、おいでください！」

「……じゃあな、コロ。また来るよ。花湯屋の看板犬として、頑張れよ」

佐登志さんは私が話しかけていた空間に目を向けた。

コロさんはとびきりの笑顔で、佐登志さんにお別れの挨拶をする。

「またね、サトシ」

車にのり込んだ佐登志さんは、東京へ帰っていった。

私たちは銀山川に架かる白銀橋の上から、車が見えなくなるまで見送っていた。

やがて辺りが暮れ始め、銀山温泉街は藍色に染まる。

「おい、優香」

予想どおり、圭史郎さんは不機嫌そうな声を投げてきた。

私は毅然《きぜん》として圭史郎さんに向き直る。

「いいでしょう？　駅に行ったときのように、私と圭史郎さんがふたりとも宿から出かけたら、もしお客様がいらっしゃったときに困ります。鶴子おばさんたちは、あやかしのお客様が見えないし、茜と蒼龍に任せるわけにもいかないです。コロさんが看板犬としていてくれれば、花湯屋としても助かりますよ」

コロさんは背筋を伸ばして、まっすぐに圭史郎さんを見上げた。

「僕、待つのは得意なんだ。看板犬のお仕事、いっしょうけんめい頑張ります！」

私たちに期待を込めた瞳で見つめられた圭史郎さんは、やがて頭を掻《か》いた。

「……まあ、いいか。一匹増えるくらい、どうってことないな」

私は嬉しくて、輝きだした一番星を背に飛び上がった。コロさんと手を取り合い、ふたりで大喜びする。

「ありがとうございます！　よかったですね、コロさん」

「ありがとう。若女将さんのおかげだよ！」

やれやれと肩を竦《すく》める圭史郎さんのあとに続いて、私とコロさんは軽い足取りで花湯屋への道を戻る。

「置いてどこかに引っ越すんじゃないぞ。優香が一緒に暮らすって言ったんだからな」

「もちろんです。私はどこにも行きませんからね」

「そうか……。それは結構だ」

私が東京出身だから、いずれ東京に戻ると圭史郎さんは思っているのかな？

コロさんと一緒に暮らすと宣言したからには、私はこの銀山温泉でずっと、若女将としてやっていかなければならない。

望むところだ。初めは尻込みしていたけれど、あやかしお宿の若女将、こなしていこうと決意が湧き立つ。

私がスキップすると、コロさんも飛び上がるように跳ねた。圭史郎さんは突然私たちの周りをぐるぐると回りだし、三周すると、「わん」と呟く。

「どうしたんですか？」

圭史郎さんも照れているだけで、本当は嬉しいのかな。それにしては妙な行動だったけれど。

圭史郎さんは背を向けると嘆息《たんそく》する。

「賭けは俺の負けだ」

「あ……そういえば、そんな賭けしましたね。すっかり忘れてました」

私とコロさんの笑い声が宵の空に吸い込まれると、ガス灯の明かりが、ぽっと灯る。
ふわりとした温かな明かりは、銀山温泉街を優しく包み込んでいた。

第二章　キノマヨイ

四月に入り、新学期の季節を迎えた。

けれど銀山温泉の春は、もう少し先のようだ。朝晩は肌寒い日が続く。

山形の桜の見頃は例年四月下旬だそうで、新年度が始まる頃はまだ桜は芽吹いていない。

花湯屋の若女将として日々奮闘している私だけれど、もうひとつの顔は高校生である。

尾花沢市内にある県立の高等学校に転校することになった私は、着慣れないブレザーの制服を着用し、緊張の面持ちで教室の黒板の前に立っていた。

「花野優香です。よろしくお願いします」

自己紹介すると、ぺこりと頭を下げる。

クラスの生徒たちは一年生からの持ち上がりらしい。東京からの転校生を珍しそうに眺めている。共学の普通科だから、男子と女子の数は半々だ。

この空気……すごく緊張する……

でも、東京の高校は一年の途中で行けなくなってしまったから、今度こそきちんと通いたい。それに若女将として務めるには、初めての人とも気さくに話せるようにならないといけないんだ。

緊張に引き攣《つ》った笑みを形作った私に、先生は一番後ろの空いている席を示した。

「花野さんはあそこの席に座ってください。それでは、授業を始めます」

教室内に、一斉に教科書を捲《めく》る音が響く。

私は好奇の視線を感じながらも、机の間の通路を通って空いている席へ向かった。

着席しながら、隣の人に笑顔で挨拶する。

「よろしくおねが……、えっ？」

中腰で固まってしまった私に、隣で頬杖をついている男子生徒は訝《いぶか》しげな視線を投げる。

「圭史郎さん⁉　ここで何してるんですか？」

漆黒の詰襟を第二ボタンまで外して着ている圭史郎さんは、傲然《ごうぜん》とした態度で座っていた。

「何って、勉強だろ。俺も高校生だ」

さらりと告げられてしまい、私は驚きの声を上げた。もっとも、授業中なので声はひそめている。

「ええ⁉　私と同い年だったんですか？　しかも同じクラス！」

落ち着いた物腰から鑑《かんが》みて、年上だと思い込んでいた。俺は世界のすべてを見透《みす》かしていますと言いたげな眼差しも、とても十代には見えない。

「それに、軽トラック運転してましたよね？　まさか無免許……」

「免許は持ってるぞ。永遠の高校二年生というやつだな」

「あ、留年なんですね。納得しました」

一体、何回高校二年生を繰り返しているのか定かではないけれど、神使の圭史郎さんは正体不明なところがある。

私は、実は圭史郎さんのことを何も知らないんだな。

花湯屋でいつも一緒に過ごしているのに、クラスも同じだなんて、なんという奇妙な縁なのだろう。

初めて見る圭史郎さんの制服姿は驚くほど……似合ってない。

花湯屋の紺の法被《はっぴ》は似合ってるのにね。

くすりと笑んだ私に、圭史郎さんは教科書を押しつけてきた。

「見せてやるよ。まだ用意できてないだろ」

「あ……ありがとうございます」

該当のページを開いた私は一緒に見ようと、互いの机をくっつけて教科書を広げる。

けれど圭史郎さんは気怠《けだる》そうに頬杖をつくと、瞼《まぶた》を閉じた。

学校でも昼寝である。

「圭史郎さん、また留年しちゃいますよ」

「んー……」

長い睫毛《まつげ》が春の陽射しを受けて、濃い陰影を頬に落としている。

滔々《とうとう》とした先生の講釈を聞きながら、私は眠る圭史郎さんの横顔を眺めていた。


授業が終わると女子たちは、わっと私の席を取り囲んだ。

「東京から来たの？　都会ってお洒落な人ばっかかなんでしょ？」

「モデルや芸能人に道で会えるんだよね？　見たことある？」

東京から来た転校生ということで、みんなの興味は東京についてが主なようだ。

圭史郎さんは授業が終わっても居眠りを続けている。みんなから質問攻めにされる私に加勢してくれる様子はない。

「東京には人がたくさんいるから、みんながお洒落ってことはないですよ。エリアにもよると思います。私はあまり行かなかったけど、代官山《だいかんやま》や表参道《おもてさんどう》はお洒落な人や芸能人が多いんじゃないかな」

女子たちは瞳を輝かせながら私の話に頷いた。表参道にあるショップは女子共通の好きな店らしく、その話題で盛り上がっている。

女子は特にファッション誌の影響で東京に憧れを持つようで、みんな華やかなイメージを抱いているようだ。

転校した理由について聞かれたらどうしようと内心びくびくしていたけれど、話題は東京のショップやファッションのことに終始したので、私は自らの事情を語らずに済んだ。

ほっと胸を撫《な》で下ろす。

ふと、左斜め前方の、窓際の席に座る女子の後ろ姿が目に入った。

あれは、なんだろう？

彼女の肩に、黒いものがとまっている。

虫なんていう大きさではない。まるで動物の襟巻きみたいだ。

でも、もう四月だし校内だし、肩に置く襟巻きなんて不自然だ。

じっと見ていると、襟巻きらしきものの黒い尻尾が、ふるりと揺れた。

「ひゃ！」

「どうしたの？」

みんなは驚いた声を上げた私の視線を追う。

「あの子の、肩に……」

「あー、広田《ひろた》さんね。あの人には近づかないほうがいいよ」

「どうしてですか？」

女子たちは顔を見合わせて、眉をひそめた。

小声でひそひそと話し出す。

「妄想がすごいっていうの？　しかも間違った方向なんだよね」

「彼女にしか見えない友達がいるんだってさ。その病気？　のせいで学校も休みがちなんだよね」

「私たちが無視してるみたいにされるの困るよね。だって話しかけても敵みたいな扱いなんだもん。自分の友達だけと仲良くしてればいいんじゃないの？」

彼女はクラスで孤立した存在らしい。

あの肩にとまったものと関係があるのだろうか。

黒いものは、ふるりふるりと尻尾を揺らしている。やはり、生き物のようだ。

「あの黒い生き物は、学校に連れてきてもいいんですか？」

当然学校へのペットの同伴は禁止だろう。

私が周りの女子に聞くと、みんなは訝《いぶか》しげに首を捻《ひね》った。

「黒い生き物？　なに？」

「そういえば広田さんの友達って、黒いトカゲとか言ってなかった？」

どうやらみんなには、あの黒い生物は見えていないようだ。

なるほど、確かにトカゲのように見える。

まさか、あやかし……？

私は席を立つと、俯《うつむ》いている広田さんと黒いトカゲのような生き物に近づいた。

「ちょっと、花野さん。やめなよ」

声をかける女子に笑みを見せて軽く手を挙げる。

自分で確かめてみないと。

「こんにちは。広田さん」

いきなり話しかけられた広田さんは、とても驚いた顔をした。

まっすぐな長い黒髪、黒目がちの瞳は大きく見開かれている。心なしか青白い顔色をしていた。

私は精一杯の笑顔を作って、ぎこちなく話しかける。

「あ、あの、私は今日転校してきた花野優香です。よろしくお願いします」

「……よろしく」

広田さんは警戒心を露《あら》わにして、ようやく低い呟きを返した。

挨拶を終えると、もう話しかけないでほしいという合図なのか、彼女は顔を背けてしまう。

どうしよう。

左肩にのっている黒いトカゲはゆったりと身を起こすと、血のように赤い目を私のほうに向けた。その眼差しには確かな意思がある。トカゲはまるで探るように、広田さんに近づいた私のことを観察している。

「あの、あなたはトカゲに見えますけど、あやかしですか？　私はあやかしが訪れる花湯屋の若女将を務めています」

他のあやかしたちと同じように意思の疎通ができるはずだ。

けれどトカゲは私を避けるように、ふいと視線を外す。

代わりに広田さんが息を呑んで、私を見上げてきた。

「今、もしかして……キノに話しかけたの？」

「あ、名前あるんですね。その、肩にのってる黒いトカゲのような……」

「見えるの⁉」

「見えるのということは、広田さんも見えてるんですか」

広田さんは慌てて席から立ち上がる。私の両肩を掴み、まっすぐに見つめてきた。

「私は、広田鈴《すず》。鈴って呼んでいいよ。この子はキノ。私の親友なんだ。でもね、キノは誰にも見えないの。だからキノのこと話しても、私の妄想だって言われてきたんだけど……花野さんには見えるんだね。すごい。私以外にキノが見える人がいたんだ。そうだよね、キノは本当に存在するんだよね！」

喜びを弾《はじ》けさせた広田さん、もとい鈴は嬉しそうに語る。

他の人に見えないということは、やはりあやかしなのかもしれない。

花湯屋ではあやかしの存在は認知されているけれど、一般社会には浸透していない。鈴があやかしの存在を主張しても、妄想だと思われてしまうのだろう。

鈴はどうして、あやかしが見えるのだろうか。圭史郎さん以外であやかしが見える人に出会ったのは初めてだ。

「花野さん、帰りに私の家に遊びに来てよ。学校のすぐ近くなんだ。そこでキノのこと詳しく話すね。ここじゃ……変に思われちゃうからさ」

ちらりと、鈴はクラスメイトに視線を向ける。

クラスのみんなはそれぞれのお喋りに興じているので、私たちのやり取りに注目している人はいないようだったけれど、他の人には見えないキノについて話すのは憚《はばか》られるのだろう。

彼女が孤立しているのも、キノが原因なのかもしれない。

「ね、キノもいいよね？」

鈴が肩のキノに話しかけると、黒いトカゲはゆっくりと頷く。

「……いい……」

ひとことだけだったが、まるで地を這《は》うような気味の悪い声だった。

私の背筋が、ぶるりと震える。

キノの了解を得られたようなので、私は気を取り直して鈴に向き合う。

「じゃあ、お邪魔しますね。それから私のことも優香って、名前で呼んでくださいね」

「わかったよ、優香。敬語じゃなくていいよ？」

「これは私の癖みたいなものなので……いつでもこれで通しちゃってます」

「優香がそうしたいなら、それでいいよ。じゃあ放課後にね」

放課後に鈴の家を訪ねることになってしまった。

話してみた限り、彼女はごくふつうの女子高生といった感じで、クラスの女子が避けたがるような偏屈な面は見られない。変わった点といえば、やはり肩にのせたキノだ。

私の去り際、キノは赤い目でじろりと睨《にら》んできた。

なんだか、悪意のようなものを感じる。

でも、鈴は親友と称しているくらいだから、家の中では違う態度なのかもしれないけれど。

席へ戻ると、圭史郎さんは物言いたげな目線を投げてきた。席を取り囲んでいた女子たちはすでにいない。

「妙なことに首突っ込んだな」

「……ということは、圭史郎さんもとっくに気づいてましたよね？　鈴があやかしを連れていることに」

「あいつは、キノマヨイという名のあやかしだ。厄介な種族だぞ」

「キノマヨイ……だから頭二文字を取ってキノなんですね。確かに見た目は怖いですけど、大人しいみたいだから厄介というほどではないんじゃ？」

圭史郎さんは呑気な私を窘《たしな》めるように、すっと双眸《そうぼう》を細めた。

「気の迷い、と言うだろ。字のとおり、キノマヨイは人間に取り憑《つ》いて気の迷いを引き起こさせるあやかしなんだ。快晴の朝に線路に飛び込んで自殺するような件なんか、キノマヨイに取り憑《つ》かれた結果だな」

「ええっ⁉　そんなことになったら大変じゃないですか！」

「だから厄介なんだ。広田が学校を休みがちなのも、キノマヨイの影響を受けているのかもしれない」

「それなら、鈴からキノを引き剥がさないといけないですよね？　放課後に彼女の家に遊びに行く約束をしたので、そのときに話してみます」

「俺も行こう。どうも、気になることがある」

圭史郎さんは疑問に思うことがあるようだ。目の端で、鈴とキノの後ろ姿を注意深く観察している。

あやかしが見える人が私と圭史郎さん以外にもいたことや、厄介なあやかしということは私も気になる。何より、このままでは鈴の身に危険が及ぶかもしれない。

　私は放課後を待ち侘びながら、その後の授業を受けた。


　無事に転校初日も終わり、放課後を迎えた。私は約束どおり、鈴の家を訪ねるため、彼女と一緒に校門を出た。家は近所なので徒歩で行けるらしい。

　……背後に当然のような顔で付いてくる圭史郎さんもいます。

「部屋は散らかってるけど気にしないでね。友達が来てくれるなんて久しぶりで、全然片付けてないよ」

「気にしないでください。私も友達の家に遊びに行くのは久しぶりです。楽しみです」

　鈴はちらりと振り返り、私に小声で訊《たず》ねる。

「もしかして、圭史郎君も来るの？」

「え、ええ……はい。圭史郎さんは花湯屋の先輩です。私の保護者みたいな感じですね」

「そういえば、圭史郎君は旅館で働きながら通学してるって聞いたことあるよ。同じ職場で同じクラスになるって、すごい偶然だね」

「そうですね。とてつもない偶然です」

　私は頬を引き攣《つ》らせる。花湯屋でも学校でも、いつでも圭史郎さんと一緒というわけで、本当に保護者のようだ。

そのとき首をもたげたキノが、小さな声で鈴に囁《ささや》いた。

「鈴……あいつも家に来るのか？」

嗄《しわが》れた低い声だが、よく聞こえる。

鈴は、ふと圭史郎さんを振り返った。あいつとは、圭史郎さんを指しているのだ。

圭史郎さんは素知らぬ顔をして道行く車を眺めている。

「いいじゃない。私も花湯屋のこと詳しく聞きたいよ。あやかしが訪れる宿って、さっき優香が言ってたじゃない。キノは、あやかしっていう妖怪のようなものだったんだね。私、全然知らなかったよ。どうして教えてくれなかったの？」

「……キノ、わからない……」

「そっか。じゃあ、キノは花湯屋には行ったことないんだ？」

「……ない」

短く答えたキノは、もたげていた首を下ろした。

キノとしては圭史郎さんにあまり来てほしくないようだが、花湯屋に一番詳しいのは圭史郎さんということになり、必然的に了承せざるを得なくなった。

圭史郎さんが男の人だから警戒しているのだろうか。

高校は街中にあるので、街路を少々歩けば門扉のある住宅街に辿り着く。

鈴は壁が白く塗られた家の門を開けた。

「ここだよ」

玄関までの石畳には隙間から雑草が生えており、小さな庭は伸びきった蔓《つる》に覆われている。あまり手入れがなされていないようだ。

鈴が玄関の鍵を開けて、黒いドアを開く。家の中はしんと静まり返っていた。

「どうぞ、入って」

「お邪魔します」

綺麗に片付いているのだけれど、なんだか生活感のない家だ。綺麗すぎて、使っていないように見えるのは気のせいだろうか。

「お母さんは、お仕事に行ってるんですか？」

挨拶しようと思ったけれど、家には人の気配がないので鈴に訊《たず》ねる。

鈴は一瞬固まってから、気まずそうに口を開いた。

「あー……うん、そう、仕事。気にしなくていいよ。親はいつも帰りが遅いんだよね」

そういえば玄関の鍵を開けていたのだから、誰もいないはずだ。

私と圭史郎さんは、案内されて鈴の部屋がある二階へ上がった。

「どうぞ。ここが私とキノの部屋だよ」

散らかっていると言っていたので覚悟していたが、思ったほどではなかった。

ふたりの部屋という、その部屋は勉強机と本棚、それにベッドがある。ベッドシーツがピンク色で、カーペットはベージュなので明るい印象だ。カーペットにはいくつかのお菓子の空袋が散らばっていた。

「適当に座って。ジュース持ってくるね」

鈴は部屋を出て、階下へ下りていった。

なんとなくお菓子の銘柄を確認すると、全部ピーナッツの小袋だった。

ピーナッツ、好きなのかな？

圭史郎さんは部屋の隅を物色している。

「何してるんですか、圭史郎さん」

「優香と同じことだ。……なるほど、水槽か」

後ろから覗《のぞ》いてみると、圭史郎さんは箱のようなものにかけられていた布を捲《まく》っていた。

中身は空の水槽だ。使用感がないので全く使っていないらしい。

圭史郎さんは捲《まく》っていた布を戻した。

「水槽がどうして、なるほどなんですか？」

「キノマヨイの正体は山椒魚《さんしょううお》なんだ」

「サンショウウオ……いわゆるトカゲですよね？」

「広い意味ではトカゲといえるかもしれないが、爬虫類じゃない。山椒魚《さんしょううお》は両生類だ」

「あ。両生類は水に棲《す》んでるから、水槽が必要なんですね」

「キノマヨイはあやかしだから、その限りじゃないけどな」

軽い足音が廊下から響いてきた。盆を手にした鈴は、水槽を前に座り込んでいる私たちを見て、はにかんだ笑みを向ける。

「それね、キノの家にと思って用意した水槽なの。でもキノは私と一緒に寝たいって駄々捏《こ》ねて、水槽に入ってくれないんだよね。ねえ、キノ？」

鈴は笑いながら四つのコップがのった盆をカーペットに置いた。

体は真っ黒で赤い目をした恐ろしい容貌のキノが、鈴のベッドで一緒に寝ると駄々を捏《こ》ねる様子を想像して、私の頬が緩む。

なんだか、可愛いかもしれない。

キノは恥ずかしそうに俯《うつむ》いて、こくりと首を縦に振った。

「……ん。キノ、鈴から離れたくない」

「すごい甘えん坊なんだよ。お風呂も一緒に入るんだもんね」

「……ん。鈴といっしょにいたい」

本当に仲がいいんだ。こんなふうに言われたら、甘やかしてしまうのもわかる気がする。

そのとき、コップを取ろうとした鈴の手が引っ掛かり、四つのコップすべてを倒してしまった。硝子の割れる音が響き、零《こぼ》れたオレンジジュースがカーペットに染みを作る。

「あっ……ごめん！」

「大丈夫ですよ、布巾ありますか？」

私は素早くコップを戻すと、膝立ちになる。若女将をやっているので、飲み物を零《こぼ》したなどのトラブルは日常茶飯事だ。

「私が持ってくるよ。ちょっと待ってね」

慌てて部屋から出て行った鈴だが、階段を下りる途中で派手な音が響いた。

「鈴、どうしたんですか⁉」

大急ぎで圭史郎さんと共に階段下へ向かう。

鈴は階段を踏み外したらしく、横向きになって倒れていた。肩にはキノがしがみついている。

「おい、大丈夫か」

「怪我はない⁉」

ふたりがかりで抱え起こすと、鈴は照れ笑いを零《こぼ》す。

「ごめんね、私、そそっかしくて……いたた」

「医者に行きますか？」

「ううん、平気。足も捻《ひね》ってないし。いつも階段から落っこちてるから、もう慣れちゃった」

「いつも？　そんなに転んでるんですか？」

「うーん。二日に一回くらいかな。この階段、滑りやすいんだよね」

滑りやすいとは思えなかったが。自宅の階段なのに頻繁に転んでいるなんて不思議だ。

鈴は腰をさすりながら立ち上がり、リビングへ歩いて行った。

圭史郎さんはなぜか訝《いぶか》しげな視線を、鈴の肩に注いでいる。

割れたコップを片付け、布巾でカーペットの汚れを拭《ふ》き取り、新しいジュースをコップに注ぐ。先程の件があるので、心配になった私は鈴に付き添って手伝いをした。

「ありがとう、優香」

「どういたしまして」

「キノもごめんね。びっくりしたよね」

「……ん。キノ、へいき」

ふと鈴の手許《てもと》を見やると、指先が血で赤く染まっている。

「ひゃ……鈴！　血が出てますよ！」

「えっ？　……あ、コップで切ったのかも」

いつのまに。

主にコップを片付けてくれたのは圭史郎さんだったけれど、私と鈴も少々コップの欠片に触れていた。そのときに切ったのだろう。

「見せてください」

鈴の手を取り、検分する。幸い、傷は深くなさそうだ。鈴は鮮血の滲《にじ》んだ指先をティッシュで包んだ。

「これくらい平気だよ。絆創膏貼っておくね」

私はなんだか不安になった。

偶然かもしれないけれど、鈴に不幸が降りかかったような気がしたからだ。

圭史郎さんが教室で語っていたキノマヨイの性質を思い出す。

厄介なキノマヨイは人間の気の迷いを引き起こして、もしかしたら自殺に導いてしまうかもしれない危険なあやかしなんだ。

鈴の肩にのったキノは黙然としているので、心中は計り知れない。

「さあ、ジュース飲んで。今度は倒したりしないよう気をつけるから、大丈夫だよ」

鈴の明るい声音《こわね》に誘われ改めて盆を見ると、コップは四つある。

初めから、四つあった。

私たちは三人しかいない。

私は初めてその違和感に気がついた。

「あれ？　ジュースが四つありますけど……」

「そうだよ？　私、優香、圭史郎君、キノで四人じゃない」

「あ。そうですよね」

……と、納得してしまったけれど、山椒魚《さんしょううお》のキノもジュースを飲むらしい。

そういえば、あやかしは人間と同じ食べ物を食べられるから、ジュースも飲めるんだろうな。

花湯屋を訪れるあやかしはお客様だから、食事も人数分を用意するけれど、鈴もキノを家族のように大切に思っていることが窺《うかが》える。

鈴はコップを肩口に持っていくと、キノが飲みやすいように傾けた。

「はい。キノ」

ごくりごくりと、キノが喉を鳴らす。

なんだか零《こぼ》しそうな飲み方で、気が気ではない。

小鳥が水を飲むように、小皿に注いで自分で飲ませてあげたほうがいいのではないだろうか。

「いつもキノは、鈴の肩にのったまま飲むんですか？」

「うん。私が飲ませてあげないと何も飲まないんだもん。よく零《こぼ》れて、服がジュースまみれになっちゃうんだよね」

やっぱり。常日頃から鈴が先程のような惨事《さんじ》に見舞われている姿が想像できる。

「ピーナッツが主食なんだけど、それも私の手からあげないと絶対に食べないんだ」

「この空袋は全部キノが食べたんですか？」

「そうなの。お皿に盛って自分で食べさせようとしたこともあるんだけど、いつも甘えちゃって、私の手から食べさせてもらわないとダメって言うんだよね。困っちゃう」

鈴は嬉しそうに困り顔をして、肩のキノを優しく撫《な》でた。

キノは横目で鈴の顔を窺《うかが》いながら口を開く。

「……ん。キノ、鈴の……」

「肩から下りないためか？」

冷たい声音《こわね》を出した圭史郎さんに、みんなの視線が集まる。

肩から下りないためとは、どういうことだろう。

「キノマヨイは人間の肩にのって、気の迷いを起こさせる。寝るときも風呂のときも肩にとまってるんだろ？　階段から落ちても、そいつは離れなかったな。相当な執念だ。広田がそのあやかしに張り付かれている限り、気の迷いが起こり続けるぞ」

圭史郎さんは、肩にのっているキノのせいで鈴が気の迷いを起こし、階段から落ちたり、コップの破片で手を切ったのだと指摘しているのだ。

鈴は瞳を見開いて、圭史郎さんの言い分を聞いた。

けれどすぐに反論する。

「何言ってんの、圭史郎君。キノが私に悪さをするために、肩にのってるって言いたいの？　そんなことないよ。キノは甘えん坊だから、いつも私にくっついていたいんだよ。それにすごく臆病なの。カラスが鳴いただけで震えてるんだから」

「広田がキノマヨイと出会ったのは、いつなんだ？」

「えっと……中学生のときだから三年くらい前かな。トカゲがカラスに嘴《くちばし》で突かれてたのを道端で見たの。それがキノだったんだよね。カラスを追い払ったら、キノが『やっと見つけた』って言って、私の肩にのってきたんだ」

「やっと見つけた、ということは、キノは初めから鈴のことを知っていたんですか？」

私が問いかけると、キノは大きな口を開けてまた閉じ、忙しなく体を動かした。なんだか動揺しているように見えるのは気のせいだろうか。

「……キノ、トモダチほしかった。だから鈴を捜して旅してた。鈴とトモダチになれたの、嬉しかった……」

キノの喋り方がたどたどしいので今ひとつ伝わりにくい。友達を探して旅をしていたら鈴に保護されたけれど、それは必然だったと言いたいのだろうか。

鈴は微笑をキノに向けながら、話を続ける。

「キノは喋れるトカゲだから孤独なんだよ。初めはびっくりしたけど、一緒に暮らし始めたら、むつこくなっちゃって」

「むつこく？　って、どういう意味ですか？」

「むつこい、っていう山形弁だね。可哀想と可愛いを、両方含んだ言葉だよ。子犬が雨の日に捨てられて鳴いてるから、むつこい、とかね」

山形弁をひとつ会得した私は、なるほどと頷いた。

真っ黒で気味の悪い生物に見えるキノを、鈴は可哀想な子犬と等しく考えているようだ。小さな生き物が気の毒な状況だったら、〝むつこく〟なってしまうのはよくわかる。

だけど圭史郎さんは険しい表情を崩さなかった。

「その頃から、怪我や不幸が相次いだんじゃないか？」

「え……うーん、その頃から……？　そんなことないと思うけど。転んで怪我するのはいつものことだし。確かに、学校休みがちになったのはその頃からだけど……朝になると急に気分が悪くなるんだよね。そのせいでお母さんが学校から呼び出されたりして、お父さんと喧嘩になってたな……。怒鳴られるから、私もつい強く言い返しちゃって。それからだね。親の帰りが遅くなったのは。ふたりとも深夜か早朝だから、仕事が忙しいことになってるけど、どこか別の居場所があるんじゃないかな」

淡々と語った鈴は、気を取り直したようにキノを優しい仕草で撫《な》でた。

「でも、私にはキノがいてくれるから平気だよ。キノは私の悩みを全部聞いてくれる。

私にはキノさえいれば、他にはなんにもいらない」

「……キノ、鈴といる。鈴だけトモダチ……」

幸せそうな笑顔を見せる鈴と、赤い目を細めるキノマヨイ。

この状態は依存ではないだろうか。

もしかしたら、キノは鈴を不幸に陥《おとしい》れるために、わざと友達として彼女に近づいたのではないか。

キノと出会ってから、鈴が学校を休むようになるまでのいきさつを聞くと、そのように思えてくる。

私は真摯《しんし》に訴えた。

「鈴がキノを大切に思ってるのはよくわかるんですけど、キノが引き起こす気の迷いで、鈴の身によくないことが起こってるんじゃないですか？」

「……優香までそんなこと言うの？　怪我したことや親のことは、キノのせいじゃないよ。全部私が悪いんだよ」

「でも、キノと暮らし始めてから今の状態になったんですよね？　このままじゃ、鈴が大怪我するようなことになるかもしれない。そうなる前に……」

鋭く睨《にら》みつけた鈴は、肩のキノを抱きしめるように掌《てのひら》で押さえながら立ち上がった。

「キノのせいじゃない！　私は悪いことが起こったからって、誰かのせいにしたくないの！」

激昂する鈴の肩で、キノは喉を鳴らした。それはまるで断末魔の悲鳴が地を這《は》うかのような響きで、身震いを引き起こす。

「グゲ……ユウカ、キライ。ケイシロウもキライ……」

「そうだよ、ふたりとも、嫌いだよ！　キノの姿が見えるから友達かと思ったのに、結局あなたたちもキノを否定するんだね。他の人と一緒だよ。もう帰って、出て行って！」

鈴を怒らせてしまった。私の言い方が悪かったんだ。

「鈴……あの……」

謝ろうとした私の肩に、ぽんと大きな掌《てのひら》が置かれる。

ふたり分の鞄を持った圭史郎さんは、冷静な声を出した。

「帰ろう。広田も少し考える時間が必要だろ」

「……はい」

今日はこのまま帰るしかなさそうだ。圭史郎さんは「じゃあな」と軽く鈴に告げて、ドアを開けた。

「それじゃ……お邪魔しました。また明日ね、鈴」

鈴は唇を引き結び、俯《うつむ》いていた。彼女が抱くようにしている指の隙間から、キノの赤い目がこちらを窺《うかが》っている。

家を出ると、街には鮮やかな西日が射していた。

私たちは花湯屋に向かって歩き始める。

「鈴を説得できませんでしたね……」

「あの状態は、どう言っても無理だろうな。キノマヨイは広田の信頼を得ようと、従順なペットを装っている。友達がほしいだなんて、キノマヨイというあやかしの性質から考えるとありえない台詞《せりふ》だ」

「え……。あのキノは偽りだということですか？」

「そういうことだな。悪意に塗《まみ》れたあやかしが人間に懐くわけがない。キノマヨイは本来、人間の肩から肩へ飛び移り、気の迷いを引き起こさせる。気の迷いは一瞬だけ起こるものだろ？　それが常に肩にいるようじゃ、広田は常に気の迷いを起こし続けていることになる。学校を休むのも、家庭不和なのも、俺たちに出て行けと怒ったのも、すべてキノマヨイのせいだ」

「それは鈴が一番聞きたくない言葉でしょうね……」

先程鈴が怒り出したとき、私たちのことを嫌いだと鈴の気持ちを代弁するような台詞《せりふ》をキノは吐いた。

あれは誘導に見えなくもない。

キノは圭史郎さんが家に来ることを渋っていた。私たちに邪魔されては、困ることでもあるのだろうか。それはやはり、鈴の肩から引き剥がされることだろうか。

「どうすればいいんでしょうか。あのまま、鈴が……死……まで、気の迷いを起こさせるつもりなんでしょうか？」

死んじゃうまで、とは、とても言えなくて私は言葉を濁《にご》した。

圭史郎さんは首を捻《ひね》る。

「俺が気になっていたのは、そこだ。なぜキノマヨイはずっと広田に取り憑《つ》いているんだ？」

気の迷いが起きるのは一瞬のこと。人間の肩から肩へと飛び移る。

常時キノマヨイが肩にのり続けていることは異常なのだ。

「……キノマヨイが気の迷いを起こしてるから？」

「それは面白い冗談だな」

真面目に言ったのに、圭史郎さんに笑い飛ばされてしまった。

「三年前にキノマヨイに会ったとき、『やっと見つけた』と言われたと広田は話してたな。つまりキノマヨイは初めから広田を狙ってたんだ」

「それ、私も思いましたけど……改めて考えると、何を見つけたのか具体的なことがわからないですよね。あやかしが見える人を見つけた、とか？」

「それが理由なら、俺や優香にもう少し反応がよくてもおかしくないはずだ。明らかにキノマヨイは広田を標的にして、捜し求めていたんだ。俺が思うに、キノマヨイの復讐の相手が広田なんじゃないか。そう考えれば腑《ふ》に落ちる」

私は瞳を瞠《みは》る。

怨念《おんねん》を抱えて死んだ者が、あやかしになる。

それが圭史郎さんの持論だけれど、私は必ずしもそうではないと思う。それはコロさんのときに証明済みだ。

「出ましたね、圭史郎さんの怨念《おんねん》論。キノが死んだ原因が鈴だってことですか？」

「肩にしがみついてるのは、それしか考えられないだろ。俺たちに邪魔されるのも迷惑そうだったしな。広田があやかしが見えるのも、キノマヨイの能力だと推測できる」

「えっ？　そうなんですか？」

「ある一定の状況下になると、あやかし使いでなくてもあやかしが見えることがある。死に際とかな。だが広田は常にキノマヨイの姿が見えている。あれは広田自身の能力ではなく、キノマヨイが操っているんだ。肩から離れないのはそういう理由もある」

キノマヨイの怨念《おんねん》に基づいて、鈴は操られている。

圭史郎さんはそのように解釈している。

でも、なんだか納得できない。

私は授業中にそうするように挙手した。

「私は怨念《おんねん》論に反対します」

「根拠を述べろ」

う……。そう言われても、明確な根拠なんてない。

ただ、復讐などという惨劇に向かってほしくないというだけだ。

だって鈴は、あんなにもキノを信頼している。親友だと、心の支えにしている。たとえ依存であっても、あの幸福そうな鈴の笑顔を哀しみで塗り替えるなんてこと、あってほしくない。

「鈴がキノに恨まれる理由はまだ明らかになっていません。すべて圭史郎さんの想像の域を出ていません」

「まあな。確かにすべて推測だ」

「それなら、他の理由も考えられるんじゃないかと思うんです。鈴が実はあやかし使いの末裔《まつえい》で、キノがそのしもべだとか」

圭史郎さんは天を仰いだ。私も釣られて空を見上げる。棚引く雲が美しいですね。

そして嘆息《たんそく》する圭史郎さん。

「あやかし使いがそこらに存在するなら俺も多少は楽ができるんだけどな。とりあえず確証がないから、理由については保留にしておこう。問題は、気の迷いを起こした広田が命を落とすような事態に陥《おちい》らないかということなんだが」

「そうですよ！　キノを肩から下ろす方法はないんですか？」

「肩から下ろす方法か……。無理やり引き剥がすのは簡単なんだが、それは意味がなさそうだしな……」

圭史郎さんは考え込んでいる。

このままにはしておけない。キノマヨイを肩にのせ続けていれば、いつか鈴は引き起こされた気の迷いによって命を落としてしまうかもしれないのだ。

キノを肩から下ろせばきっと、鈴を取り巻く不幸もなくなるはず。

けれど、そうすると、鈴は知らないほうがよかった真実を突きつけられることになるのかもしれない。

どうすればいいのかな……

キノがいないほうが、鈴は穏やかに暮らせるはずだ。

真実を知れば、鈴は慌ててキノを下ろすかもしれない。

そうなるべきなのに、キノを引き剥がして怒り出す鈴を見たくないという身勝手な想いが湧き起こる。

誰かを信頼することって、とても大きな力だと思うから、その相手に裏切られてしまうのは世界が破壊されることに等しい。

誰にとっての世界も、壊れてなんてほしくない。

私は溜息を吐いた。茜色の夕陽に溜息が溶けていく。

今日のことで、私と圭史郎さんは初めから鈴の信頼を得られなかったわけで。

キノマヨイの真実を伝えるどころか、明日から鈴に話も聞いてもらえないかもしれない。

「どうしよう……」

「とりあえず帰って飯だな」

「圭史郎さんは気楽ですね」

「高二を何回もやってればこうなるさ。どうにかなる」

「……私は留年しませんから」

「そう言うなよ。永遠の高校生も悪くない」

からりと圭史郎さんは笑う。私はそんな圭史郎さんを横目で見ながら、暮れなずむ空の下を並んで歩き続けた。

突破口は意外にも早々に訪れた。

翌日、登校した私のもとに、鈴は気まずそうにやってきた。もちろん、肩にキノをのせながら。

「あのさ……昨日はごめん。私、急に怒ったじゃない？　あのときは傷つけられたって思ったんだけど、よく考えたら、優香と圭史郎君は私のためを思って言ってくれたんだよね。私から家に呼んだのに帰れなんて言って、悪かったなぁって……あとから反省したんだ。ホントにごめんね」

私と隣の圭史郎さんに、素直に頭を下げる鈴に驚かされる。

大切なキノを悪く言った私たちを、きっと許してくれないだろうなと思い込んでいたから。

「気にしないでください。私たちも言い過ぎました。鈴とキノのことをまだよく知らないのに、思い込みで語ってしまったんです。ね、圭史郎さん？」

「まあな」

圭史郎さんはまだ訝《いぶか》しげな目をキノに向けている。彼の怨念論《おんねん》は継続中らしい。

キノは圭史郎さんから顔を背けるようにして、鈴の首元に身を寄せた。鈴は、ほっと肩の力を抜く。

「言えてよかった。キノにも謝らなくちゃいけないって言われたんだ」

「え？　キノが、そう言ったんですか？」

私たちを追い出したかったようなキノが、謝ろうと助言するなんて意外だ。

「そうだよ。友達をなくしたらいけないって、キノは言ってくれたもんね。ねえ、キノ」

「……ん。ユウカ、鈴のトモダチになれる……。やさしい……」

どうやら私だけが対象らしい。横目で圭史郎さんを見やると、頬杖をついて目線を逸らしている。

どうにもキノと圭史郎さんは相性が悪いようだけれど、私だけでも鈴の友達として認めてくれたなら嬉しいな。

私はキノにお礼を言った。

「ありがとう、キノ」

キノは赤い目を眇《すが》めて、ふい、と私から顔を逸らした。

鈴の友達と認めてはくれたけれど、キノ自身は私と話したくはないようだ。

「キノは恥ずかしいのかも。私と一緒にいるときはもっと喋るんだけどね」

「そうみたいですね」

「それでね、キノと昨日相談したんだ。優香と圭史郎君は、キノがいるせいで私に悪いことが起こるって言ってたじゃない？　でも、もっと長い時間一緒にいないとわからないと思うんだ」

「確かに……思い込みということもありますよね」

鈴は昨日のことを怒っているだろうと、実際に私は思い込んでいた。

何事も決めつけてはいけないよね。

「だから、キノのせいじゃないってわかってもらうためにも、今度の日曜日に銀山温泉をダブルデートしようよ」

鈴の提案に、私は瞳を瞬《またた》いた。真顔で鈴に訊《たず》ねる。

「ダブルデート？　誰と、誰がですか？」

ダブルデートとなると二組のペアが必要なので、合計四人だ。

どこにそんな要員がいるのだろうか。

鈴は最高の笑顔で返答する。

「もちろん、私とキノ、優香と圭史郎君だよ」

……そういうことだったらしい。

私は再び瞳を瞬《またた》く。

「キノは男子だったんですね……」

「つっこむところ、そこか」

圭史郎さんは平静な声で話に入ってきた。

圭史郎さんとデートだなんて、考えただけで顔が火照りそうになり、戸惑ってしまう。

でも、これはチャンスかもしれない。

結局、鈴の肩からキノを下ろす方法は思いつかなかった。

銀山温泉を散策している最中なら、何かの拍子にキノが離れるかもしれない。それに鈴の提案どおり、一緒にいる時間が長ければ、不幸はキノのせいで起きるのか確かめることもできるだろう。

　圭史郎さんは身をのり出す。

「いいぞ。俺は地元だから、保護者として付いていってやるよ」

　どうやら圭史郎さんも私と同じことを考えているようだ。鈴は華やいだ声を上げた。

「やったぁ！　私も尾花沢が地元だけど、銀山温泉は小さい頃にしか行ったことないんだよね。すごく楽しみ」

　すかさず圭史郎さんは、鈴の肩にのっているキノに問いかけた。

「優香は東京から来たからな。キノはどうなんだ？　銀山温泉が地元なのか？」

　硬直したキノは、やがて視線をうろうろと彷徨《さまよ》わせる。初めて圭史郎さんに話しかけられたので緊張しているのだろうか。

「そういえば聞いたことなかったね。キノと初めて会ったのは……」

「広田は黙ってろよ。俺はキノに聞いてる」

　みんなの視線がキノに集まる。

　地元がどこかという内容は、そんなに重要なことなのだろうか。

　キノは苦しげに呻いた。

「うう……キノ、わからない……」

あやかしなのだから、わからなくても当然かと思う。

けれど、キノの態度は何かを隠しているように見えなくもない。

圭史郎さんには何らかの確信があるようで、口許《くちもと》に笑みを浮かべていた。

◆◇◆◇◆

日曜日は快晴の空が広がっていた。

暖かな陽射しの中、私と圭史郎さんは白銀橋から坂を上ったところにある銀山温泉バス停まで歩いて行った。大石田駅から銀山温泉までの路線バスがあり、鈴とキノはこれにのって来る予定なのだ。

「晴れてよかったですね」

「ああ。観光日和だな」

いつも見ている銀山温泉だけれど、住んでいる身としては、いざ観光となるとなかなかきっかけが掴めないものだ。私は銀山温泉に引っ越してきてから観光らしいことをしたことがなかったので、今日のダブルデートはとても楽しみにしていた。

……ダブルデートという言い方が、ちょっと、恥ずかしいのだけれど。

圭史郎さんは花湯屋では法被《はっぴ》と鳶《とび》装束のような紺のズボンが普段着だけれど、今日は爽やかなコットンの白シャツにジーンズという格好だ。寝癖が付いているのは常時である。

私はといえば、デートに何を着ればいいのかわからなくて悩んだ結果、花柄のスカートにピンクのカーディガン、足許《あしもと》はローファーというコーディネートに落ち着いた。バッグは春らしくペールグリーン。

「圭史郎さん、この格好、おかしくないですか？」

ローファーはバランスが悪かったかな？

でも観光するから結構歩くと思うので、ピンヒールというわけにはいかない。ヒールが高いと足も長く見えるのだけれど。

問われた圭史郎さんは、私を一目見るなり簡素な感想を言い放つ。

「おかしい」

「えっ⁉　おかしいんですか？　どこが？」

「花湯屋の小袖が一番しっくりくる。私服だと妙だな」

「……それって、見慣れてるかどうかという問題だと思いますけど」

「そうだな。私服は見るたびに色が変わるから、なんだか落ち着かない」

「つまり、いつも同じ服でいいということですか？」

「中身は同じなんだ。服を変えることに意味があるのか？」

「女の子はお洒落が好きなので、いつも同じ服というわけにはいかないんです」

「よくわからない理屈だな」

「圭史郎さんに服の感想を求めたのが間違いだったようです」

不毛な論争を交わしていると、道の向こうからバスがやってきた。

『銀山はながさ号』と名付けられた路線バスは、萌葱《もえぎ》色に塗られたボンネットバスでレトロな車体だ。

停車すると、小銭を払った鈴がバスから降《お》りてきた。

「お待たせ、優香、圭史郎君。今日はダブルデート楽しもうね」

グレーのチュニックにスキニーパンツを穿いて、右肩にトートバッグを提げている鈴の左肩には、もちろんキノがのっている。

「キノも、すごくそわそわしてたんだよ。ね、キノ？」

「……ん。鈴と……でえと、たのしみ……」

たどたどしくデートと話すキノは、なんだか照れているようにも見える。

私は浮かれていることもあり、そんなキノを微笑ましく見ることができた。

「じゃあ今日は、銀山温泉街で食べ歩きをしてから、白銀公園を散策しましょう」

私たちは銀山温泉街のダブルデートに繰り出した。

温泉街の中央を流れる銀山川には白銀橋をはじめとしたいくつもの橋が架けられ、その両岸にクラシカルな宿が建ち並んでいる。温泉街を通り抜けた先には白銀公園があり、白銀の滝も見学できる散策コースや、その奥にある銀鉱洞が主な観光スポットだ。

まずは白銀橋の手前にある菓子処で、名物の銀山温泉饅頭を食する。

「うわあ、真っ黒なんですね」

「竹炭《ちくたん》を練り込んであるからな」

真っ黒な温泉饅頭は、竹炭《たけすみ》パウダーが練り込まれた胡麻饅頭だ。仄かな胡麻の香りが漂う。饅頭を割ってみれば、餡《あん》まで真っ黒。

頬張ってみると、胡麻に混じった炭の味わいが口の中いっぱいに広がる。炭を食べているようで不思議な感覚だ。

「このお饅頭、なんだかキノみたいだね」

鈴は微笑みながら、肩のキノにも欠片を千切って食べさせていた。炭のように真っ黒なので、確かにキノは饅頭の色によく似ている。

「……ん。うまい……」

キノも嬉しそうに温泉饅頭を咀嚼《そしゃく》していた。

饅頭を食べたあとは、温泉街の入口近くの豆腐屋へ立ち寄る。メニューには、『豆腐』『生揚げ』『豆腐テン』と三種類ある。ご主人の説明によれば、上から湯豆腐・揚出し豆腐・冷や奴ということらしい。私たちは『豆腐』を注文した。

たっぷりのだしつゆと共に深めの容器に入れられた手作り豆腐は、とろとろの逸品だ。口に入れれば温かくて、ふわりととろける。

これを傍にある足湯に浸かりながらいただく。

銀山川に臨む足湯は横に広い造りで、並んで座れる。そこからは黒鳶《くろとび》色の旅館が建ち並ぶ銀山温泉街を一望できた。

透き通る碧色の銀山川から覗《のぞ》いた川石は、硫黄の成分により黄金色に輝いていた。芳《こう》ばしい硫黄の香りが鼻を掠《かす》める。暖かい日曜日なので、観光を楽しむ人々も数多く温泉街を散策していた。

温泉街の奥にはカフェなどもある。

私たちはピンクの壁が目印のカフェの窓口から、名物のカレーパンを購入した。紅白の包みに入ったカレーパンはキーマカレー風の挽肉入りで、ぴりりとした辛味と旨味が凝縮されている。

空の下で食べる熱々のカレーパンは、なんておいしいのだろう。

「キノはカレーパン初めて食べるよね？　どう？」

鈴はすべての食べ物を半分にしてキノに与えていた。彼女がキノに愛情を注いでいるということが伝わってくる。

ピーナッツが主食だけれど、キノは何でも食べられるようだ。カレーパンもおいしそうに頬張っている。

「うまい、うまい」

「ピーナッツより、カレーパンのほうが好き?」

「んー、鈴が食べさせてくれるなら、どっちもうまい」

「あはは。じゃあ、どれでもいいってことじゃない」

鈴は楽しそうに笑った。キノも嬉しそうに目を細めている。

今までは無口で喋り出すのに間があったキノだけれど、鈴と会話が弾んでいるときは若干饒舌《じょうぜつ》になるようだ。

鈴も、ふたりのときはもう少し喋ると言っていた。キノは人見知りしていたのかな。

私たちの推測は杞憂《きゆう》だったのかもしれない。

鈴の不幸はたまたま起こった偶然で、私たちは勘繰りすぎたのではないだろうか。調子がよくないときは連続で怪我をすることもあるし、家族の不仲はどの家庭にも起こり得ることだ。陽射しの下で朗らかな笑いに包まれていると、そのように思えてくる。

実際に、今日は悪いことが何も起きていない。

私はこっそり圭史郎さんに囁《ささや》いた。

「何も起きませんね」

圭史郎さんのことだから、厄介なあやかしだなんて大げさに語ったのだ。

先程から私たちの後ろを付いてきて、黙々と食べているだけの圭史郎さんは、目の端でキノを観察していた。

「俺は、今日はそのことについて何も手を出さない。起こった事実を確かめるためにな」

「きっと大丈夫ですよ」

「どうかな。口の端にパンくずをくっつけてるやつに大丈夫と言われてもな」

私は慌てて口許《くちもと》を拭《ぬぐ》った。

「教えてくださいよ！」

「教えてやっただろ」

圭史郎さんってば、疑り深いんだから。

私たちはカレーパンを食べ終えると、白銀公園を散策する。

公園内の散策コースでは渓流の美しい姿を眺めることができる。辺りは淡い木漏れ日が降り注ぎ、清涼な空気に満ちていた。

「わあ、気持ちいい。マイナスイオンを感じるね」

「ホントに。頭がよくなりそうですよね」

「マイナスイオンはそういう効果じゃないと思うが……」

圭史郎さんは呆れているけれど、清々《すがすが》しい空気は心も体もすっきりさせてくれるのだ。

展望台から、白銀の滝を見学する。

岩肌を流れる滝は壮観な景色だ。二十二メートルの落差から滔々《とうとう》と流れ落ちる滝の水が泉のように広がり、銀山川へと流れ込んでいく。水飛沫《しぶき》が陽に煌《きら》めいていて、とても綺麗。

鈴は懐かしそうに瞳を細めて、周囲の風景を眺めていた。

「ここ……子どもの頃に親に連れられて来たなぁ。それ以来だよ。でも滝なんて見てなかった。そういえば珍しいものを見つけたんだよね」

「珍しいものって、なんですか?」

「えっとね、トカゲを石で殺そうとし……」

ぶるり、と鈴の肩にのったキノの体が震える。

「鈴、いこう。さむい。ここはもういい」

「そう?　じゃあ行こうか」

珍しく早口で捲《まく》し立てたキノ。

どうしたのだろう。何やら焦ったように見えたのは気のせいだろうか。

今日は傍観を決め込んでいるらしい圭史郎さんは何も言わない。

白銀の滝をあとにした私たちは、白銀公園内にある銀鉱山の跡地を訪れた。

江戸時代には盛んに銀の採掘が行われた延沢銀山は、現在ではその一部を公開している。

幻想的にライトアップされた坑洞の内部はひんやりとした空気が流れていて、とても静かだ。

かなり勾配があるので、私は念のため鈴と手を繋《つな》いだ。

「心配性だなぁ、優香は」

「念のためですよ。この間も階段で転んだじゃないですか」

「今日は大丈夫だって……あっ」

空いているほうの手で髪を掻《か》き上げた鈴は、ふいに声を上げた。彼女は困ったように足許《あしもと》を見回している。

「どうしたんですか？」

「イヤリング、落としちゃったみたい。階段に落ちてない？」

私も足許《あしもと》を確認したけれど、周囲にはそれらしきものは落ちていない。

鈴の左耳には、猫を象《かたど》ったイヤリングが残されていた。右手で髪を掻《か》き上げたときに指を引っかけてしまったようだ。

「落ちてないですね……」

「下に落ちたんじゃないのか」

小物なので、欄干《らんかん》から石の狭間に落下してしまったのかもしれない。

下方を見やれば、切り崩した岩の壁や大きな石が視界を阻《はば》んでいる。見学場所以外のところに足を踏み入れるのは危険だ。

「あーあ。あの猫のイヤリング、気に入ってたんだけどな。なんでここで髪を触っちゃったのかな」

鈴の嘆息《たんそく》が零《こぼ》れた。

私は、ふとキノに目を向ける。

キノは黙然として、鈴の肩にのっている。

気の迷い、だろうか。

坑道《こうどう》の暗い道で小物を落とせば、なくしてしまうことは予測できた。

けれど鈴は、急に髪を掻《か》き上げたくなったのだろう。その結果、お気に入りのイヤリングを落としてしまった。

何も起こらないと思っていたけれど、これも気の迷いによる悪いことだろうか。それとも偶然だろうか。

結局イヤリングは諦めて、私たちは銀鉱洞を出た。

後日、落とし物として届けられればいいねと話しながら。

銀鉱洞をあとにして、銀山温泉街のほうへ戻っていく。

木立の並ぶ道を歩いている最中に、それは起きた。

上空で、カラスが声高に鳴いている声が響いてくる。

ふと、私は上を見た。

その瞬間、隣を歩いていた鈴の肩から影が飛ぶ。

右肩に何かがのった重みを感じた。くらりとした私は、思いがけない方向に足を踏み出す。

「あっ！」

妙な方向に足を捻《ひね》る。均衡を崩した私は転んでしまった。

「優香、大丈夫⁉」

「あ……平気です。ちょっとバランスを崩して……」

鈴に手を差し伸べられて立ち上がる。

なぜか、私の肩にキノがのっていた。転ぶ直前に、鈴から私の肩に飛び移ったのだ。

一体、どうして。

「キノ、どうしたんですか？」

私が問いかけると、鈴はふと自らの左肩に目を向ける。何もいない肩に。

瞬時に、キノはもったりとした体からは想像できないほどの俊敏《しゅんびん》さを発揮して、再び鈴の肩に飛び移る。

「えっ。キノがどうかしたの？」

だらりと尻尾を垂らす姿は、鈴の肩から一歩も動いていないかのように見えた。

鈴はキノが、私の肩に飛び移ったことにすら気がつかなかったようだ。

今のは、なんだったのだろう。

私が転んだことと、関係があるのだろうか。

背後にいた圭史郎さんは見ていたはずだ。

「圭史郎さ……」

振り返ると、圭史郎さんは茫然として立ち竦《すく》んでいた。

彼の頭には白いものがべったりと付着している。

白いペンキのように見えるそれはもしかして……

鈴は苦笑いを零《こぼ》しながら圭史郎さんの頭を指差した。

「圭史郎君、それ、カラスの糞が落ちたんじゃない？」

「そうらしいな……。拭《ふ》くもの、持ってるか……？」

私は慌ててバッグからポケットティッシュを取り出し、圭史郎さんに手渡す。圭史郎さんは鬱陶《うっとう》しそうに、ティッシュで頭に落ちたカラスの糞を拭《ぬぐ》った。鈴は可笑《おか》しそうに笑っている。

「あはは。圭史郎君、ついてないね。カラスの糞はついてるけどね」

「うるさいな」

ちょうど圭史郎さんの頭にカラスの糞が落ちてしまうなんて、すごい偶然で……ちょっとした不幸だ。

本当に偶然だろうか？

キノが私に飛び移ったこと、私が転んだこと、そして圭史郎さんの頭にカラスの糞が落ちたことは、わずか数秒の間に連続して起こった。

上空を見上げれば、カラスはすでにどこかへ飛び去っている。キノはといえば、鈴の肩の上でいつものように、だらりと体を垂らしていた。

「優香、怪我はないのか？」

圭史郎さんに問いかけられて、私は改めて足首を回してみる。痛みはないし、痣もどこにもない。ほんの少し転んだだけだ。

「大丈夫ですよ。どこも痛くないです」

「それならいいけどな」

「圭史郎君の頭に糞が落ちたから、優香もびっくりしちゃったんじゃない？」

鈴は糞が落ちたのが先と捉えている。私は曖昧《あいまい》に頷《うなず》いた。

圭史郎さんは私たちの後ろを歩いていたので、私からは圭史郎さんの様子はまるでわからなかった。糞が圭史郎さんの頭に落ちていると気づいたのは、転んだあとに立ち上がってからのことだ。

キノは何かに気づいたのかな？

動作としては、キノが飛んだことがもっとも早い。

私はキノに訊《たず》ねてみた。

「キノ、どうして私の肩にのってきたんですか？」

「……ん」

キノはあまり語りたくないようで、鈴の首根に頭を擦りつけている。驚いた鈴は肩のキノを見た。

「えっ、今、キノが優香の肩にのったの？」

「転んだときです。一瞬ですけど」

「全然気づかなかったよ。そうなの？　キノ」

「……ん……カラス、こわかった」

カラスに驚いたらしい。そういえば鈴が以前、キノはカラスに突かれたことがあると話していた。

「びっくりした。キノが私の肩から離れるなんて初めてだね。もしかして、キノの重さで優香が転んだとか？　結構、重いでしょ」

「そうですね。意外と重かったような……」

掌《てのひら》にのせられるほどの小さなキノが重いなんてことあるはずがないのだけれど。肩にのられたときに感じためまいはなんだったのだろう。

「キノ。優香に謝りなよ」

「……ん。ごめん、ユウカ」

「いいんですよ。気にしないでください」

圭史郎さんは頭に糞が落ちたことが相当ショックなのか、仏頂面《ぶっちょうづら》をしている。

とにかく怪我がなくてよかった。私たちは銀山温泉街へ戻った。

温泉街にある花湯屋へ赴くと、玄関前には看板犬であるコロさんが座っていた。

「お帰りなさい、若女将さん」

「おつかれさまです、コロさん」

花湯屋の看板犬に就任したコロさんは、私と圭史郎さんが留守にしている間も、こうしてあやかしのお客様を待っていてくれる。とても頼りになる看板犬だけれど、あやかしなので鶴子おばさんや他のみんなには見えないのが残念なところだ。

「今日はあやかしのお客様はおいでになりました？」

「ううん。人間のお客様だけだったよ。でも、みずほさんが『コロさん、おつかれさま。ここにいるんでしょ？』って言ってくれたから、挨拶しておいたよ」

「それはよかったですね！」

圭史郎さんは嘆息《たんそく》してコロさんを見下ろした。

「返事しても、みずほさんには聞こえてないだろ」

「いいじゃないですか、圭史郎さん。みなさん、コロさんを歓迎してくれてるんですから」

鈴は不思議そうな顔をして、コロさんを囲んだ私と圭史郎さんの顔を交互に見やる。

「何を話してるの？　今、ここに誰かいるみたいに話しかけてたけど……」

「……え？　鈴には、コロさんの姿が見えないんですか？」

「コロさん？　どこにいるの？」

尻尾を振りながら鈴を見上げているコロさんと鈴の目線は全く合わない。

鈴はキノの姿は常に見えているけれど、コロさんは認識できないようだ。

「コロさんは花湯屋の看板犬なんです。キノと同じ、あやかしなんですよ」

「へえ。私にはキノしか見えないんだね。キノは見えてるんでしょ？　コロさんはどんな犬なのかな？」

キノはちらりとコロさんに目を向けると、すぐに逸らした。

「……いぬ……」

「あはは。犬なのはわかってるんだよ。キノは怖がりなんだから」

「……ん、キノ、こわい……」

これで鈴があやかし使いの末裔《まつえい》という説は消えてしまった。

特定のあやかししか見えないのなら、能力は何らかの理由で限定されているということになる。

「さてと、そろそろ帰ろうかな。バスの時間は……っと」

陽は西に傾いてきた。

楽しい時間はあっという間だ。

トートバッグから時刻表を捜していた鈴は、青ざめた表情でバッグの中身を掻《か》き回している。

「ない……お財布がない！」

「えっ⁉　食べ歩きしたときは、お財布を持ってましたよね？」

「最後にカレーパンを買ったときまでは確かにあったよ。もしかして、道に落としたのかな？」

不安げな顔をした鈴を、コロさんは尻尾を振りながら見上げた。

「僕が捜してあげるよ。落としたお財布の匂いを辿れるから」

鈴の足許《あしもと》に寄り添ったコロさんは彼女の匂いを嗅ぐと、先陣を切って駆け出した。

「コロさんも一緒に捜してくれるそうです。みんなで行きましょう！」

走っていったコロさんのあとを追い、銀山温泉街を駆け抜ける。白銀公園の近くにあるカフェに辿り着いたけれど、お財布は見当たらなかった。

「お財布は赤地で水玉模様だよ。落ちてないね……」

「コロさん、どうですか？」

地面の匂いを嗅いでいるコロさんは、次第に店の前から離れ坂道を上っていく。

「こっちだよ」

私たちはコロさんに付いていき、夕闇の迫る銀鉱洞へ入る。

もう夕方なので人もまばらだ。先程通った坑道を、コロさんは懸命に往復している。

そんな私たちの後ろでゆるりとしている圭史郎さんは、平静な声をかける。

私たちも目を凝らし、必死で地面を見回した。

「無駄だと思うぞ。財布が落ちていたら誰かに拾われるはずだ。今日は観光客も多かったからな」

「そんな……持っていかれちゃったのかな……」

鈴は力ない声を漏らした。

そのとき、コロさんが歓声を上げる。

「あった！　これだよ！」

「えっ⁉」

ついに見つかったのだ。私は喜色を浮かべてコロさんに駆け寄る。

コロさんが鼻先で示したものは……猫のチャームがついたイヤリングだった。

「あ……これは……」

先程紛失したイヤリングは、階段の隙間に挟まっていたようだ。

捜していたのはお財布なのだけれど、匂いを辿ればここで紛失したイヤリングに行き着いたのだろう。

私は脱力しながらもコロさんから受け取り、労《ねぎら》うのだけれど。

「コロさん、ありがとうござい……」

「これじゃないぞ、コロ。捜してるのは財布だ。もとい、バス代だ。金がないと広田は家に帰れないんだよ」

コロさんの努力と私の御礼を台なしする圭史郎さんの脇腹を小突く。コロさんは困ったように、クゥンと鳴いた。

「ごめんね。でも匂いは、ここからしかなかったんだ」

私と圭史郎さんの会話で状況を察した鈴は私からイヤリングを受け取り、空いていた耳につけた。

「ありがとう、コロさん。このイヤリング、お気に入りだったから見つかって嬉しいよ。……あれ？」

イヤリングを装着する際、鈴の肘がトートバッグに触れて、がさりと揺れる。鈴は瞳を瞬《また》かせながら、バッグの外側に付いているポケットを開いた。

「あっ……あった！　お財布、ここに入れてたんだ！」

なんと、赤地に水玉模様の財布はトートバッグのポケットに入っていた。中を探っても出てこないわけである。

圭史郎さんは眉根を寄せながら低い声音《こわね》を出した。

「おい、広田。なんの冗談だ」

「ごめん！　私、いつのまにか外側のポケットに入れてたみたい……。カレーパン食べてたから、ぼんやりしてたのかな」

掌《てのひら》を合わせて謝りながら、鈴は首を捻《ひね》っていた。

いつもとは違う行動を無意識に取ってしまう。

それは気の迷いではないだろうか。

私はごくりと息を呑んだ。鈴の肩にとまっているキノは、赤い目を不気味に眇《すが》める。

「イヤリングもお財布も、両方見つかってよかったですね。じゃあ、バス停に向かいましょう」

気を取り直した私たちは坑道を出ると、銀山温泉街を銀山川に沿って歩いた。花湯屋の前でコロさんと別れ、鈴の見送りのため白銀橋を渡り、バス停までの坂を上《のぼ》る。

「今日は銀山温泉巡りができて楽しかったよ。最後の財布のことはホントにごめんね」

「気にしないでください。私もとても楽しかったです。また、みんなで遊びましょうね」

些細なトラブルはあったけれど、なくし物も見つかったし、怪我がなくてよかった。

バス停で待っていると、やがてボンネットバスがやってきた。

鈴は夕陽を浴びながら、私と圭史郎さんに笑いかける。

「それじゃあ、またね」

「また明日、学校で会いましょう。キノも、また……」

言いかけた私は、ふと気がついた。

キノの尻尾に、白い斑点のようなものがある。

漆黒の体をしたキノには、そんな模様はなかったはず。

私は眩《まぶ》しい夕陽の中で目を瞬《またた》かせたが、鈴がバスにのり込んだのでキノの姿は隠れてしまった。

窓越しに手を振る鈴に、手を振り返す。

バスは大石田駅へ向かって発車した。

車体が見えなくなるまで、私と圭史郎さんは夕日に染まったバスを見送っていた。

「……楽しかったですね。銀山温泉巡りができて、よかったです。若女将として名所も知らないと、お客様にも紹介できないですし」

「まあな。楽しめたのなら、よかった」

「圭史郎さんは災難でしたね。まさかカラスの糞が落ちるなんて……」

未だ寝癖で撥《は》ねている圭史郎さんの黒髪をちらりと見やる。今晩の圭史郎さんは髪を入念に洗うことになりそうだ。

「今日の出来事で俺がもっとも着目したいのは、そこだ。俺に糞が落ちる寸前、キノマヨイが優香に飛び移ったな」

「ほんの少しの間だけでしたけどね。鈴から絶対に離れないのに、びっくりしました」

「俺は後ろから見てたんだが、キノマヨイが優香に飛び移った瞬間に、おまえは妙な足の踏み外し方をしたんだ」

言われてみれば、あのときは立ちくらんだような感じがした。

けれどカラスが気になって空を見上げようとしていたので、それでバランスを崩したのかもしれない。

一瞬のことなので、自分でも理由がわからない。

「色々なことが重なったので、足を踏み外した原因は自分でもよくわからないんですけど……圭史郎さんはそれが気の迷いだと言うんですね？」

「そうだ。もしあのままキノマヨイが広田の肩にのっていたら、広田が気の迷いを起こして足を踏み外したうえに、頭に糞が落ちていたはずだ」

「えっ？　まさか、そんな」

「それぞれの歩いていた位置関係を鑑《かんが》みると、そうなる。だけど広田が気の迷いを起こさなかったので、代わりに優香が転んだ。そして広田が転ぶはずだった位置を俺が通ることになり、カラスの糞が落ちたんだ」

後ろを歩いていた圭史郎さんには事の起こったタイミングや位置がすべて把握できていたらしい。

確かに、鈴がイヤリングをなくしたときや財布を落としたと勘違いしたとき、自分でもよくわからない動作をしてしまったと呟いていた。私がキノに肩にのられたときも、体が誤作動を起こしたかのような、説明のつかないことをやってしまったのだ。

「でも……キノはどうして私に飛び移ったんでしょう？」

周りを不幸に陥《おとしい》れようという、キノの悪意なのだろうか。

鈴に甘えている姿を見ると、圭史郎さんが言うような復讐を企んでいる厄介なあやかしには見えないのだけれど。

圭史郎さんは腕組みをして考え込んだ。

「不幸を司《つかさど》るキノマヨイは、災いを撒《ま》き散らすものなんだ。キノマヨイがカラスの糞が落ちる不幸を予測していたことは間違いない。だけどなぜ、あのときだけ広田から下りた？」

結果として鈴は気の迷いにより引き起こされるだろう不幸を回避できた。もし鈴が転んでいたら、捻挫や骨折という大事になっていた可能性も否めない。

「きっと、キノが鈴を守ってあげたんですよ」

私の素晴らしい思いつきに、圭史郎さんは呆れた視線を投げてきた。

「前向きだな。いい笑顔だ」

「なっ、なんですか！　そういうことですよ、きっと」

「はいはい。わかったわかった」

「圭史郎さん、面倒くさいと思ってません⁉」

「優香の楽天的見解に感嘆してるんだよ」

「それ褒めてませんよね⁉」

別れ際、キノの尻尾に斑点のようなものがあったのは、光の屈折で私が見間違えたのかもしれない。

私たちは長い影を従えながら、花湯屋までの道のりを戻っていった。

それから何事もなく二週間ほどが経過した。

やはりキノは鈴から離れようとせず、他の人にも私にも飛び移る気配はない。

けれど、キノの尻尾の斑点は次第に広がっているように見えた。

やがて、鈴は風邪という理由で、学校を三日ほど休んだ。

事態はその翌日の土曜日に、大きく動く。

私が花湯屋の談話室に掃除機をかけていると、臙脂《えんじ》の暖簾《のれん》の向こうから、コロさんの声が響いてきた。

「若女将さーん！　お客様だよ」

「はい、ただいま！」

慌てて掃除機を片付けた私はソファに寝転がっている圭史郎さんを揺り起こしてから玄関に向かう。

玄関には、蒼白な顔をした鈴が立っていた。

「優香……圭史郎君……」

肩に、キノはのっていない。彼女は大切そうに籐《とう》の籠を抱えていた。

「鈴、どうしたんですか？　キノはどこに？」

「それが……キノ、病気になっちゃったんだ……」

籠の蓋を少し開けた鈴は、中に手を差し入れた。掌《てのひら》にのせられたキノはぐったりとして目を閉じている。白い斑点は体中を覆っていた。

「こんなに……、とにかく中へ入ってください！」

鈴を促して、みんなで談話室へ入る。

籠からキノを出した鈴は、もはや白にくすんだ体を抱きしめながら涙目で訴えた。

「白い斑点がいつのまにか増えていって……動きが鈍くて、痛むみたいに震えてるし、大好きなピーナッツも三日前から全く食べないの。ねえ、これ、なんの病気なのかな？どの薬飲ませればいいのかな？　動物病院に連れて行ったんだけど、先生に相手にされないんだよ。何もいませんよ、って言われるの……」

鈴の唇も声も、哀しげに震えていた。

あのときに見たキノの斑点は病気の兆候だったのだ。

三日ほど鈴が休んでいたのは、キノの看病をするためだった。

「圭史郎さん、どうなんでしょう？」

キノマヨイについて詳しいのは、圭史郎さんしかいない。私と鈴は縋《すが》るように圭史郎さんを見た。

圭史郎さんは鈴が抱いているキノマヨイの様子をじっと見つめると、やがてひとつ頷《うなず》いた。

「なるほどな」

「圭史郎君、わかったの⁉　キノは治るの⁉」

「とりあえず、風呂に入ってこい」

「……は？　お風呂？」

身をのり出した鈴は唐突に風呂に入れと告げられて唖然《あぜん》としている。私にもわけがわからない。

圭史郎さんは神妙な顔で説明した。

「広田の体の穢《けが》れが、キノマヨイを弱らせているんだ。花湯屋の大浴場には穢《けが》れを落とす効能があるから、風呂に入って体を洗ってこい。入念にな」

花湯屋のお湯に穢《けが》れとやらについての効能があったとは初耳だ。

鈴は毎日お風呂に入っていると思うけれど、現世に生きている限り穢《けが》れているということなのだろうか。

「わ、わかった。私が穢《けが》れを落とせばいいんだね。優香、お風呂お借りしてもいいかな？」

「どうぞ。こちらです」

鈴は相当慌てていて、キノを抱いたまま腰を浮かせた。

すかさず圭史郎さんは呼び止める。

「キノマヨイは置いていけ。一緒に風呂に入るのは意味がないからな」

「わかった。キノ、私、ちょっと行ってくるね。すぐに戻ってくるね」

キノは何も答えない。返事ができないほど衰弱していた。

後ろ髪を引かれるように鈴は弱っているキノを見つめていたけれど、テーブルにそっと置くと談話室を出た。私は廊下を小走りで駆け、鈴を奥の大浴場に案内する。

あやかしのお客様専用の大浴場はいつも綺麗にしてあるので、すぐに入浴しても問題ない。人間のお客様が入る大浴場と同じ造りで同じお湯なので、もちろん人間でも入浴できる。

「お、お借りします。おうちのひとによろしく」

動揺している鈴は私の前で服を脱ぎだした。私は慌てて視線を逸らす。

「鈴、落ち着いてください。滑らないよう、気をつけてくださいね。はい、タオルとバスタオルです」

「ありがとう」

「ちょっと待ってください、そっちはバスタオルです！」

「ええ⁉」

大判のバスタオルを掴んで大浴場に続く扉を開けようとした鈴を慌てて止める。しっかりタオルを持たせてあげた。

やがて大浴場からお湯を流す音が響いてくる。

ひとりにしても大丈夫かな？

けれどキノを肩にのせていないので、気の迷いは起こさないことになる。キノと圭史郎さんの様子も気になるので、一度談話室に戻ろう。

「鈴、私は談話室に戻ってますね」

「うん。キノのことよろしく。私も穢《けが》れを落としたらすぐに行くから」

鈴がボディシャンプーで体を洗っている姿が硝子の扉に映っている。

私は扉越しの鈴にことわりを入れると、大浴場をあとにした。

談話室に戻ると、そこには腕組みをした圭史郎さんと、テーブルにのっているキノが向き合っていた。

「鈴はお風呂に入ってます。大分慌ててますけど、私が見ていたほうがいいでしょうか？」

「問題ない。風呂くらい、ひとりで入れるだろ」

「穢《けが》れは、どのくらいの時間お湯に入れば落ちるものなんですか？」

「さあな」

「……さあなって、圭史郎さんが言ったんじゃないですか。鈴の穢《けが》れが原因でキノが病気になったんですよね」

「ああ、穢《けが》れ云々《うんぬん》は作り話だ」

さらりと吐いた圭史郎さんに目を瞠《みは》る。

「え？　今、作り話って言いました？」

「そうだ。キノマヨイと広田を引き離すための、嘘さ。ああでも言わないと広田はキノマヨイから手を離さないだろうからな」

鈴の肩からキノをどうやって下ろすか考えあぐねたときがあったが、圭史郎さんの咄《とっ》嗟《さ》の作り話が功を奏したことになる。

けれど……

私はだらりと体を伸ばしているキノを、沈んだ気持ちで見つめる。

鈴は口にできなかったと思うのだけれど、キノは、死んでしまうのではないだろうか。体の白いところには乾きが見られる。目を閉じて、指先を開いている様子は命が燃え尽きようとしている気配を滲《にじ》ませていた。

「さて。広田はしばらく戻ってこないな。そろそろ、おまえの正体を見せてくれてもいいだろう。従順なペットも悪くないけどな、キノマヨイ」

圭史郎さんは挑発的な態度を見せる。ゆっくりと瞼《まぶた》を開けたキノは、澱《よど》んだ赤い目を圭史郎さんに向けた。

「貴様が何者か、我は知らぬ。笑うがいい。我が、滅するさまを」

地を這《は》うような嗄《しわが》れた声が響いた。キノは今までに聞いたことのない重厚な口調で喋り出す。

これが、キノの本当の喋り方なのだろうか。鈴と会話しているときの甘えた言い方や、臆病な態度とはかけ離れている。

「おまえの目的はなんだ？　その斑点が現れたのは、能力を使いすぎたからだろう。広田にキノマヨイの姿が見えるという気の迷いを、おまえは常に起こさせていた」

鈴がキノの姿が見えるのは、気の迷いによるものだった。それはつまり、キノが自分の力を使って、そのように仕組んでいたのだ。

だから鈴は、コロさんは見えなかった。

ゆったりと頭をもたげたキノは口を開いた。

「我は、白銀の滝で生まれた。そして死に、あやかしとなって人間に取り憑《つ》き、やがて滅する。そしてまた生まれる。幾度も転生を繰り返してきた。それが高尚か低俗ゆえかは知らぬ。我は人間から疎まれる存在であった。我の姿を見た者は一様に恐怖を覚え、追い払う。……だが、鈴だけは違った」

嗄《しわが》れた低い声音《こわね》で、言葉が紡がれる。私はじっと話に耳を傾けた。

「幼少の頃、白銀の滝で死にかけた我は鈴との再会を願い、鈴を捜し求めた。一度だけ会えればそれでいいはずだった。どうせ追い払われるのだから。だが……鈴は我を招き入れ、面倒を見てくれた。その優しい心根に、我は初めて恋慕というものを抱いた。鈴との暮らしは何物にも代えがたいものとなった。人間から人間へと飛び移り、気の迷いを起こさせることが使命であるはずの我は、鈴から離れがたくなってしまった」

キノが切々と語る鈴への想いは、復讐心とはかけ離れていた。

そこには確かな愛情と安らぎが宿っていた。

キノは、鈴に復讐するために一緒にいたわけではなかった。ずっと離れなかったのは、鈴のことが好きだから。

鈴がキノを大切に思う気持ちは、キノに伝わっていたんだ。

「鈴にとっても、キノは大切な存在ですよ。病気を治さないと鈴が哀しみます」

キノは力なく首を振る。

「病ではない。その男の言うとおりだ。我の姿が見える気の迷いを起こさせるには、己の命を削らねばならぬほどの多大な力を要する。我の命は尽きる。だが、それでよい。己を偽ろうとも使命からは逃れられぬ。鈴の傍にいる限り、我は鈴を不幸に陥《おとしい》れてしまう。我には、鈴を幸せにしてやることができない。最後には災厄を与えることしかできない。愛しい者が不幸に堕ちていくさまを傍で眺めている苦しみがいかようか、人に生まれた貴様らにはわかるまい」

吐血するように苦しみにまみれた声が、キノの口から吐き出される。

鈴を愛しいと思うがゆえに生み出される苦悩。

傍にいたい。けれど、己の運命がそれを許さない。

死ぬことでしか解き放たれないというのだろうか。

圭史郎さんは双眸《そうぼう》を細めたけれど、何も言わなかった。

「一瞬だけ私に飛び移ったのは、鈴をこれ以上不幸にさせないためだったんですね？　あのときキノは、自分の意思で鈴を助けてあげました」

転倒とカラスの糞という不幸を予測したキノは、私の肩に飛び移ることによって、鈴の気の迷いを回避させた。おそらく鈴があのまま気の迷いを起こしていれば、大怪我に至っていたのかもしれない。

「鈴が転倒すれば、今度こそ命を失うかもしれなかった。我はあのとき確信した。もう鈴の傍にはいられぬ……」

ぶるりぶるりと身を震わせたキノの体が、皺《しわ》を刻みながら次第に縮んでいく。燃え尽きた炭が灰になるのと同じように、皮膚が白く浮いていった。

「え……キノ⁉」

そのとき、慌ただしい足音が廊下から聞こえてきた。

鈴が大浴場から戻ってきたのだ。

「ただいま！　穢《けが》れ落としてきたよ！　キノの様子はどう⁉」

洗いざらしの髪から雫を滴らせながら、鈴は血相を変えて談話室に飛び込んできた。

室内に満たされている重苦しい空気に、彼女は瞳を瞬《またた》かせる。

「広田、悪かったな。穢《けが》れが付いてるからキノマヨイが衰弱するっていう話は、俺の嘘だ」

圭史郎さんの言葉を呑み込めず、鈴は呆気に取られていた。

「……は？　嘘なの？　なんで……キノ、キノは……どこにいるの？」

不安げな瞳で、鈴はうろうろと視線を彷徨《さまよ》わせる。

見えないのだ。

キノが体から離れていると、姿も声も認識できない。

鈴がキノと見つめ合い、言葉を交わすことすら、気の迷いによるものという哀しい事実がそこにあった。

私は込み上げるものを堪《こら》えながら、鈴の手を取り、テーブルの上にいるキノに導いた。

「ここに、いますよ」

「……あ。キノ、よかった。ちゃんと、ここにいたんだね」

キノの体に指先が触れた鈴は、一瞬くらっとしたように瞬《まばた》きをする。

白く染まったキノをそっと抱き寄せると、乾いた皮膚の欠片がぱらぱらと零《こぼ》れ落ちた。

鈴は指に欠片が付くのも構わず、大切そうにキノを胸に抱きしめる。

濁《にご》った赤い目を細めたキノは、愛しげに鈴を見た。

「鈴……白銀の滝に、連れて行ってほしい」

「え？　白銀の滝に？」

「そこ……キノの家。キノ、そこで、病気なおす」

私たちに語った口調とはまるで違う、たどたどしい鈴への話し方には憐憫《れんびん》が誘われる。

驚いた鈴は、キノに顔を近づけて目線を合わせた。

「キノ……自分の家があったの？　それが白銀の滝だったの？」

「……ん。あった。鈴に、言えなかった」

ぎゅっと唇を引き結んだ鈴に、キノは小さな声で告げた。

「キノ、鈴といたかった。だから、いろいろ……ウソ、ついた……。もう、帰る……」

鈴は衝撃を堪《こら》えるように体を小さく震わせていたけれど、やがて瞳を潤ませながら、幾度も頷《うなず》いた。

「そっか……そうなんだ。白銀の滝にある家に帰れば、キノの病気は治るんだよね？　治ったらまた一緒にいられるんだよね？」

不安を打ち消すかのように必死に訊《たず》ねる鈴に、キノは小さく体を丸めることで応えた。

家で病気を治すという話は、キノの優しい嘘なのだと私は悟った。キノは私と圭史郎さんの前では本当の自分を晒して、命が尽きると明確に言ったから。

最後まで、鈴の前では臆病なキノの姿でいたいのだ。

そうあるべきと思った私は、口を挟まなかった。

圭史郎さんも黙ってふたりのやり取りを見つめていた。

「……ん、ん。キノ、帰る……」

そう言ったきり、キノは目を閉じた。また一緒に暮らせるとは、答えなかった。

呼吸していることを確かめた鈴は、ぎゅっとキノを抱きしめる。

さよならの前に、その体温を腕に刻みつけるかのように。

「わかったよ……。キノの病気を治すためだもんね。キノがそうしたいなら、おうちに、帰ろうね……」

鈴の目から大粒の涙が零《こぼ》れ落ちる。

彼女はきつくキノを抱きしめながら、嗚咽《おえつ》していた。


私たちは銀山温泉街の向こうにある白銀の滝へやってきた。

瀑布《ばくふ》となって流れ落ちる滝は、いつ見ても悠久の時を思わせる。

その滝が造り出す水辺に、キノを抱えた鈴は近づく。

私と圭史郎さんも一緒に、波紋が織り成す水面を見つめた。

「ここに、キノのおうちがあるの……？」

「……ん」

圭史郎さんに地元がどこか問われたとき、キノは気まずそうにしていたが、もしかして鈴に知られたくなかったのかもしれない。

でも、なぜだろう。

圭史郎さんは、鈴が生前のキノを殺そうとしたからだと予想したけれど……

けれど、キノは心から鈴を慕っていたはずだ。

哀しませたくないから、偽らなければならないのだろうか。

最初から、最後まで。

鈴は石の転がる水辺を見回して、瞳を細めた。

「思い出したよ。私が小さいときに、ここで会ったトカゲ……そういえば真っ黒で、キノにそっくりだった。あの子が、キノだったんだね」

「……ん」

「私のこと、ずっと前から知ってたんだね。どうして話してくれなかったの？」

「……ん。ごめん」

「謝らなくていいんだよ。私、キノがいてくれて本当に楽しかった。病気が治ったら、また一緒に暮らそうね。私のところに、戻ってきてね。私、いつまでも待ってるから」

その言葉に、キノは顔を上げて鈴に赤い目を向けた。キノの尻尾の先が、さらさらと砂のように溶け出している。

「……鈴、これからは、幸せになる。人間の友達も、たくさんできる。我は遠くから見守っている」

キノは私たちに話したときと同じように、重厚な喋り方をした。鈴は違和感を覚えたのか、眉をひそめる。

「え……？　なにいってんの？　私は今も幸せだよ。キノがいるんだから」

「鈴、さよなら」

ひゅっと、影が飛び上がる。

鈴の腕の中から飛んだキノは、水面に飛沫《しぶき》を上げてその身を沈めた。

「あっ……キノ！」

碧色の水の中に、キノの白い体が溶けていく。

すう、と水に溶け込むかのように馴染《なじ》み、やがて見えなくなった。

それは消滅したように見えた。

けれど深い水底に、帰っていったようにも見えた。

私たちは誰もひとことも口をきかず、ただ波紋を描く水面を、長い間見つめていた。

鈴は、ぽつりと呟く。

「私さ……実は、知ってたんだよね。キノが、悪いあやかしだってこと」

「え……知ってたんですか？　私たちが指摘したとき、鈴は否定してましたよね？」

鈴は俯《うつむ》いて唇を噛み締めた。

「気づくよ……。だって、キノが肩にのってると自分でもよくわからないことをしちゃうんだもの。悪意の塊っていうの？　そういう存在なんだって、いつもキノと一緒にいたら気づいちゃうんだよね。でもキノの存在は悪でも、私を好きでいてくれた……。

きっとキノは誰にも受け入れられないと思うんだ。一緒にいるだけで悪いことが起こる
なんて、みんな嫌がるじゃない？　でもそうしたら、キノの居場所がなくなっちゃう
じゃない？　だから、私だけはキノを守ろうって思ってた」

気の迷いによって引き起こされる不幸を知っていたのにもかかわらず、鈴はずっとキ
ノを庇《かば》っていたのだ。

どうして、そのことをキノに言ってあげなかったんですか？

どうして、知らないふりしてたんですか？

私はその言葉を喉元で呑み込む。

キノは鈴の前では、自分を偽っていた。

自分のせいで鈴が不幸になっていくことに、耐えられなかった。

けれど何も知らせずに、キノは鈴のもとから去ったのだ。

一緒に過ごした楽しい思い出だけを残して。

最後に、『さよなら』と言った台詞《せりふ》に、キノの想いが込められていた。

圭史郎さんは水面を眺めながら、ふと訊《たず》ねる。

「広田が子どもの頃に、ここでトカゲを殺したという話は本当なのか？」

「あれは……あのときは詳しく話せなかったんだけど、私が殺したわけじゃないよ。ここでね、男の子が屈んでたから、何してるのか覗《のぞ》いたのね。その子、トカゲを石で潰そうとしてた。私が悲鳴上げたら男の子は逃げていったんだけど……トカゲはまだ生きてて、血を流しながら滝に向かっていったの。だから私、トカゲを抱えて水に戻してあげた。だって、可哀想じゃない？　なんにも悪いことしてないのに、どうして悪戯《いたずら》されて殺されなきゃいけないの？　そのこと、すっかり忘れてたんだけど、あのトカゲがキノだったんだね……。なんで言ってくれないかな。恩返しに来ましたって、昔話では言うのにね……」

声を詰まらせた鈴は、取り出したハンカチで目許《めもと》を拭《ぬぐ》う。

キノは恩返しをすることができない。

なぜなら、気の迷いを引き起こして、取り憑《つ》いた人間を不幸に導くあやかしだから。

鈴のもとを去って行ったことが皮肉な恩返しといえた。

「鈴に言えなかったんじゃないでしょうか。好きな人に本当のことを知られるのは、怖いですよね……」

キノマヨイがなぜ自分を偽り、たどたどしい臆病なキノの姿でいたのか、私は気づかされた。

本当の自分を見せても、好きになってもらえないとわかっているから。

せめて可愛らしく弱々しい姿を装い、鈴の気を引きたかったのかもしれない。

別れという形を迎えてしまったけれど、それでもやはりキノが鈴と過ごした中で生み出された絆は、またひとつの真実だった。

「そういうものかな……。でも私も、キノの正体になんとなく気づいてるよって、言えなかったしね……。キノに嫌われるのが、怖かったから……」

鈴は、あやかしとしてのキノの正体には気づいたけれど、性格を偽っていたことは、ついに疑いを持つことはなかった。

嫌われることを恐れずに真実を伝えるべきなのだろうか。

私は抱いた疑問に、心の中で首を振る。

きっと、知らないほうが良いこともあるのだ。お互いのために。

キノが最後まで守り通そうとしたものを、私が壊すことはできなかった。

疎まれる己を助けてくれた少女への、報われない想い。

表面を偽ることはできても、自分の根本は変えられないゆえに生まれる不幸。

私は、キノの背負った哀しい運命に心を痛めた。

「また、会えるさ」

「圭史郎さん……」

確信を持って会えるという圭史郎さんは、滝を見上げる。

キノは、死んだのではないだろうか。

「キノマヨイは、人間の気の迷いから作り出されたあやかしだ。その男の子が山椒魚《さんしょううお》を殺そうとしたのも、気の迷いによるものだ。そしてあやかしに生まれ変わり、人間に取り憑《つ》いて気の迷いを起こさせ、また山椒魚《さんしょううお》に生まれ変わる。そうやって転生を繰り返して、常に人間の傍にいる。だからキノマヨイは、いつでも人間の心の中にいるってことさ」

いつでも、人間の心の中にいるキノマヨイ。

山椒魚《さんしょううお》は死してキノマヨイとなり、いずれまた山椒魚《さんしょううお》に生まれ変わる。

それならば、キノはまた生まれ変わってくるのだろうか。

ハンカチを下ろした鈴は赤くなった目を水面に向けて、笑みを見せた。

「私は、またキノに会えるって信じるよ」

「そうですね……。私も生まれ変わったキノに会えると信じます。そのときはまた、みんなで銀山温泉巡りをしましょう」

「俺の頭に糞を落とすのは、もう勘弁してほしいけどな」

私たちは声を上げて笑った。

風の囁《ささや》きに、木立がさらさらと揺れた。

水面の波紋はいつまでも絶えることなく、弧を描いていた。

◆◇◆◇◆

あれから、鈴は学校を休むことがなくなった。

気分が重くなったり、急に癇癪《かんしゃく》が起きることが減ったという。

鈴の話では、両親の帰りが遅いのは本当に仕事が忙しかったとのことで、最近は夕方に帰ってきた両親と食卓を囲んでいるのだそうだ。

休み時間の教室には華やかなお喋りが、そこかしこでされている。

ひとつの女子たちの輪に交じって、鈴もお喋りに興じていた。

「ねえ、優香。帰りにコンビニで新作スイーツ買って食べ比べしようって話になってるんだけど、優香も行かない？」

私が転校した日にはひとりで俯《うつむ》いていた鈴だけれど、今は明るい笑顔を見せていた。

キノは、自分がいなくなっても、鈴に友達を作ってほしいと望んでいた。

鈴がクラスのみんなと仲良くなって、笑顔になれたのは、本人の努力の賜物だ。

決してキノがいなくなり、不幸が遠ざかったからだとは、私は思わない。

だって人間の心にはいつも、気の迷いが棲《す》んでいるのだから。

「あー、私はパスします。今日は早めに帰って仕入れの相談をしないといけないんですよ」

「そっか。若女将は大変だね」

残念だけれど、仕事があるので仕方ない。

机で居眠りに勤しんでいた圭史郎さんは、いつのまにか起きて頬杖をついていた。

「優香がちやほやされたのは初日だけだったな」

「う……私は東京出身というだけで、お洒落でもありませんからね。みんなの話題についていけません」

「取り憑《つ》かれてるからだろ」

「えっ⁉　キノマヨイにですか？」

「神使にな」

「……それって、圭史郎さんじゃないですか。わかりました。圭史郎さんがいつも私に張り付いているものだから、私はみんなの輪に入れないんですね。よくわかりました」

「そう怒るなよ。帰りに白銀の滝にでも寄ってみるか」

キノが去って行ったときの光景を思い出す。

ちらりと鈴に目を向けたけれど、友達と予定があるそうなので邪魔するのも悪いだろう。

放課後、花湯屋に帰る前に、少しだけ私と圭史郎さんは白銀の滝へ向かった。

白銀の滝は常と変わらず、壮麗な姿を見せている。

滝から流れ落ちた奔流が、水面に流麗な波紋を広げていた。

その波の狭間に、黒く細い影が過ぎるのを見つける。

「あ……あれは……」

山椒魚《さんしょううお》の子どもだ。

もしかして、生まれ変わったキノだろうか。

子どもの山椒魚《さんしょううお》は水を縫うように泳いでいる。

そして滝のほうへ赴き、姿は見えなくなった。

「今度は、寿命をまっとうすればいい」

「……そうですね」

キノの今度の一生は、何も偽ることのない暮らしでありますように。

水面を見つめながら、私はそう願いを込めた。

小話　ヨミじいさんと恋

――チャリン。

玲瓏《れいろう》な響きが耳を掠《かす》める。

子鬼の茜と蒼龍はそれぞれの小さな手で、私に銀の粒を渡してくれた。

「今日の分ね、優香」

「ふたりだから二粒だぞ、優香」

「はい、確かに頂戴しました。ありがとうございます」

あやかしのお客様も泊まれる花湯屋だけれど、人間のお客様と同様に宿代はいただいている。

それが、この銀粒だ。

私は改めて、掌《てのひら》にのせられた銀の粒をじっくりと見た。

銀粒といっても砂金のような極小の粒ではない。一円玉より二回りほど小さくて、ちょうどペンダントヘッドくらいの大きさだ。

これをお客様から、一晩につき一粒いただくのが宿代と決められている。

子鬼たちは花湯屋に住んでいるような状態なので、もはや家族みたいなものなのだけれど、ふたりは律儀に毎日の宿代を払ってくれるのだ。この宿代は花湯屋があやかしのお客様を迎えたときから変わっていないらしい。

江戸時代は銀鉱山として栄えた地域だから、その名残で銀が宿代なのかな。

けれど、ずっと昔に閉山しているので、現在は採掘できないはず。

子鬼たちは一体どこから銀を調達しているのだろう。

「茜と蒼龍は毎日私に銀を渡してくれますけど……これ、どこかで採掘してくるんですか？」

私の質問に、まるで人形のように棒立ちになったふたり。

けれど、すぐに向き合ってふたりだけの円陣を組んだ。

「どうする？　蒼龍」

「どうする？　茜」

「優香に言っちゃう？」

「だめだぞ。優香はあやかし使いの末裔《まつえい》だけど人間だぞ」

ひそひそと小声で相談している。全部聞こえてるけど。

「でも、昔のあやかし使いは知ってたんだよね」

「そうなのか？　なんで優香は知らない？」

「ひよこだからだね」

ひよっこじゃないかな。未熟者ですみません。

私は静かにふたりの円陣を見守る。

やがて相談がまとまったらしいふたりは私に向き直り、腰に手を当てて胸を反らした。

「内緒だね」

「優香がひよこじゃなくなったら、教えてもいいぞ」

「そうですか……。にわとりになれるよう、頑張りますね」

内緒にされると余計に気になってしまう。

まさか、掌《てのひら》から生み出されるとか？

私は薄い銀の粒を見つめた。

……でも体から造れたら、体がなくなっちゃうよね。

首を捻《ひね》りながら、隣室の神棚へ赴いた。

畳敷きの小さな部屋には、白木造りの神棚が備え付けられている。両脇には御神酒《おみき》が供えられていて、厳《おごそ》かな雰囲気に満ちていた。

そこには、神棚らしからぬ不思議なものが置かれている。

「今日も宿代をいただきました」

ひょうたんがひとつ、鎮座している。結構大きめのひょうたんで、私の胴くらいはあった。

私はそのひょうたんに告げると、口に銀粒を近づけて、手を離す。

リーン……

奥のほうから綺麗な音を響かせて、銀粒はひょうたんに吸い込まれていった。

実はあやかしのお客様からいただいた宿代はすべて、このひょうたんに入れる決まりになっているのだ。圭史郎さんから聞いたときは冗談だと思っていたけれど、鶴子おばさんも歴代の当主はそうしていたと言うので、どうやら本当らしい。

そしてこの不思議なひょうたんは、どれだけ銀粒を入れても一杯にならないという。一杯にならないので、誰も銀粒を取り出したことがない。

「不思議ですよね……。そういえば、底に落ちた音がしなかったような……？」

私は中を見たい衝動に駆られるけれど、怖くてひょうたんの口を覗《のぞ》けない。

ひょうたんを撫《な》でたり、軽く揺すったりしてみるけれど、特に変わったところは見当たらない。

「何やってんだ」

「ひゃあ！」

突如、後ろから現れた圭史郎さんに声をかけられる。

今日も黒髪には寝癖が飛び撥《は》ねており、着用した紺色の法被《はっぴ》は昼寝したためか少々肩からずれている。

切れ長の瞳に形のよい唇、すらりとした体躯《たいく》は黙っていればモデルのような格好良さなのに、中身は色々と残念な花湯屋の神使なのだ。

「若女将が売上の着服か？　神が賽銭箱《さいせんばこ》から賽銭《さいせん》を盗るようなもんだな。それはそれで面白いんだが」

こういう毒舌なところとかね……

「着服なんてしませんよ！　不思議なひょうたんなので、中はどうなってるのかなと気になっただけです」

「俺がひっくり返したときは何も出てこなかったな。一度入れたら、取り出せない仕様らしい」

「ひっくり返したことあるんですね。でも取り出せないのなら、どうやって銀粒を取り出せばいいんでしょう？」

「それは楽しそうな悩みだ。ところで、客じゃない客が来てるぞ」

捻《ひね》っていた首をまた逆方向に捻《ひね》った私は我に返る。

「お客様なんですか⁉　それを早く言ってください！」

「お客様というか……」

物言いたげな圭史郎さんを残し、小走りで廊下へ出た私は、あやかしのお客様を迎えるべく臙脂《えんじ》の暖簾《のれん》を掻《か》き分けた。

「いらっしゃいま……」

けれど、そこにお客様の姿はない。

もしかして、透明なあやかしかな？

ホールを見回した私は、玄関に座っているコロさんに聞いてみた。

「コロさん、今、お客様がいらっしゃいませんでした？」

花湯屋の看板犬で、あやかしでもあるコロさんは瞳を瞬《またた》く。

「お客様は来ていないよ。でも、さっき何かが飛んできたような……」

「おーい。ここじゃ、ここじゃ」

声のしたほうを振り向くと、やはりそこには誰もいない。

「えっ？　どこですか？」

「ここじゃよ」

ばさりと大きな羽音が鳴る。

ふと見上げれば、ホールにある柱時計の上に、褐色の羽毛に覆われたフクロウがとまっていた。

「あなたは……」

近寄ってきた私に、フクロウは黒い瞳をきらりと煌《きら》めかせる。

「おぬし……『誰だろう？　お客様かな？』と思ったであろう？」

「ええ。思いましたけど」

フクロウなのに喋ることができて、花湯屋を訪れるのなら、あやかしのお客様だと思うわけだけれど違うのだろうか。

それに圭史郎さんがお客様じゃないお客様が来ていると、謎解きのようなことを言っていた。それは、このおじいさんのようなフクロウのことだろう。

おじいさんフクロウは誇らしげに、ふわふわの羽毛が生えた胸を反らした。

「フォフォフォ。何を隠そう、わしは人の心が読めるのじゃ。あやかしのココヨミとは、わしのことよ」

「へえ……そうなんですね」

おじいさんはココヨミという名のあやかしなのだ。

とても誇らしげなので有名なあやかしなのかもしれない。人の心が読める能力は、よく超能力などで取り上げられるけれど、おじいさん自身もその持主らしい。

おじいさんは、また瞳をきらりと光らせて私を見た。

「むむ。おぬし……『人の心が読めるなんて、私の心も読まれちゃうかも？』と思ったな」

「ええ、まあ、思いますよね」

「フォフォフォ。わしの心読みは、それはそれは恐ろしい能力じゃからな。恐れるのも無理はない」

恐れてないですけど……

と、思うとまたおじいさんとの無限ループの会話に巻き込まれてしまいそうなので、追及しないほうが吉である。私は乾いた笑いを漏らした。

心を読める能力があるそうだけれど、今のは会話の流れを先読みしただけではないだろうか。

「ヨミじいさん、若女将をからかうな」

圭史郎さんは臙脂《えんじ》の暖簾《のれん》を掻《か》き分けると、柱時計の上にいるおじいさんに呆れた視線を投げた。

ヨミじいさん、と圭史郎さんは呼んでいるので、既知の仲のようだ。

「からかってなぞおらんぞ、圭史郎。そうか、この娘は若女将だったのじゃな」

「それは心読みできなかったのか。ココヨミなら読めそうなのにな」

「うむう。おぬしは相変わらず嫌味な男じゃのう」

「ヨミじいさんほどじゃないぞ」

ヨミじいさんは羽根を広げると、大きく羽ばたいて私の前に下りてきた。

「よろしくな、若女将。わしは何を隠そう、あやかしのココヨミじゃ。人の心が読めるという恐ろしい能力を持っておる」

改めてヨミじいさんが胸を張って言った。

後ろで圭史郎さんが、私に目で合図を送っている。

私は圭史郎さんの指示を的確に察知した。

「わあ、人の心が読めちゃうなんて、すごい能力ですね。なんて恐ろしいんでしょう。よろしくお願いします、ヨミじいさん」

かなりの棒読みだったけれど、ヨミじいさんは嬉しそうに黒曜石《こくようせき》のような瞳を細める。

「うむうむ。なんと素直な娘じゃ。おぬしがそのような公明正大な人物であることは読めておったぞ」

「ありがとうございます……」

私も心読みができてしまうかも。

だって圭史郎さんの、『面倒だから褒めて会話を終わらせろ』という心を読んでしまったから……

頬を引き攣《つ》らせた私は、ヨミじいさんと共に臙脂《えんじ》の暖簾《のれん》をくぐった。

「花湯屋に来るのは久しぶりじゃのう。いつ来ても変わらないここは落ち着く宿じゃ」

ヨミじいさんは、なぜか食堂へ向かってきた。

私と圭史郎さんはヨミじいさんに先導される形だ。

お茶を飲むのなら談話室で良いと思うのだけれど。

私はお茶を出しながら、ヨミじいさんに話を聞いた。

「ヨミじいさんは、花湯屋の常連さんなんですね」

「うむ。わしが花湯屋を初めて訪れたのは桜が美しく舞い散る……いや、紅葉の頃じゃったかな？」

花湯屋に初めて来たときのことを忘れてしまったらしいヨミじいさんは、大きな瞳をぱちぱちと瞬《またた》いた。

すかさず圭史郎さんは、つっこみを入れる。

「心読みはできるのに、自分の記憶は不確かなんだな」

けれどヨミじいさんは臆するどころか、堂々と胸を張って高らかに言い放った。

「それとこれとは異なる能力なんじゃ。圭史郎、おぬしは『物忘れの多い年寄りだ』と思ったな？　おぬしの心、読めておるぞ」

「はいはい。思ったよ」

指ならぬ羽根で指された圭史郎さんはすっかり呆れた様子で、ふたつ返事だ。

ココヨミという心を読めるあやかしだそうだけれど……どうにもヨミじいさんの能力には疑問を持ってしまう。

苦笑している私に答えるように、圭史郎さんは茶を啜《すす》っているヨミじいさんのことを教えてくれた。

「ココヨミが心読みの能力を持っているのは本当だ。ヨミじいさんも昔は詐欺師の手口を見破ったりして、活躍したこともあったのさ。まあ、最近は……このとおりなんだけどな」

若かりし頃は悪人の所業を暴いて誰かを助け、尊敬されたのだろうヨミじいさんは、心読みの能力が誇らしいのだ。

けれどあやかしの能力もまた、人間と同じように、年を取れば衰えてしまうものなのだろう。

「そうなんですね……。心読みの能力はすごいと思います。なんでもお見通しですよね」

私の言葉に嬉しそうに微笑んでいたヨミじいさんだけれど、ふいに表情を曇らせる。

「それがのう……良いことばかりではないのじゃ。心読みの能力のおかげで、わしはこの年まで独身なのじゃよ」

「どうしてですか？」

心読みの能力と独身であることが、どう関係するのだろうか。

ヨミじいさんは寂しげな顔をして語った。

「わしと一緒にいれば、常に心を読まれてしまうのじゃからな。心の中を覗《のぞ》かれるのは、おなごにとっては居心地の悪いものらしい。おなごはみな迷惑そうに、わしの傍から去って行ったよ」

心中には人に知られたくない秘密を抱えていることもある。それを話してもいないのに全部明らかになってしまうのだから、女性なら確かに嫌がるだろう。

「元気を出してください。心を読まれても平気という人もいる……かもしれませんよ」

微妙な励まし方になってしまった。圭史郎さんが更に追い打ちをかける。

「それは若い頃の話だろ。今は大丈夫だ。ヨミじいさんが心読みしても、女は笑いながら付き合ってくれるはずだ」

「圭史郎さん、なんてこと言うんですか。まるでヨミじいさんの能力が若い頃と違って衰えてるみたいじゃないですか」

「優香は二重の意味で心読み潰しだな。素直さは心読みの大敵だ」

私の頬が引き攣《つ》る。明らかに、けなされている。

けれどヨミじいさんは怒り出すどころか、嬉しそうに瞳を細めながら私に擦り寄ってきた。

まるで何事かを企んでいるような表情と仕草だ。

「おい、ヨミじいさん。優香は駄目だぞ。じじいの相手じゃないんだぞ」

咄嗟《とっさ》に腰を浮かせた圭史郎さんに、ヨミじいさんは勝ち誇ったかのような笑い声を上げた。

「フォフォフォ。圭史郎には心読みはできぬようじゃのう。わしがこのような小娘に惚れると思うのか」

「なんだ。じゃあ、なんの合図だよ。飯か？」

カッと目を見開いたヨミじいさんは両翼を広げた。

翼を広げると、小さな体がとても大きく見える。

「なんと！　おぬしにも心読みの片鱗《へんりん》があったか！」

「……金払えよ」

盛り上がるヨミじいさんに反して、圭史郎さんのテンションは地を這《は》う。

ヨミじいさんと話していると、疲れてしまうのは、なんとなくわかる。

「だしが食べたいのじゃ。わしの話を聞かせる前に、まずは腹ごしらえをせねばと思うての」

「だし？　出汁のことですか？」

首を傾けた私に、圭史郎さんは説明してくれた。

「だしというのは、山形の郷土料理だ。夏野菜と香味野菜を細かく刻み、醤油で和えたもので、ごはんや冷奴にかけて食べる。即席の漬物と考えていい」

「それはおいしそうですね。ぜひ食べてみたいです」

「手軽に作れる。みんなで食べようか」

私たちは花湯屋の厨房《ちゅうぼう》へ移動した。簡単ということなので、私でも何かお手伝いができるかなと思ったからだ。

厨房《ちゅうぼう》では遊佐さんがひとりで仕込みに勤しんでいる。

お昼過ぎなので、厨房《ちゅうぼう》は忙しい時間帯ではないから静かだった。

抱えているボウルから、ちらりと目線を上げた遊佐さんは言葉少なに呟く。

「お客様からの注文か」

「ヨミじいさんから、だしの要望だ。みんなで食べようと思ってな」

遊佐さんはひとつ頷《うなず》くと、ボウルを置いて冷蔵庫を開けた。

「ミョウガはある。だしで外せないのはミョウガだからな。オクラは使うか？」

翼を羽ばたかせながら、ヨミじいさんは喜びの声を上げた。

「わしはオクラも、だしに必ず入れるぞ。やはり粘りがなくてはな。もちろん納豆昆布もあるじゃろうな？」

「遊佐さんには聞こえてないぞ」

ヨミじいさんの声は聞こえていないはずだけれど、遊佐さんは冷蔵庫から取り出したオクラやミョウガ、シソなどを黙々と作業台に並べた。

「あとは圭史郎さんがやってくれ。俺のことは構わなくていい」

「ありがとう、遊佐さん。こっちの作業台を使うよ」

頷《うなず》いた遊佐さんは背を向けて自らの作業の続きを再開した。

「納豆昆布って、なんですか？　納豆に昆布が入ってるんですか？」

私は納豆昆布というものが何か知らなかった。

材料は野菜が主なようだが、それだけが野菜ではない。

ヨミじいさんは私の頭にのって羽根を閉じた。

ずしりとした重みが頭に伸《の》し掛かる。

「納豆昆布は納豆昆布じゃのう」

「頭が……頭が重いです」

圭史郎さんは胡瓜《きゅうり》と茄子《なす》、それに葱《ねぎ》を用意する。まな板の上でそれぞれを、みじん切りに刻み始めた。

「納豆昆布は乾物だ。納豆という名称が付いているが、納豆は入ってない。納豆のような粘りを出すために入れる。納豆昆布やオクラを入れないと、粘りのないさっぱりしただしになる。どちらが良いかは好みだな」

トントン、トントン……

野菜を刻む小気味よい音が厨房《ちゅうぼう》に満ちる。

圭史郎さんが奏でるその音色を私は心地よく聞きながら、乾物を入れている棚から納豆昆布の小さな袋を取り出した。袋には小さく刻まれた形態の納豆昆布が入っている。まるで昆布の欠片のようだ。

「あった。これですね」

「そうじゃ。それを水で戻すのじゃ」

「えっ？　このまま振りかけるわけじゃないんですか？」

ふりかけのようなので、そのまま混ぜるのかと思った私の頭上でヨミじいさんは地団駄を踏む。

「カーッ、これだから若い娘は無知でいかんのう。乾物じゃから水で戻すのは必定《ひつじょう》じゃろうが！」

「わかりました、わかりました。ふみふみはやめてください」

私は頭上にヨミじいさんをのせながら、ボウルを手にする。

すると包丁を操っていた圭史郎さんが助言してきた。

「納豆昆布は少量でいいんだ。小鉢に、袋の半分くらい入れろ」

「わかりました。袋の半分くらいですね」

慌てて小鉢に持ち替えて、言われたとおり袋の半分を入れて水を注ぐ。

「水の量は、このくらいでしょうか」

「うむ。もうよいぞ。ひたひた程度で良いのじゃ」

圭史郎さんはすでに野菜を切り終えていた。

胡瓜《きゅうり》に茄子《なす》、ミョウガ、葱《ねぎ》、シソ、そしてオクラが細かく刻まれて、ボウルにすべて投入される。

そこに醤油を回し入れ、少々の唐辛子を加える。

「納豆昆布も入れるぞ」

「えっ、もう？　水を入れたばかりですけど」

「すぐに戻る。見てみろ」

見れば、小鉢に入れた納豆昆布はすでにふやけていた。

「水を吸って膨らんでますね。これも混ぜるんですか？」

「そうだ。すべての材料を混ぜ合わせれば、できあがりだ」

圭史郎さんは小鉢の中身をボウルに投入すると、大きな匙で混ぜ合わせる。

刻み野菜と納豆昆布が絡み合い、そこにオクラも相乗されて粘りが出てきた。醤油で味付けされた野菜の香味が食欲をそそる。

「よし、完成だ。一晩寝かせると味が染み込むが、できたても美味いんだ」

「ごはんにかけて食べるんですよね。じゃあ、よそいますね」

私は一升炊きの釜から、ほかほかのごはんを人数分よそう。私と圭史郎さん、ヨミじいさんにコロさん、それから子鬼ふたりの小さな椀にも。

食堂に運んで用意が整うと、子鬼ふたりとコロさんもやってきて席に着いた。

「だしだね。野菜おいしいね」

「おいしいよね。新鮮だからね」

「僕は初めて食べるよ。いい香りがするなぁ」

圭史郎さんはボウルに入っただしを匙で掬《すく》い、子鬼とコロさんのごはんに適量をかけた。白いごはんに納豆をかけるのと同じ要領らしい。

「おまえたちのは、かけといてやる。優香は自分で入れるか？」

「自分でかけるのと、圭史郎さんにかけてもらうのと何か違うんですか？」

「俺に任せると山盛りになるぞ」

ヨミじいさんは羽根をばたつかせて足踏みをした。そこは私の頭の上なので、もう降《お》りていただきたい。

「わしのは山盛りじゃぞ！　圭史郎、早くせんかい！」

「わかったよ。羽根が落ちるから、ばたつくなよ。あと優香の首が落ちるから降《お》りろ」

首は落とさないでほしい……。

だしが山盛りにされた茶碗の前に、ヨミじいさんは無事に着地した。私の首も無事だった。

圭史郎さんは私と自分の分の茶碗にも、だしを山盛りにする。みんなの前に、ほかほかのだしのせごはんが並んだ。

みんなで席に着き、「いただきます」と唱和する。

私は箸を手にして、人生初のだしをいただいた。

新鮮な野菜のシャキシャキ感と、とろりとした納豆昆布が絡み合い、そこに醤油の旨味が加えられて絶妙な融合を果たしている。それぞれの素材の良さを引き立てた、格別なおいしさが口の中いっぱいに広がった。

これが温かいごはんの上にかけられているのだから、箸が止まらない。何杯でもごはんがすすんでしまう。

「んん……すごい、おいしいですね」

みんなもおいしそうに、だしをかけたごはんを掻《か》き込んでいる。ヨミじいさんは嘴《くちばし》で器用に食べていた。

何杯もごはんをおかわりして、みんなのおなかがいっぱいになると、ごちそうさまをする。

「じゃあ、僕はまた玄関でお客様を待ってるね。だし、ごちそうさまでした」

「お願いしますね、コロさん」

コロさんは看板犬の仕事のため、玄関前に戻っていった。子鬼たちも「ごちそうさま」と声を揃えて部屋を出て行く。談話室のキャビネットの裏に引きこもるのだろう。

後片付けをしてから、お茶を淹れてひと息つく。

ヨミじいさんはふわふわの羽毛の中から、銀の粒を取り出した。

「若女将よ、飯代じゃ」

「ありがとうございます。ごはんだけなのに、銀粒をいただいてもいいんですか？」

銀粒は一晩でひとつという決まりになっている。

銀なので、相当高価な代物だ。

ヨミじいさんは、先程のように物言いたげな眼差しをして私に擦り寄る。

「ついでと言ってはなんだが……相談にのってほしいことがあるんじゃ」

「私でよければ。どんなことでしょう？」

言いにくいことなのか、ヨミじいさんは足踏みをしてテーブルを往復したり、ぐるりと首を回したりして落ち着かない様子だ。

しびれを切らした圭史郎さんが面倒そうに促す。

「さっさと言えよ。どうせ、くだらないことなんだろ？」

「くだらないとはなんじゃ！　おぬしに心読みができるのか!?　できるのなら当ててみよ！」

威嚇《いかく》するように大きく羽根を広げたヨミじいさんは、圭史郎さんに詰め寄る。圭史郎さんは鬱陶《うっとう》しそうに仰け反った。

「その態度でわかるんだよ。優香なら親身になって聞いてくれるだろうよ」

「そうじゃ。わしは圭史郎になんぞ頼んでおらんからな。おぬしは黙っておれ」

嘴《くちばし》を尖らせたヨミじいさんは、くるりと踵《きびす》を返して私の前にやってきた。

まあ、フクロウの嘴《くちばし》はいつも尖っているけれども。

こてんと、可愛らしい仕草で首を傾げる。

「若女将よ。わしの話を聞いてくれるか？」

「はい、どうぞ。話してみてください」

もじもじと羽根を擦り合わせていたヨミじいさんだけれど、やがて小さな声を出した。

「実はな……わしは、恋をしてしまったのじゃ……」

「恋ですか⁉　それはよかったですね」

よほど恥ずかしいのか、羽根でハート型の顔を隠している。

先程、心読みの能力のせいで独身であると告白していたヨミじいさんはどことなく寂しげだったから、恋をしたのは喜ばしいことだ。

圭史郎さんは、くだらないと言いたげに椅子にふんぞり返っている。

「うむ……。この年で恥ずかしいのじゃが、彼女のことを好きでたまらないのじゃ。毎日会いに行ってしまうのじゃ」

「それは確かに恋ですね。お相手はどんな方なんですか？」

嬉しそうに伝えてくれたヨミじいさんは、私が相手について訊《たず》ねると、ふと目線を下げる。

「それがのう……白い肌のとても美しいひとで、わしが訪れるときはいつも窓辺でこちらを見ていてくれるのじゃが……不思議なことに、彼女の心がなにひとつ読めんのじゃ」

「心読みできないんですか？」

「うむ。こんなことは初めてじゃ。今までは心読みができるゆえに、おなごに去られていたが、彼女の心は全く読めないとなると、何をどうすればよいのかわからぬのじゃ」

「じゃあ、ヨミじいさんの気持ちは彼女に伝えてないんですね？」

ヨミじいさんは力なく首を振る。

「言えんよ……。もしかしたら、わしのことはなんとも思っていないかもしれん。相手の心が読めないというのは、こんなにも不安なものなんじゃな……」

好きな人の心だけは読めないとは、なんとも皮肉なものだ。

でも、どうしてココヨミであるヨミじいさんが、彼女の心だけは読めないのだろう。

「会話の流れで読めるだろ。好意があるかどうかくらい、わかるんじゃないのか？」

圭史郎さんの意見に、ヨミじいさんは気まずそうに足踏みをする。

「それがのう……まだ話したことがないのじゃ。いつも窓辺越しに会っているから、声が届かないのじゃよ」

「わかった。心読みできない原因は話してないからだな」

「圭史郎はわしの心読みを見下しておらんか⁉　わしは相手と会話せずとも心読みできるのじゃ！　それが真の心読みというものなのじゃ！　それが彼女には通用せぬということを言っておる！」

「わかったわかった。落ち着けよ。それで、俺たちにどうしろっていうんだよ」

面倒そうにしていた圭史郎さんだけれど、やはりヨミじいさんを放っておけないようだ。

激昂したヨミじいさんだったが、咳払いをして広げた羽根を畳む。

「そこでじゃ。おぬしたちに、彼女の家に同行してもらいたいのじゃ。それで、そのう……彼女と話ができればと思うての……」

ひとりでは勇気が持てないらしい。恋をすれば誰でも不安になったり、臆病になる。私たちが一緒にいれば彼女と話がしやすいだろうし、心読みができない謎も解けるかもしれない。

「ひとりで行けるだ……」

「圭史郎さんが何を言いたいのか読めました。黙ってください」

「あと一文字しか残ってないけどな」

憮然とする圭史郎さんを抑えておいた私は、ヨミじいさんに微笑みかける。

「まずはお話ししてみたいですよね。ヨミじいさんのこと、彼女もきっと待ってますよ。だって、いつも窓辺で待っていてくれるんでしょう？」

「うむうむ、そうなのじゃ。深い色の瞳でいつもわしを待っていてくれるのじゃ。あの穏やかな目に、わしは惚れたのじゃよ」

どんな人なんだろう。私もぜひ、ヨミじいさんの恋のお相手に会ってみたい。

「じゃあ、今から行ってみましょうよ。彼女のおうちはどちらなんですか？」

「そうか、行ってくれるか。ここからさほど遠くない。わしは朝も彼女に会ってきたのじゃ」

興奮気味に羽根をばたつかせたヨミじいさんと私は席を立つ。

圭史郎さんは、やれやれと言いたげに私たちの後ろから付いてきた。

ヨミじいさんの想い人が住んでいるという家は銀山温泉街の中にあった。

重厚な旅館の建ち並ぶ通りから少々奥に入ったところに、カフェや土産物屋などが点在している。

「あそこじゃ。あの家じゃ」

ヨミじいさんが指し示したのは店舗を兼ねた工房だった。『和泉《いずみ》工房』と書かれた看板が掲げられている。

銀山温泉には名産品のこけしや陶磁器などを扱う工房があり、お土産の販売や製作体験などを行っている。

そのひとつである和泉工房は陶芸の工芸品を製作しているようだ。銀山上の畑焼《はたやき》という尾花沢の古窯《こよう》であることが、入口の看板で述べられていた。店舗には広い硝子張りの窓があり、そこから陶磁器の置かれた室内の様子が見えるようになっている。

はっとしたヨミじいさんは足を止めた。

「いない……彼女がおらん……」

硝子張りの大きな窓の傍には、誰もいない。おそらくあの窓辺が、いつも彼女がいる場所なのだろう。

「奥にいるんじゃないですか?」

「うむ……。わしが通るときはいつも窓辺にいるのじゃが……そうなのじゃろうな。珍しいことだ。奥にいるのじゃろうな」

工房の扉を開こうとして手を伸ばした圭史郎さんを、ヨミじいさんは鋭い声で止めた。

「圭史郎、しばし待て!」

「なんだよ。彼女に会う理由ができたじゃないか。窓辺にいないからどうしたのかと思って会いに来た、でいいだろ?」

ヨミじいさんは狼狽《うろた》えたように、地面を右往左往している。

手を下ろした圭史郎さんは、うんざりとした表情を見せた。

「待て待て……わしは彼女に名前すら伝えておらんのだ……もし彼女が、わしがココヨミだと知ったら、嫌がられてしまうかもしれん。そうなったら、わしは、わしは……」

ヨミじいさんは、彼女に会うのが怖いのだ。

これまでの恋愛のように、彼女にココヨミだからという理由で嫌われてしまったら、とてもショックを受けてしまうだろう。

「心が読めない女なんだろ？　じゃあ、嫌がられることもないんじゃないか？」

「うむ……しかし……なぜ彼女の心読みはできないのか、理由がわからぬ。それを知りたいと思わないわけではないのじゃが……」

ヨミじいさんが彼女の心を読めないのには、何か理由があるのだろうか。それがわかれば、ふたりの仲は進展するのではないかと思う。

けれど逆に、破局してしまう可能性もある。

とにかく彼女に会わなければ理由を突き止めることはできないのだ。

「じゃあ、初めに私と圭史郎さんが彼女に会って、お話ししてきてもいいでしょうか？

ヨミじいさんがあなたに恋をしています、というふうには言いませんから」

「うむ、うむ。そうじゃな。ここは人間の店じゃから、わしはここで待っておる。彼女は病気で窓辺にいないのかもしれん。せめてそれだけでも確認してきてほしい」

「わかりました。行ってきますね」

私と圭史郎さんが先に工房に入って、様子を見てくることにした。

圭史郎さんは工房の扉を開けた。

工房内は、手前に土産物の陶磁器が陳列されており、奥には陶芸体験を行うスペースがある。棚には立派な壺が飾られているが、小さな陶器のキャラクターが付いたキーホルダーなども籠に盛られていた。

「いらっしゃいませ」

色白の綺麗な女の人が奥から出てきて、声をかけられる。着用した赤いエプロンがよく似合っていた。

この人が、ヨミじいさんの好きな人かな？

温かい笑顔の、優しそうな女性だ。

私は圭史郎さんに目配せを送って、女性に正面から向き合った。

「はじめまして。私は花湯屋の若女将をしています、花野優香です」

「ああ、花湯屋さんの。噂には聞いてますよ。高校生の若女将がいらっしゃるって。私は和泉工房をやってます、和泉恭子《きょうこ》です。よろしくおねがいしますなぁ」

この工房は恭子さんが経営しているようだ。

私のことを知っていてくれた恭子さんは、山形訛《なまり》で挨拶をしてくれた。

「こちらこそ、よろしくお願いします」

お辞儀をしてくれた恭子さんに私も丁寧なお辞儀で返す。

ヨミじいさんは病気なのかと心配していたけれど、恭子さんは体調が悪いわけではなさそうだった。今日は窓辺にいられない理由があったのだろうか。

「あのう……恭子さんは、いつも窓辺にいらっしゃいますよね？　今日はお忙しかったんですか？」

私に問われた恭子さんは不思議そうに瞬《まばた》きをひとつした。

「いつも窓辺に……？　お客さんが店にいないときは、奥で作業してることが多いかな」

「でも、あそこの窓にいつも女の人がいて外を眺めているそうですけど……」

窓辺には誰もいない。

私が窓を指すと、釣られてそちらを見た恭子さんは、あっと声を上げた。

「あっ……ああ……、そう、あのね、ちょっとこっちさ、来てけらっしゃい」

狼狽した恭子さんは私たちを奥へ招き入れる。

どうしたというのだろう。

「こっちに来てくださいという山形弁だ。行ってみよう」

圭史郎さんと共に恭子さんに導かれて工房内を通り、扉をくぐる。

そこは勝手口のようで、扉の向こうは裏庭だった。

「え……ここは……？」

外に出てしまった。わけがわからない私は辺りを見回す。

こぢんまりとした裏庭は通路に繋《つな》がっており、搬入に使用するのであろうコンテナや段ボールが積まれていた。

恭子さんは気まずそうに眉を下げて、足許《あしもと》を指差した。

「これだべ？」

「えっ」

指差されたのは、壊れた陶器の破片。

片付けたばかりのようで、ちりとりに山積みにされていた。

その欠片はどれも乳白色で、白磁の壺だったようだ。ほんの少しだけ黒色も混じっている。

恭子さんは残念そうに破片を見つめる。

「午前中に埃を払おうとして、壊したっけのよ。これは自信作だったんだけどなぁ……。窓辺に飾ってたから、お客さんにも評判なんだっけ」

溜息を漏らした恭子さんは、最後にひとこと呟いた。

「このフクロウの置物」

私は瞳を瞠《みは》る。

フクロウの……置物？

「もしかして、いつも窓辺にいた女性というのは、この白い……フクロウの置物だったんですか？」

「んだね。私もメスのフクロウをイメージして作ったから、女性的な雰囲気が出てたんでないかな」

私は茫然として、かつてはフクロウの形をしていたであろう陶器の破片を見下ろす。

ヨミじいさんが窓辺で会っていた想い人とは、命のない陶器だったのだ。

圭史郎さんは小さく嘆息《たんそく》する。

「なるほどな。心読みができないわけだ」

物言わぬフクロウの置物は、漆黒の深い瞳で窓の外を眺めていたのだろう。ヨミじいさんはその茫洋《ぼうよう》とした瞳と純白の肌に恋をして、心を読めないミステリアスな面に惹かれたのだ。

私は切ない想いを抱えながら陶器の破片をひとつ手に取る。

「すみません……。この欠片をひとつだけ、いただいてもいいですか？」

「いいですよ？　手を切らないよう、気をつけでな」

恭子さんは快く承諾してくれた。

外で待っているヨミじいさんに、なんと言おう。

想い人の欠片を胸に抱いた私は思考を巡らせるけれど、よい案は浮かばなかった。

工房の扉を開けると、扉の前で待ち構えていたヨミじいさんは勢い込んで訊《たず》ねてきた。

「どうじゃった⁉ 彼女は病気なのか？ どんなことを話したのじゃ？」

私は消沈して俯《うつむ》いた。圭史郎さんも口を噤《つぐ》んで視線を逸らしている。

私たちの様子を見たヨミじいさんは波が引いたかのように、広げていた翼を徐々に閉じていった。

「……どうしたのじゃ。よくない結果ということは読めた。はっきり言ってくれ。わしは、彼女のことを知りたい。どんなことでも」

私は意を決して、掌《てのひら》に握りしめていた陶器の欠片を差し出す。

「彼女には……もう会えないそうです。これは、彼女の体の一部です」

ヨミじいさんは言葉を失ったように嘴《くちばし》を開け、私の掌《てのひら》にのせられた乳白色の破片を見つめた。

やがて、そっと羽根の先で受け取り、欠片をじっくりと眺める。

ヨミじいさんは何も言わない。

真実を知ったショックを少しでも和らげようと、私はかけるべき言葉を探した。

「あの……病気ではないんですけど……不可抗力だったそうです。彼女を作ったのは、この工房の恭子さんで、お客様にも評判だったそうで……」

彼女は命のない置物だったとは言いづらくて濁《にご》してしまったけれど、ヨミじいさんは事態を理解したに違いなかった。

たどたどしい私の説明にヨミじいさんは、ふっと寂しげな笑みを浮かべる。

「……そうか。そうだったのか。わしはココヨミじゃと胸を張っていたが、真実にはまるで気づかなかったというわけじゃ。大事なことは、自分ではわからんものじゃのう……」

「ヨミじいさん……」

手にした彼女の欠片を大切そうに胸元に抱いたヨミじいさんは背を向ける。とぼとぼと歩いたところで、ふいに振り返った。

「おまえさんたち、協力してくれて礼を言うぞ。結果は残念じゃったが、まあ気にするな。彼女にはわしの想いは通じなかった。そういうことじゃ」

「少なくとも、彼女に心読みが通用しない理由は判明したな。相手をよく知らないのに舞い上がるからだよ」

ヨミじいさんと圭史郎さんの言葉が私の胸を鋭く突いた。

大事なことは、自分ではわからない。

相手をよく知らないのに舞い上がるから。

辛い恋……のようなものを経験したことのある私に突き刺さる言葉だ。

「圭史郎さん、ヨミじいさんは傷ついてるんだから責めないでくださいよ。私たちの前だから気を遣って、元気なふりをしてるだけです。きっと家に帰ったら、涙が出ちゃうんですから」

「随分と具体的だな。優香の体験談か？」

うっ……

圭史郎さんに軽く言い当てられてしまい、私は唇を引き結んだ。ヨミじいさんは、からりと笑う。

「フォフォフォ。若女将の言うとおりじゃ。わしは家に帰って、しばし失恋の傷を癒すことにするわい。ではな」

翼を広げたヨミじいさんは飛び立っていった。山のほうへ帰っていくようだ。

褐色の尾羽がひとつ、ひらりと空から舞い落ちた。

雲間からは幾筋かの光が地上に射し込んでいる。

私と圭史郎さんは、ヨミじいさんが飛び去っていった空のほうをしばらくの間、並んで見上げていた。

「……大丈夫でしょうか、ヨミじいさん」

「心配ないさ。またすぐに花湯屋にやって来て、得意の心読みを披露してくれるはずだ」

「そうだといいんですけど……」

小路を抜けて、銀山川の畔《ほとり》に出る。浴衣を纏《まと》った湯治客《とうじ》が、ゆったりと川沿いの道を歩いて行った。

私と圭史郎さんも花湯屋へ戻る道すがら、歩調を緩めて川の畔《ほとり》の景色を眺める。圭史郎さんは、ふと足湯に目を向けた。

「足湯でも入っていくか」

源泉が掛け流しされている和楽足湯《わらし》は銀山川の川沿いにあるので、川のせせらぎを聞きながら温泉に浸かることができる。誰でも気軽に利用できる憩いの場所だ。

「いいですね。銀山温泉に来るまで足湯に入ったことがなかったから、新鮮です」

「そうか。温泉街や道の駅にはよくあるんだけどな。東京のような都会にはないのか」

圭史郎さんは靴を脱いでズボンの裾を捲《めく》り上げた。私も着物の裾をたくし上げる。

「駅にはないですね。足湯に浸かってたら、電車をのり逃がしちゃいますよ」

草履を脱いで、素足になった爪先を湯に浸ける。熱い温泉の湯が心地良い。足だけ浸しているのに、体に染み入るようだ。

同じように足を浸した圭史郎さんは私の隣に並んで腰を下ろした。

「道の駅っていうのは、電車が停まる駅のことじゃないぞ」

「えっ？　道の駅っていう駅名じゃないんですか？」

「優香は面白いこと言うな。まあ、それだけ東京が忙しい街なんだろうな。俺は行ったことも見たこともないが」

山形へやって来た当初は不安もあったけれど、今は来てよかったと思える。少なくとも東京にずっと住んでいたら、こんなふうに圭史郎さんと並んで足湯に浸かることもなかったはずだ。

御影石《みかげいし》に腰を下ろして、さらさらとした川音に耳を傾ける。

これまで胸に押し込めていたものを、この川の流れと共に流さなければならないと唐突に感じた。

「……あの、私が山形に来た理由って、圭史郎さんに言ってませんでしたよね？」

「そういえばそうだな。あやかし使いの末裔ということは花湯屋に来てから知ったわけだしな」

こくりと頷《うなず》いた。

花湯屋を訪れるまで、おじいちゃんと実家の事情を私はほとんど知らなかった。事の発端は、お父さんが鶴子おばさんに娘を預かってほしいと電話をしたこと。ただ、お父さんも山形の花野家があやかしお宿であるとは知らなかったに違いない。

「私……東京で通ってた高校に行けなくなっちゃったんですよね。それで、不登校になって、家に引きこもってる私を見かねたお父さんが、山形の高校に転校したらどうかって言ってくれたんです」

知らない土地にひとり暮らしというわけにはいかないので、親戚の温泉宿なら安心だというお父さんの提案だった。そこで新しい友達を作って、やり直せばいい。そう言われた私は申し訳ない気持ちでいっぱいだった。

圭史郎さんは私の話を聞いて目を瞬《また》かせる。

「不登校……？　優香は初日から無理してるようには見えなかったが……学校に行けなくなった原因は、いじめか？」

私は、ゆるゆると首を振った。

両親にも、友達とうまくいかないというふうに言っていたけれど、実は原因はいじめでも、友達のことでもなかった。だから両親に対しても心苦しかった。

「いじめじゃないんです。両親にも誰にも本当のことを言えなかったんですけど……すごく、くだらないことなんです。そのときは真剣に思い悩んでたんですけど……」

そこで私は一旦言葉を切る。

圭史郎さんは頷《うなず》いて、私が話し出すのを黙って待っていてくれた。

私は勇気を出して、俯《うつむ》きながら小さな声で告白する。

「前に付き合ってた彼氏が、同じクラスだったんです。それで、別れて、その別れるときに言われた台詞《せりふ》にショックを受けて、どういう意味なのか悩みすぎて、体調崩したりして……学校に行けなくなっちゃったんです」

ヨミじいさんは窓越しの彼女に恋をして、その恋が自分の想像とは全く異なる形で終わりを迎えた。ヨミじいさんが受けた打撃を、私は痛いほどよくわかる。

他人から見たら、そんなことくらいで、と思うかもしれない。

けれど当人はすごく一生懸命で、その恋に真剣だから、もし滅茶苦茶に壊されて終わってしまったら、人生そのものが傷ついたような衝撃を受けてしまう。

圭史郎さんに笑われても傷つかない覚悟を持って話したけれど、圭史郎さんは、くだらないと笑ったりしなかった。

代わりに深い眼差しを銀山川に据えながら、私に訊《たず》ねた。

「別れるときにその男から言われたのは、どういう台詞《せりふ》なんだ?」

「それが……彼から避けられるようになったので、別れたいんだろうなと思ったから、それなら、はっきりそう言ってほしいって私が言ったんですよね。そうしたら、『五年付き合ったなら別れるって言うけど、数か月で言う必要ない』って、すごく強い調子で言われたんです」

何度も何度も意味を考えた。

確かに付き合ってから数か月しか経っていないけれど、でも別れるかどうかの話し合いは五年付き合わないとできないのだろうか？

数か月しか付き合っていない恋人には、別れようと言われる資格すらないのだろうか。

その年月のルールはどこで決められているの？

じゃあ五年未満の恋は別れなくても、どうでもいいの？

彼が避けるようになったのも、察しろということなんだろうなと薄々気づいたけれど、たったのひとことを私に告げるのは、そんなにも苦痛なのだろうか。私は言ってくれないことで、胃が痛むほど苦痛を覚えているのに。

そこまで考えたら、彼にとってこの恋も私のことも、どうでもよかったんだな……と察せられて、とても哀しくなった。

私は『別れよう』という、ひとことすら言わなくても良い女だった。

人として挨拶を交わす、『おはよう』『さよなら』以下の関係だったんだ。

どうでもいい人には挨拶すら返さない人もいる。それと同じ扱いなんだ。

私にとっては初めての恋愛だったので、頑張ろうと意気込んでいたけれど、彼がつまらなそうにしていたのは私の存在もこの恋も、どうでもよかったから。

圭史郎さんは後ろに手をついて空を見上げた。

「なんだ。くだらないこと言う男だな」

「あっ。くだらないって言いましたね！　私、すごく悩んだんですよ！」

「悩む必要ないぞ。そいつは別れを告げる勇気もないし、面倒なもんだから、年月を盾にして言い訳しただけだろ」

「言い訳……ですか」

「そう、ただの言い訳だ。もし五年付き合って別れるときはそいつ、結婚の約束してたなら別れるって言うけど、約束してないから言う必要ない、と同じ理屈を持ち出すぞ」

「ええっ？　そんなの屁理屈じゃないですか！」

「そうだな。屁理屈だ。要するに不誠実なのさ。優香はまっすぐで真面目だから、そういうやつとは価値観が真逆だが……そいつのこと、そんなに好きだったのか？」

圭史郎さんはどこか咎《とが》めるような眼差しを向けてきた。

この恋を大切にしよう、頑張ろうとは思っていたけれど、彼のことを好きだったかと聞かれれば、改めて思い返しても、好きで好きでどうしようもないと思うほどの情熱はなかった。

付き合いたいだとか、意識して彼を見たことがなかったから。単なるクラスメイトの間柄で、顔と名前は知っているという程度。

彼のほうから急に接近してきて、私に声をかけてきたことがきっかけだった。

「そんなに好き……という気持ちはなかったですね。だから好きになろうと努力しました。でもすぐに彼は面倒そうな態度になって……なんだろう、私がいけないのかなって悩むことが多かったです」

そういえば彼は付き合うときも自分から『付き合おう』とは、言わなかった。いつも一緒にいるようになったので、『私たち、付き合ってるんだよね？』と私が確認したから、彼は『いいよ』と返しただけだった。

何が、『いいよ』なんだろう……？

そのときから私は少々首を捻《ひね》っていた。

彼のほうから私を好きになってくれたのだと思ったのだけれど、肝心な場面になると彼は逃げたいような素振りをする。『いいよ』というひとことには、まるで私に仕方なく付き合ってやるというような傲慢さが滲《にじ》んでいた。

付き合い始めは楽しくデートしたこともあったけれど、気持ちが冷めたのなら仕方のないことだ。私も彼が冷めたのはなんとなく察したけれど、それならそれで話し合って、友達に戻ろうねと明確にしたかった。

それなのに何も言う必要がないと告げられれば、この関係はどこに着地すればいいのかわからない。

「ということは……優香は別にそいつのことは好きじゃないんだな？」

「……そうですね。逆にあんなこと言われて嫌いになったくらいです」

「そうだろうな。そいつがいるから学校に行きたくなくなったというわけか」

私は小さく頷《うなず》く。

悩みすぎたためか、学校に行く時間になるとおなかが痛くなってしまう。ある日激痛が走って救急車で運ばれ、急性胃炎と診断されて入院した。彼がお見舞いにやってきたらどうしようとまた悩んだけれど、結局彼が来ることはなかった。

来るわけない。私には、ひとことも言いたくないわけなのだから。また傷つけられるようなことを言われたくないので、来てほしくもなかった。私に声をかけたのも、初めからこうして傷つけるためだったのかとも思った。とうに別れるという結末を迎えたのはわかっているけれど、傷つけられて、中途半端なまま終わって、一体なんだったのというしこりだけが残された。

平気な顔して学校に行って教室に入って、彼と顔を合わせるなんてこと到底できない。私は東京で胃痛を抱えながら引きこもっていた。

「でも、今はもう大丈夫ですよ。銀山温泉に来て花湯屋で若女将を務めてから、色んな人やあやかしたちと出会って、辛い別れも間近で見ました。そうしたら、私が悩んでたことなんか本当にちっぽけなことだったんだなってわかりました」

コロさんと佐登志さんも、キノと鈴も、真摯《しんし》に相手のことを考えていた。

彼らはみんな、大切な相手がどうすれば幸せになれるかと、それを基軸にしていた。

ヨミじいさんも、彼女は病気なのかと心配していた。

なぜならそこに、愛情があるから。

私は恋愛という形を継続させることを頑張っていただけで、彼を思いやってもいないし、そもそも好きでもなかった。彼のほうも、そうだったのだろう。気持ちがないのに形だけを整えようとしたから、すぐに破綻した。愛情もないのに、関係が続くわけなかった。

愛情があれば必ずしも幸せな結末を迎えられるわけではないけれど、そこには確かな絆がある。絆で結ばれていれば、離れていても相手の幸せを願い続けていられる。

大切なのは、好きな相手を思いやることなんだと、私は数々の巡り会いを通して実感した。

きっと、このことも、東京で引きこもっていたら出せない答えだった。

あやかしお宿の若女将をやっていたからこそ、辿り着けた答えなんだ。

私は清々《すがすが》しい表情で顔を上げる。

憑《つ》きものが落ちたように、爽快な気分だ。

「ずっと悩んでたんですけど、圭史郎さんに話したら、なんだかすっきりしました」

圭史郎さんは口許《くちもと》に薄い笑みを浮かべた。

「今度からは、くだらない虫は寄ってこないから安心しろ。何しろ、神使という番犬が見張ってるからな」

「番犬ですか。それは頼もしいですね」

「それからな、俺がはっきりさせておくが、そいつとはもう別れてるからな。もし優香の前に現れたら、番犬が噛みついておく」

「別れてることは、もう理解してますよ。未練なんてありませんから」

私は笑ってしまった。

だって圭史郎さんが、自分のことを番犬だなんて言うから。

圭史郎さんは私を元気づけるために、そう言ってくれるんだ。

銀山温泉にやって来て、突然あやかしお宿の若女将になってしまったけれど、これまでどうにかやってこられたのも、圭史郎さんが傍にいてくれたおかげだ。

私も圭史郎さんの力になれるように、花湯屋の若女将として日々しっかりやっていこう。銀山川のそよ風に吹かれながら、改めてそう胸に刻む。

「そろそろ上がるか。足だけでもかなり体が温まるんだよな」

「そうですね。汗が出ますね」

額の汗を拭《ぬぐ》いながら足湯から上がると、私たちは再び花湯屋までの道のりを並んで歩いた。

「結局、道の駅はどこの駅なんですか？」

「……うん？　今度、軽トラで連れて行ってやるよ」

圭史郎さんに、話せてよかった。

私は晴れ晴れとした気持ちで天を見上げる。

曇天《どんてん》が去り、抜けるような青空が広がっていた。

◆◇◆◇◆

すう、とひょうたんに銀粒が吸い込まれる。

私は今日も子鬼たちから頂戴した銀粒を、不思議なひょうたんに投入した。

「……本当に溜まってるのかな？」

首を傾げながらひょうたんを眺めるけれど、口を覗《のぞ》く勇気はまだない。

なんだか自分が吸い込まれてしまいそうな気がして。

すると部屋の向こうから、ばさりと羽音が聞こえてきた。

談話室へ赴けば、圭史郎さんが寝転がっているソファの背に、ヨミじいさんがとまっている。

「ヨミじいさん！　いらっしゃいませ」

私の声に起こされた圭史郎さんがソファから起き上がるなり、ヨミじいさんは羽根の先でびしりと圭史郎さんを指した。

「むむ。圭史郎！　おぬし、『厄介なやつが来たな』と思ったな」

「……思ったよ。心読みは相変わらず絶好調だな」

「そうであろう。わしの心読みは皆が恐れる能力じゃからな」

ヨミじいさんは得意そうに胸を反らした。

和泉工房を訪ねてから二週間ほどが経過していた。ヨミじいさんは元気だろうかと心配していたけれど、以前と変わらない様子で私は胸を撫《な》で下ろす。

今度はヨミじいさんは、羽根を私に向けた。

「若女将、おぬしは『意外と元気そうで安心した』と思ったであろう。おぬしの心、読めておるぞ」

「そのとおりです。実はですね、ヨミじいさんに贈り物があります。それを渡したくて、ずっと待ってました」

「む？　わしに？　なんじゃろ……」

黒い瞳をぱちりと瞬《また》いたヨミじいさん。圭史郎さんは口端を吊り上げた。

「ほら。心読みでわかるだろ？　あれだよ、あれ」

「むむむ……なんじゃ……読めぬ……むぐぐ……」

首をぐるりと回して唸るヨミじいさんの前で、私は布に覆われた贈り物をテーブルに置いた。

「これです！」

かけていた布を、さらりと取り去る。

現れたのは、陶器でできた純白のフクロウ。

私が和泉工房の陶芸教室で製作した作品だ。

陶芸は初めての体験だったけれど、ヨミじいさんに元気を出してほしくて、心を込めて作った。造形は自分で手がけるが、窯《かま》に入れて焼く工程は恭子さんにやってもらえるので、陶芸が未経験でも難しくはない。

「恭子さんからアドバイスをもらいながら作りました。もちろん窓辺の彼女ほどの美しさじゃないとは思いますけど……どうでしょうか？」

ヨミじいさんは目を丸くして、純白のフクロウを見つめていた。

やがて、細い息を吐き出す。

「なんじゃこれは……白いカラスか？」

「カラス……？　どこから見てもフクロウじゃないですか！」

確かに恭子さんも仕上がりを見て苦笑していたけれど、私としては上出来じゃないかと思っている。

　圭史郎さんはソファの背に凭《もた》れながら瞳を眇《すが》めた。

「優香の感覚がずれてると思うぞ。俺が見てもカラスだな」

「ええー……そんなぁ」

　一生懸命作ったのに。少し細すぎたのかな？

　がっかりする私に、ヨミじいさんは微笑みかける。

「彼女の美しさは再現できぬ。だが、若女将の真心は伝わったぞ。お礼に、おぬしの疑問になんでもひとつだけ答えてやろう」

「わあ、ありがとうございます。疑問ですか……。なんでもいいんですね？」

「うむ。生き字引であるわしに知らぬことはない。何しろ、銀鉱が賑やかだった頃からこの辺りに住んでいるのじゃからな」

　私はかねてからの疑問をぶつけてみることにした。ヨミじいさんなら、知っているかもしれない。

「それじゃあ……お代の銀粒を入れている、ひょうたんの中身がどうなっているのか教えてもらえますか？」

　銀粒が落ちた音がしないのは、どういうわけなのか。

　お代を取り出そうというつもりはないけれど、どうなっているのか気になる。

「ふむ。あの不思議なひょうたんか。そうじゃのう……約束じゃからな。教えてあげよう」

ヨミじいさんは考えるように首を傾げて、言葉を継いだ。

「あの中はな、秘密の銀鉱に繋《つな》がっておる」

「秘密の銀鉱……ですか。でも、銀山温泉の銀鉱はとっくに閉山されたんじゃないんですか？」

「あやかしのみが知る秘密の場所では、今も銀が採掘できるのじゃよ。わしらはそこから銀粒を取ってきて、花湯屋のお代として払い、ひょうたんに入れた銀粒はまた銀鉱に戻るという仕組みじゃ。だから秘密の銀鉱では、銀はいつまでもなくならないのじゃよ」

「そうだったんですね！　全然知りませんでした」

不思議なひょうたんは、あやかしだけが知る秘密の銀鉱に繋《つな》がっているのだ。

謎が解けた私は驚きと共に安堵する。

銀は、いつまでもなくならない。だからあやかしたちも、ずっと花湯屋を訪れてくれるのだ。

「この仕組みを考えたのは花湯屋の初代当主と言い伝えられておる。あのひょうたんは、初代当主が懇意にしていたあやかしから譲り受けたものじゃそうな。これからも大切にするがよいぞ」

「はい。教えてくれて、ありがとうございました」

「フォフォフォ。よいよい。この白いカラスも、ひょうたんの隣に飾ればよいぞ」

「はい。この白いカラスも……え？　ひょうたんの隣にですか？」

「うむ。神棚に飾れば御利益があるかもしれんじゃろ？」

どうやらヨミじいさんは私からの贈り物を受け取ってくれる気はないらしい。

私は窓辺の彼女を見たことがないので、似ていないかもしれないとは思ったけれど、ヨミじいさんの態度から察するに天地の差があるようだ。

圭史郎さんは呆れながらソファに体を沈み込ませる。

「やれやれ。その白いカラスが命を得たら、真っ先に優香の造形力を恨むことになるぞ」

「なんてこと言うんですか、圭史郎さん⁉　フクロウですってば！」

子鬼の茜と蒼龍が圭史郎さんの袂《たもと》から飛び出して、陶器のフクロウをしげしげと眺めた。

「うん。白いカラスだね」

「白いカラスだね。優香はひよこなのに、にわとりじゃないんだな」

「……もう白いカラスでいいです」

こうして多数決により、白いカラスに認定された陶器は、不思議なひょうたんが置かれた神棚に並べられることとなった。

その後、毎日銀粒をひょうたんに入れるたびに、カァカァと鳴き声が聞こえるのは、きっと気のせいだ。

第三章　キモクイ

わたしがいつからあやかしなのかは、わたしも知らない。

地獄はそんなに居心地の良いところではない。閻魔《えんま》大王の命令を聞くのも楽ではないのだ。百鬼夜行の最中に他のあやかしたちとはぐれてしまったのは、もしかしたら僥倖《ぎょうこう》だったのかもしれない。

棲《す》みついたこの山は近くに銀鉱や温泉があるらしく、人間どもで賑わっている。

稀《まれ》に獲物は向こうからやってくる。

わたしは欲望のままに貪《むさぼ》り続けた。

そうしていると人間の世界は変わり、人間たちは鉄の箱にのるようになった。

自然と人間の獲物が減り、動物しか捕獲できなくなった。それでも地獄の亡者よりは、味はましだけれど。

月が雲に隠れた、とある暗闇の夜。子どもの泣き声が耳に届いて、わたしはぎらりと目を光らせる。

一里ほどだ。近い。泣き声のする方角を正確に捉えて山道を疾風のごとく駆けた。

号泣しながら覚束《おぼつか》ない足取りで闇雲に歩き回っている男の子どもは五歳ほどに見えた。

暗闇の山道を歩いたためか何度も転んだらしく、服は汚れて、手を擦りむいている。

身を潜めて獲物の様子を窺《うかが》っていたわたしは、悠然と姿を現す。

「心配ないよ。わたしだよ」

優しい声をかけてやると、泣き止んだ子どもはまっすぐにわたしを見た。

雲が捌《は》けて月が現れ、眩《まばゆ》い月光がわたしの姿を映し出す。

「だれ……？　きみも、パパやママとはぐれたの？」

この子どもは、わたしの姿が見えている。声も聞こえている。

人間なのにあやかしが認知できるということは、死期が近いのだ。

それはそうだろう。

今からわたしに喰われるのだから。

「そう。はぐれたの」

安心させるために鸚鵡返《おうむがえ》しをしてやる。

わたしは、白い着物を纏《まと》う小さな女の子の姿をしている。一見すると人間にしか見えないだろう。

子どもは驚いたような顔をしてわたしの顔や体を眺めていたが、やがて落ち着きを取り戻した。不信感は抱かれなかったようだ。

「僕は、健太《けんた》だよ。年長さんだよ」

「ふうん……」

子どもの名は健太というらしい。どうでもいいが、年長さんとはなんのことだ。

「きみの名前は、なんていうの？」

わたしの名を知りたいから先に名のったのか。こんな子どもでも礼儀があるのだなと、妙に感心した。

……わたしの名か。

名を告げるのは容易《たやす》いのだが、なぜか健太には名のりたくなかった。

「名はないよ」

「えっ⁉ 名前、ないの？」

「うん。ないよ」

「そっかぁ……」

健太はとても困った様子で、視線を彷徨《さまよ》わせている。

わたしの嘘を正直に信じたらしい。人間の子どもは無垢《むく》で、愚かな生き物だ。

そろそろ喰うか。

「それじゃあね、僕が名前つけてあげるね！」

わたしは開きかけた口をそのままに、唖然《あぜん》とする。

「……は？」

なぜ名をつけなければならないのだ？

わたしが訝《いぶか》しげに見ていることなどおかまいなしに、健太は天を見上げながら懸命に考えている。

「えーとね、うーんとね、じゃあね……玉枝《たまえ》にしよう！」

「玉枝……？」

「うん！　僕ね、玉こんが大好きなんだ。その玉とね、ここに枝があるでしょ？」

「……枝はあるね」

健太は嬉しそうに樹木から伸びた枝を指差した。

山なので枝など、どこにでもある。

というか、玉こんとはなんのことだ？

「だから合体して玉枝！　今日からきみは玉枝だよ！　すごいでしょ！」

世紀の発見をしたかのように、健太は天に向かって両手を掲げた。

何がすごいのか全く理解できないのだが、わたしは頷《うなず》く。

「うん……すごい」

どうやらわたしは、玉枝と名付けられてしまったようだ。

かつては閻魔大王の側近だったわたしが、こんな子どもに指図されるなんて不服のはずなのに、なぜか健太に名付けられたことは悪い気分ではなかった。

なんだか心の内側が、むずがゆい感じがする。

本当の名より、ずっと……洒落ている。

「玉枝……玉枝……」

たった今、健太に名付けてもらった名を口の中で転がす。

それは、甘ったるい味がした。

健太は満足げな笑みを浮かべている。とても嬉しそうだ。

「それじゃあ、玉枝。パパとママを捜しにいこう！」

ぎゅっと手を握られて、その熱い感触に息を呑む。

「ひっ」

かろうじて振り払わなかった。歩き出そうとした健太は不思議そうな顔をして振り向く。

「どうしたの？」

「う、ううん。なんでもない」

こちらから熱に触れることはあっても、触れられたのは初めてだったから単純に驚いた。臓腑《ぞうふ》と同じくらい、人間の手は熱いのだ。

わたしはそのことに初めて気がついた。

山の中を健太と手を繋《つな》ぎながら延々と歩く。

「玉枝はどこの幼稚園なの？」

唐突な質問に眉をひそめる。

「……幼稚園とは、なんだ」

「えっとね、みんなでお遊戯したり、絵を描いたりするところ」

「幼年が通う寺子屋か」

「てらこや、ってなに？」

「……勉学を習うところだろう」

逐一、齟齬《そご》を感じる。

近頃の人間社会の流れが早すぎるので全くついていけない。

知ろうとも思わなかった。

教えてくれるような身近な人間がいるのなら、とうに喰っている。

「小学生になったら勉強できるんだよ。僕は来年、一年生なんだ！」

「……ふうん」

年齢により、通う寺子屋が変わるらしい。妙な仕組みだ。

健太と話すことは新鮮で、わたしの心には瑞々しさが迸《ほとばし》っていた。

獲物を喰らうときに感じる仄暗い満足感とは全く違う。この感覚はとても清廉《せいれん》で、山の湧き水のように透明だ。

「玉枝も、一年生になるんだよね？」

健太の無邪気な笑顔がわたしの爛《ただ》れた心臓に突き刺さる。

なれるわけない。学ぶ必要などあるわけがない。

でも、なりたいという思いが一瞬脳裏を掠《かす》めた。

「う……ん、なりたい……」

思わず口から零《こぼ》れてしまう。

曖昧《あいまい》に頷《うなず》くと、健太はいっそう笑みを弾《はじ》けさせた。きつく、わたしの手を握りしめる。

「わーい！　いっしょに一年生になるんだよ！」

なぜか勝手に目標を与えられてしまった。

健太はよほど嬉しいのか、大きな声で歌を歌い出した。

賑やかな歌で、なんの曲なのかは無論わからない。

「それは、なんという歌？」

わからないのに、曲名を訊《たず》ねてみる。

健太は意外なことを言った。

「えっとね、僕のうた」

「健太の？」

「うん。僕がつくったの」

創作らしい。上手なのかどうかは、わからない。

「うたの名前はどうしようかな。うーん……」

また名付けか。わたしの名を付けたときより、もっと長く、健太は考え込んでいる。

わたしはなんだか面白くない気分になった。

歌のほうが、わたしの名より慎重なのか。なぜか胃の腑《ふ》の辺りが重苦しくなる。

突然思いついたように、健太は声を上げた。

「そうだ！　うたの名前は玉枝がつけてよ」

「……わたしが？」

歌の名付けなどできるわけがない。そんな発想は微塵《みじん》もない。

「そう言われても困る。何も思いつかない」

「じゃあ、もう一回うたうね。よく聞いててね」

健太の幼い声が山間に響き渡る。

歌声に混じり、猥雑な音が耳を掠《かす》めた。

わたしは咄嗟《とっさ》に、繋《つな》がれた健太の手を振り解く。

複数の人間の声、それに夥《おびただ》しい機械の音。耳障りな音の洪水が近づいてくる。

林の中から現れた健太を、人間たちは驚喜して取り囲んだ。

「健太、無事でよかった。捜したんだぞ」

健太を抱きしめている男が、父親なのだろう。傍には涙を流している女もいた。健太の母親らしい。

ひとしきり、行方不明になった子どもが発見された喜びを人間たちは分かち合う。

健太はふと、山のほうに目を向けた。

「玉枝……玉枝はどこ？」

健太は必死に人間たちに、わたしのことを説明した。

わたしは、健太から少し離れた樹木の傍らに立っているのだが、健太にはもうわたしの姿は見えないようだった。

健太は死期を逸した。

だから、あやかしが見えなくなってしまったのだろう。

人間たちはそこらを捜索したり、機械で連絡を取り合っていたようだが、やがて玉枝という者は存在しないという結論に達したようだ。健太の父親は、まだ心配そうに暗闇の雑木林を見ている健太に言い聞かせた。

「健太。その子はきっと山の神様だ。健太を助けてくれたんだよ」

「かみさま……そうだったのかな」

鉄の箱にのせられた健太は、まだこちらを見ていた。やがて健太をのせた鉄の箱は滑るように、道の向こうに消えていった。

辺りには静寂が戻る。

「歌の名付けか……」

玉枝と名付けてくれた人間の男の子。

わたしを全く恐れなかった。わたしの正体を知らないからだろう。

「こんな日があってもいい」

わたしは先程健太が歌っていた歌を口ずさみながら、闇に沈む木々の狭間をゆっくりと歩いて行った。

◆◇◆◇◆

尾花沢市の空は雲ひとつない快晴が広がっている。

朧気川《おぼろげ》を南に渡った先にある尾花沢病院の病棟を、私と圭史郎さんは訪れていた。

「みずほさん。具合はどうですか？」

お見舞いのお花を花瓶に生けた私は、病室のベッドから起き上がっているみずほさんに訊《たず》ねる。

薄手のカーディガンを肩にかけたみずほさんは照れ笑いを零《こぼ》した。

「やだなぁ。病気じゃないから恥ずかしいよ。迷惑かけてごめんね」

数日前、仕事中に突然の腹痛を訴え、救急車で搬送されたみずほさんだけれど……

圭史郎さんは呆れ顔でみずほさんの診断結果を晒す。

「便秘で救急車を呼ぶなよ。おかげで大騒ぎになっただろ」

「はっきり言わないでよ！　女性にとって便秘は大変なことなんだよ。壮絶な痛みだったんだから！」

なんと腹痛の原因は便秘ということで、鶴子おばさんから事の顛末《てんまつ》を聞いた花湯屋のみんなは大笑いしてしまった。

漢方薬の服用で無事に便秘は解消されたそうだけれど、入院して数日経過を観察するという。

便秘とはいえ、みずほさんがおなかを抱えて苦しむさまは相当な痛みだったに違いない。私が駆けつけたときはもう救急車が到着していたけれど、従業員もお客様も担架で運ばれるみずほさんの容態を心配していた。

「今週中には退院できるそうですよ。よかったですね。みずほさんの分は、私がお手伝いしてますから、ゆっくり体を休めてくださいね」

「ありがとう、優香ちゃん。……ところでさ、みんなには便秘だって、黙っててくれない？」

拝むように手を合わせたみずほさんだけれど、時すでに遅しです。

「……鶴子おばさんが、みんなに報告してしまいました」

「ああ～……みんな、笑ってたよね？」

「ええ、まあ……。笑ったのは安心したからですよ」

私の慰めは効かなかったようで、みずほさんは布団に突っ伏した。

圭史郎さんは無情にも追い打ちをかける。

「重病じゃなくてよかっただろ。復帰したら存分に笑われろ」

「まったくもう。明日のお見舞いは、みかんを持ってきてよね。あと数日は病人なんだから！」

やれやれと圭史郎さんは肩を竦《すく》める。

頬を膨らませるみずほさんを、私は笑いながら宥《なだ》めた。


みずほさんのお見舞いを終えた私たちは病室をあとにした。

「帰りにみかんを買っていきましょうか」

「また来るのか。過保護すぎるだろ」

白く塗られた病棟の廊下には陽が射し込んでいる。静謐《せいひつ》な空間は人の気配がしない。

私はふと、ひとりの女の子に目を留めた。

彼女は、とある病室の扉に張り付いている。

室内を窺《うかが》っているのだろうか。なぜ入らないのだろう。

白い着物に、肩で切り揃えた黒髪。足には草履を履いている。

眦《まなじり》の切れ上がった瞳は、古風な人形を思わせたが、彼女があやかしなのは見た目から明らかだった。ふつうの人間とは異なる点があったのだ。私は光の加減ではないかと目を凝《こ》らしたけれど、見間違いではないようだ。

「圭史郎さん、あの子……」

「あいつは……！」

警戒を露《あら》わにした圭史郎さんは、私の前に腕を伸ばして庇《かば》うような体勢を取る。

こんなことは初めてだった。相手は小さな女の子なのに。

圭史郎さんは吐き捨てるように言った。

「あれは、キモクイだ」

「キモクイ？　どういう、あやかしなんですか？」

「キモクイは生き物の臓腑《ぞうふ》を喰らうあやかしだ。肝喰いが転じて、キモクイと呼ぶ。人間も喰うぞ。本来は地獄に棲《す》んでいる種族だが、どうしてこんなところにいるんだ……？」

見た目は無害そうな女の子だけれど、キモクイという危険なあやかしのようだ。

私たちに気がついた彼女は鋭い眼差しをこちらに向けている。

捕食者を思わせる仄暗い光が、黒い瞳の奥底に見えた。

「……おまえたちは何者だ？　ふたりとも、わたしが見えているな」

威圧的で冷たい声音《こわね》は、とても小さな女の子のものとは思えない。

私が名のろうとすると、圭史郎さんは掌《てのひら》で押し留めた。

「キモクイ。なぜ、おまえがこんなところにいる？」

彼女は、すうと瞳を眇《すが》める。まるで私たちを見定めているかのようだ。

「血が見えるぞ。あやかし使いの娘か。男のほうは……人間ではないな。あやかしでもない。貴様は何者だ？」

私ははっとして圭史郎さんを見た。

訝《いぶか》しげに訊《たず》ねる女の子に、圭史郎さんは口端を引き上げて答えた。

「俺は神使の圭史郎だ」

「神の遣いか。つまらない」

「キモクイの所業に比べたら、大抵のことはつまらなくなるだろうな。病院まで人喰いに来たのか？」

女の子はゆるりと首を振る。彼女は張り付いていた病室を横目で見た。

やっぱり、病室に入りたいのかな？

「もしかして、ここに入院してる人に会いに来たんですか？」

「……会いに来たなんて、そんなことはないが……」

私が訊《たず》ねると、気まずそうに視線を彷徨《さまよ》わせている。

彼女に縁のある人が、この病室にいるようだ。何らかの事情で、入るのをためらっているらしい。

「じゃあ、一緒に入りましょうか」

女の子は驚いたように顔を上げた。その表情には微量の縋《すが》るような色が含まれている。

「おい、優香」

「圭史郎さんが言いたいことはわかりますけど、お見舞いは良いことだと思うんです。それに何かあっても、圭史郎さんがいてくれれば大丈夫ですよ」

圭史郎さんとしては、また余計なことに首を突っ込む気かと言いたいのだろう。

けれど人も喰らう危険なあやかしと知ればなおさら、このまま通り過ぎるわけにはいかない。

女の子はすでに扉の前に直立して、緊張の面持ちを見せている。

こんな小さな子が人間をも喰らうなんて想像もできない。

私は扉をコンコンと軽くノックした。

「お母さん？　今日は早いんだね」

室内から返ってきたのは、男の子の声だ。

「失礼します」

扉を開けるとそこには、ひとつだけ置かれたベッドに小学生くらいの男の子が寝ていた。

私たちが入ってきたのを目にして、彼は驚いたように体を起こす。

「だれ……？　あ……きみは……」

男の子の視線が、一点に吸い寄せられた。

白い着物を纏《まと》う、キモクイに。

「玉枝！　玉枝だよね⁉」

玉枝と呼ばれた女の子は頬を染めて俯《うつむ》く。私たちに対するときとはまるで違う態度だ。

「健太……覚えていたのか。わたしのこと……」

「もちろんだよ！　どうしてあのとき、いなくなっちゃったの？　僕、すごく心配したんだよ？」

「すまない。その……わたしも家に帰る道を思い出したんだ。別れの挨拶を忘れた」

玉枝と健太という名の男の子は久しぶりに会った友人らしい。

私は健太君に自己紹介をした。

「はじめまして、健太君。私は花野優香です。銀山温泉の花湯屋という宿で若女将をしています」

横に立つ圭史郎さんに目を向けると、圭史郎さんも渋々口を開いた。

「圭史郎だ。よろしくな」

健太君は無垢《むく》な笑顔で私たちに訊《たず》ねる。

「ふたりは玉枝のお姉さんとお兄さんなの？」

私と圭史郎さんは顔を見合わせた。

健太君はなぜか、あやかしの玉枝が見えている。

そして彼女のことを、ふつうの人間だと思っているらしい。

正直に言えば通りすがりなのだけれど、それを健太君に打ち明けてよいものか一瞬迷う。

私たちの戸惑いを察した玉枝は慌てた様子で健太君に訴えた。

「健太。彼らはわたしの眷属《けんぞく》だ」

「けんぞく？」

「そう……つまり、仲間だ」

圭史郎さんがひどく咳き込んでしまう。噴き出すのを、かろうじて誤魔化したようだ。

「仲間？　じゃあ友達なんだね」

「そう。友達だ」

「僕と玉枝も友達だもんね」

　玉枝は虚を衝《つ》かれたように固まった。

　幾度も瞬《まばた》きをして、おそるおそる健太君の顔を窺《うかが》う。

「わたしたちは……友達なのか？」

「そうだよ？」

「そうか……友達……友達……」

　玉枝は瞳をきらきらと輝かせながら、頬を上気させていた。友達という言葉が、玉枝の胸の中で煌《きら》めいているのだと私にもわかった。

　健太君は嬉しそうに、私と圭史郎さんに語る。

「玉枝はね、僕の命の恩人なんだよ。僕が年長さんのときに山で迷子になったことがあったんだ。暗い道を泣きながら歩いてたら、玉枝に会ったの。玉枝の名前もね、そのときに僕が付けてあげたんだよ。でもお父さんに会ったら、玉枝はいなくなってたから心配してたんだ」

「そうだったんですね。じゃあ、久しぶりに会ったんですか？」

「うん！　えっとね、僕は今、三年生だから……四年前かな」

　圭史郎さんはキモクイが人間を喰らうあやかしだと警戒していたけれど、玉枝は健太君を助けたことがあるのだ。

「素敵な出会いですね」

「そうでしょ？　ね、玉枝」

にこにこと嬉しそうに笑んでいる健太君は玉枝に同意を求める。

玉枝は恥ずかしそうに俯《うつむ》きながら、「……うん」とだけ答えた。

微笑ましい空気の中、圭史郎さんだけは険しい表情を見せていた。

あとから、玉枝が健太君のお見舞いに来たのは喰らうためだとか言うんだろうな……

圭史郎さんの怨念《おんねん》論はこれまでにことごとく外れているので、私はまた反対意見を出すだけなのだけれど。

「あの、健太……」

玉枝はおずおずと健太君に話しかけた。

「なに？　玉枝」

「前に会ったとき、約束しただろう」

「約束？」

「約束というか、その、健太が……」

がらり。

突如、背後で扉の開く音がした。

振り向くと、妙齢の女性が腕に荷物を提げて瞠目《どうもく》している。

健太君は「お母さん！」と発した。健太君のお母さんは見知らぬ私たちが病室にいることに、戸惑いを見せている。

「あの、どちらさまですか？」

「はじめまして。私は花湯屋で若女将をしています、花野優香です。こちらは神使の圭史郎さんです」

圭史郎さんの分もまとめて挨拶して、お辞儀をする。

お母さんは驚きながら入室し扉を閉めた。その表情には喜びが含まれている。

「花湯屋さんの？　女将の鶴子さんと私は同級生なんです。東京から来た親戚の女の子が跡取りになってくれるかもしれないとか噂で聞いたけど、まさかその子が優香さん？」

なんと、お母さんは鶴子おばさんと同級生のようだ。

幸運な縁の到来に、私は心の中で安堵した。

「そうなんです。跡を継ぐというのは大げさですが……今は高校に通いながら花湯屋でお仕事をしています」

「頑張っているのね。……それで、健太のお見舞いに来てくださったのは、鶴子さんが？」

「あ、いいえ、花湯屋の仲居さんが入院しまして、そのお見舞いに来たんですけども、たまたま通りかかったんです」

お母さんには玉枝は見えていないようだった。私の隣にいる玉枝には全く視線を向けようとしない。

あやかしの話をしても、お母さんには信じてもらえないかもしれない。

すると、健太君は嬉しそうにお母さんへ告げた。

「玉枝と一緒に、お姉さんとお兄さんも僕に会いに来てくれたんだよ！」

「玉枝？」

「ほら、ここにいるでしょ。この子だよ」

健太君が掌《てのひら》をかざしたところに玉枝は佇《たたず》んでいるのだけれど、お母さんには何もない空間が広がっていたに違いない。

眉をひそめたお母さんは強張《こわば》った表情を作る。

「僕が山で迷子になったときに助けてくれた子だよ。お父さんが、山の神様だって言ってた」

その言葉に、お母さんはある程度の納得がいったようだった。幾度も頷《うなず》いている。

「あのときの……。そう。ここに、いるのね」

「そうだよ。お母さんは見えないの？」

「お母さんはもう大人だから見えないのよ。そうそう、これ、買ってきたわよ」

お母さんは玉枝の話を早急に終わらせたいようだった。見えないものへの脅威や恐れが、彼女の頬の筋肉が引き攣《つ》ることに表れていた。

手提げ袋から取り出されたのは、大きな箱に入った男子用の玩具《おもちゃ》。テレビで放映しているヒーローに変身できるグッズだ。

けれど健太君は唇を尖らせて、ぷいと顔を背けた。玩具《おもちゃ》の箱を手に取ろうともしない。

「いらない」

「どうして？　テレビで何回も見てたじゃない」

「玩具《おもちゃ》はもういらない」

病室のテーブルを見ると、所狭しと様々な玩具《おもちゃ》が並べられていた。いずれも流行している恐竜のプラモデルやヒーローのグッズだ。こんなにたくさんの量は、お金持ちの子でもなければ買ってもらえないだろう。

「僕はいつ退院できるの？　学校に行って、みんなと遊びたい！」

健太君は強い調子で願望を吐き出す。

ベッドの傍には、色とりどりの折り紙で作られた千羽鶴が吊り下げられていた。おそらく学校の友達からの贈り物なのだと思われた。

言葉に詰まったお母さんは困ったように視線を彷徨《さまよ》わせて、健太君を諭す。

「お薬で体調がよくなったら退院できるって、お医者様が言ってたでしょ。だからもうすぐ……」

「ウソだ！　僕は誰かと心臓を取り替えないと、ずっと病気のままなんだ！」

お母さんは絶句した。

健太君は点滴の付いた腕を振り回して、お母さんを押し戻そうとする。

「ウソつきのお母さんはもう来るな！」

「健太、やめなさい……！」

健太君はベッドから落ちてしまいそうなほどに暴れるので、圭史郎さんが押さえる。

興奮している今の健太君は話を聞いてくれそうにない。私はお母さんを促して共に病室から出た。

扉越しに、健太君の嗚咽《おえつ》が漏れ聞こえる。

隙間から覗《のぞ》くと、健太君は枕に顔を埋めて泣いていた。

「うう……うう……」

「健太。泣かないで」

玉枝は健太君の髪を優しく撫《な》でていた。圭史郎さんはそんなふたりを、黙って見下ろしている。

「大丈夫みたいです。圭史郎さんと玉枝がいますから」

健太君は入院生活でストレスが溜まっているのだろう。

お母さんは疲労の滲《にじ》んだ顔の半分を、掌《てのひら》で覆った。

「……健太は生まれつき、心臓の病気があるんです。いずれは移植手術が必要になるとお医者様から言われていて……でもドナーなんてなかなかいませんし……」

血を吐くように訴えたお母さんの目に涙が浮かぶ。

健太君の病状はかなり深刻らしい。

「このままだと健太は……。だから、できるだけ健太に好きなことをさせてあげたいんです。欲しいものはなんでも買い与えてあげたい。……でもそれは玩具《おもちゃ》じゃないんです。わかっているのに、健太に何もしてあげられない……」

「お母さんは何もしてないわけないですよ。懸命に看病しているじゃありませんか。健太君もそのことはよくわかっています。ただ入院生活でストレスが溜まって、お母さんに当たってしまっているだけなんです」

「ええ、ええ……ごめんなさい、取り乱してしまって。優香さんのような若い子にこんな話をお聞かせして、申し訳ないです」

お母さんはハンカチで涙を拭《ぬぐ》う。

私も、何かしてあげたい。

健太君やお母さんの気持ちが少しでも安らぐようなことができないかな。

そのとき病室から、圭史郎さんと玉枝が出てきた。

「明日も俺たちに来いだとさ。ふたり分のみかんが要りそうだな」

「じゃあ、明日もみずほさんと健太君のお見舞いに来ましょう。いいでしょうか、お母さん」

お母さんは悄然《しょうぜん》とした様子で頷《うなず》く。

「ご迷惑でなければ……あの子に会ってあげてください」

「ありがとうございます。鶴子おばさんにも話しておきますね」

「ええ、ぜひ。私からもお礼のお電話をします」

お母さんの了承を得られたので、明日以降も健太君のお見舞いに来られることになった。

玉枝もいることだし、みんなでお見舞いに来れば健太君の気も紛れるんじゃないかな。

私は扉をほんの少し開けて健太君に告げた。

「健太君。また明日も来るね」

健太君はベッドに寝ていた。顔は窓のほうを向いている。返事はなかった。

玉枝が私のそばまで来て、低い声音《こわね》で囁《ささや》いた。

「今日はそっとしておいてほしいようだ。健太は落ち込んでいる」

「そうですか……。じゃあ、帰りましょうか」

みんなで階段を下り、病院のホールへ向かう。お母さんは受付で手続きがあるということなので、そこで別れた。

「玉枝はどうします？」

玉枝も明日、健太君のお見舞いに来るだろう。できれば私たちと一緒に訪れてほしい。

彼女はこの近くに棲《す》んでいるのだろうか。

訊《たず》ねると、玉枝は熱が削ぎ落とされたように、すうと冷酷なあやかしの顔つきに戻る。

「どうとは？」

健太君と話していたときは照れたり案じたりするふつうの少女だったのに、まるで別人のようだ。

「明日も健太君のお見舞いに来ますよね？」

「……そういう約束だからね」

「私たちと一緒に行きましょうよ。今晩は花湯屋に泊まりませんか？」

突然、圭史郎さんに強く肩を掴まれる。

「やめろ、優香。保証できないぞ」

「……え。何がですか？」

「キモクイは人間も襲う。こいつの好物は生き物の臓腑《ぞうふ》だ。花湯屋の人間の安全を保証できないと俺は言ってる」

圭史郎さんの警告に私は目を見開く。

キモクイは危険なあやかしだったことを忘れていた。

「でも、病院では何も起きなかったじゃないですか」

「だから腹を空かせているはずだ。おまえは好物を目の前に出されて、いつまで食べるのを我慢していられる？」

玉枝にとって人間は、食べ物なのだ。

生きるために食べなければならない。

私たちも生き物を殺して食べている。空腹を満たすために。

ならば、玉枝は花湯屋には呼べないということになるのだろうか。

花湯屋の臙脂《えんじ》の暖簾《のれん》は、あやかしのお客様を招くためにある。

私が悩んでいると、玉枝はすいとホールを抜けて外へ飛び出していった。

「あ……玉枝！」

まるで風のように溶け込んで、瞬《また》く間に玉枝の姿は見えなくなってしまう。

気を悪くしただろうか。

私は肩を落とした。

圭史郎さんと共に、駐車場に停めてあった軽トラックにのり込む。

「お客様を差別するなんて、私はしたくないです。玉枝を花湯屋に呼ぶことはできませんか、圭史郎さん？」

車の窓から吹き込む風に寝癖を舞い上がらせながら、ハンドルを操作する圭史郎さんは答えず、しばし考えていた。

「人間と相容れない原因はキモクイの人喰いという性質にあるわけなんだが、そもそも、なぜあいつは健太を食べなかったんだ？」

私は健太君が語ってくれた過去を思い出す。健太君が山で迷子になったときに、助けてくれたのが玉枝なのだ。玉枝という名前も自分が名付けたのだと、健太君は嬉しそうに話していた。

「それはもちろん、友達になったからですよ。迷子になったときに、色々と交流があったんじゃないでしょうか」

「友達だから、食べないのか？」

「それはそうでしょう」

健太君に友達だと認められた玉枝は、とても嬉しそうにしていた。初めての経験に戸惑っているようにも見えた。

きっと玉枝はこれまで人間の友達ができたことがないのだろう。

初めての、人間の友達。

それを食料として食べようだなんて思うはずがない。

圭史郎さんは何を言いたいのだろう。

「たとえばな、優香が大福を助けた経験があるとする。大福にとても感謝される。優香は腹が減っている。大福は放っておけば腐ってしまう。さあ、その大福をどうする？」

「ええ？　どうすると言われても……大福ですよね？」

「食べるだろ？　友達だからな。腐らせるくらいなら、自らの血肉にしたほうが大福のためだ」

「そうですね。腐らせるのはもったいないですよね」

「キモクイの立場に立てばそういうことだ。いずれ健太は喰われるぞ」

圭史郎さんの論理は強引な気もするけれど、食べる側の立場にしてみれば、そういう考えに至るのかもしれない。

圭史郎さんは話を継ぐ。

「機会を窺《うかが》っているのかもしれないな。健太は死期が近い。だからキモクイの姿も見えている」

「え……。でも、健太君は山で迷子になったときも玉枝の姿が見えていたんですよね？」

あやかしが見えない人間でも、一定の状況下になると見えるようになる。

たとえばそれは死に際だと、圭史郎さんは教えてくれたことがあった。

「おそらくそのときも死線を彷徨《さまよ》ったんじゃないか。幼児が山で遭難してキモクイに遭遇したんだ。死んでいても、おかしくなかった」

けれど、玉枝は健太君を助けた。そういえば玉枝がどこに行ったのか不明になったと話していたけれど、もしかしてそれは死期を脱したので玉枝の姿が見えなくなったということなのだろうか。

そして、今また、同じ状況に陥《おちい》っているのだとしたら。

「健太君は移植手術が必要なほど、深刻な病気のようですね……。お母さんはとても疲れている様子でした」

「病気について俺たちができることは見舞ってやるくらいしかない。とりあえず、みかん買って帰るぞ」

圭史郎さんは街のほうへハンドルを切る。

私たちはスーパーに立ち寄り、みずほさんと健太君、それに花湯屋へのお土産の分のみかんを購入した。

花湯屋に帰り着くと、玄関に座っているコロさんに声をかける。

「ただいま帰りました、コロさん」

「おかえりなさい、若女将さん。みずほさんの具合はどうだった？」

「元気そうでしたよ。あと数日で退院できるそうです」

「そっかぁ。よかったね」

もしかして、玉枝が来てはいないだろうか。

私は一縷《いちる》の望みにかけて、コロさんに訊《たず》ねた。

「あの……コロさん。私たちが帰って来る前に、女の子のあやかしが花湯屋に来ませんでしたか？」

コロさんは首を傾げた。

「女の子？　来てないよ？」

「そうですか……」

やはり、来ていないようだ。

生き物に恐れられるであろうキモクイの玉枝は、交流を避けているのかもしれない。

事務室でお土産のみかんを鶴子おばさんに渡し、みずほさんの容態と健太君のことを報告した。

「そうだったのねえ。みずほさんは大丈夫のようだけれど、健太君は心配ね。お友達と遊べなくて寂しいでしょうから、お見舞いに行くことは私からもお願いするわ」

「ありがとうございます、鶴子おばさん」

「もちろん圭史郎さんも一緒にね。はい、優香ちゃん。これは圭史郎さんと優香ちゃんの分ね」

ふたつのみかんをもらった私は従業員用の通路を通り、裏の花湯屋へ戻る。

談話室を覗《のぞ》くと、圭史郎さんはすでにソファに沈んでいた。法被《はっぴ》を毛布代わりにして胸にかけている。

向かいのソファに腰を下ろした私は、みかんの皮を剥き始めた。

甘酸っぱい柑橘《かんきつ》の香りが部屋いっぱいに広がる。

「……俺にもみかんくれよ」

私は立ち上がると、起きていたらしい圭史郎さんの口許《くちもと》に、剥いたみかんを丸ごと放り込む。圭史郎さんは慌てて口許《くちもと》の丸ごとみかんを押さえながら起き上がった。

「おいおい。せめて半分にしてくれ」

「……圭史郎さん、私、考えてたんです。玉枝を花湯屋に呼ぶには、どうしたらいいのかって」

健太君のことも含めて、放ってはおけない。

健太君の死期が近いであろうこと。玉枝を山の神様だと思っていて、キモクイという正体を知らないこと。そしていずれは玉枝が健太君を喰らってしまうかもしれないこと。

どれを取っても悲劇に向かっているように思えてしまう。

ソファに座り直した圭史郎さんは一房のみかんを口に入れた。

「あやかしには二種類いると前に言ったろ。地獄で生まれたときから、あやかしである者。もうひとつは、この世で怨念《おんねん》を抱えたまま死んで、あやかしになる者。キモクイは地獄からやってきた真のあやかしだ。コロや子鬼たちとは格が違うぞ。人間社会に馴染《なじ》めないし、人間の常識も通用しない」

玉枝は生まれながらの、あやかしなのだ。

今までに出会ったあやかしたちは、元々この世界に住んでいたので常識が通用したけれど、地獄からやってきた玉枝を同じと考えるなと、圭史郎さんは言いたいのだろう。私には地獄がどんなところなのか想像もできないけれど、幼女のような玉枝の外見とはかけ離れた言動を鑑《かんが》みれば、少なくとも彼女が長い時を生きてきたことはわかる。

そして玉枝がずっと、孤独だったということも。

「私は玉枝を花湯屋に招きたいです」

きっぱりと、圭史郎さんに告げる。

圭史郎さんは反対するだろうけれど、曲げる気はなかった。

病院での玉枝の健太君に対する様子を見れば、きっと花湯屋にも居られるはずだから。

「お見舞いに行っているうちに、玉枝だって人間の社会に馴染《なじ》みますよ。今日だって健太君と楽しそうに話してたじゃないですか」

私が自信を持って語ると、立て続けにみかんの房を口に放り込んでいた圭史郎さんは呟いた。

「どうだかな。……まあ、周りの人間を喰わせないよう制限をかけることは、難しくなさそうだけどな」

「というと？」

「キモクイの狙いはひとまず、健太だけだということだ」

「玉枝が健太君の心臓を喰らうなんてこと、あるわけないです」

「それは優香の願望だろ」

むっとした私は立ち上がり、腰に手を当てて宣言した。

「根拠はあります！　私は一生、大福を食べません！」

圭史郎さんは眉をひそめたけれど、なぜ大福なのか思い出したらしく、脱力したように嘆息《たんそく》した。

ちなみに私の好物は甘いものだけれど、大福に限らない。ケーキも好きだし、シュークリームも大好きだ。

「大福はものの喩《たと》えだ。まあ、続けばいいな」

どうでも良さそうに呟いた圭史郎さんは、みかんの皮を綺麗に畳み、テーブルに放り投げた。

「このみかん、おいしいわね。美容のためにもう一個食べようっと」

みずほさんはお土産のみかんに手を伸ばして皮を剥いた。

テーブルにはみかんの皮が山積みにされている。

その隣に、みずほさんのご家族からの差し入れだという菓子箱が置かれていた。

「優香ちゃんも遠慮なく食べてよ。この大福、おいしいよ」

苦笑いを零《こぼ》した私は大福から目を逸らす。

昨夜、圭史郎さんに一生大福を食べないと宣言したばかりなのに。

私を試すように、大福はおいしそうに丸々と太っている。くっついている粒あんがとても魅力的に目に映る。

「あはは……ダイエット中なので、遠慮しておきます……」

「ええ？　全然太ってないじゃない。どこを減らすの？」

「そうですね……ほっぺたの肉とか……」

丸顔なので、もう少しほっそりしてもいいかなと思う。

自分の頬を手で摘まむと、まるで大福のようにもちもちしていた。

私と圭史郎さんは再び病院へお見舞いにやってきた。

みずほさんにお土産のみかんを渡して、昨日の健太君のことについて話すと、みずほさんは様子を見ると言って私たちと一緒に健太君の病室を訪れた。

そう、ここは健太君の病室。

そして、みずほさんは健太君のお土産のみかんに手を出している。

「おい、みずほさん。健太の分は取っておけよ。また明日も買ってきてやる」

圭史郎さんが苦言を呈するも、みずほさんのビタミン摂取は止まらない。

病室には芳醇《ほうじゅん》なみかんの香りが漂っている。

みずほさんは悪びれもせず、健太君に意味ありげな視線を投げた。

「あら。だって健太君は彼女が来るから、みかんどころじゃないんじゃない？」

ベッドから体を起こしている健太君は、先程からそわそわしている。

玉枝がまだ来ていないからだ。

「僕は、みかん食べなくていいよ。お姉さんにあげる」

「ありがとー、健太君！」

遠慮なくみかんを頬張るみずほさん。

健太君は落ち着きなく扉をちらちら見ては、肩を落としている。

私は健太君に微笑みかけた。

「健太君。玉枝はきっと来ますよ」

花湯屋に泊まれば一緒に来られたのだけれど。

玉枝がどこに棲《す》んでいるのかは、まだ知らない。

けれど、きっと来てくれるはずだ。

健太君が泣いていたとき、玉枝は優しく慰めていたから。

白い布団の端をぎゅっと掴んだ健太君は唇を歪める。

「……でも僕、昨日、泣いたから……。かっこわるい。玉枝は僕のこと、嫌いになったかもしれない」

「そんなことないですよ。だって、またお見舞いに来るって約束したんですよね？」

「約束っていうか……うーん……」

健太君は自信がないようだ。

見舞いに来る約束が交わされたときは、圭史郎さんが付き添っていたので私は詳細を知らないけれど、玉枝に嫌がっている様子はなかった。

圭史郎さんの顔を窺《うかが》うと、しっかりと頷《うなず》いてくれた。

健太君が無理強いしたわけではない。玉枝にも、お見舞いに来たいという意思があったんだ。

「私、玉枝を迎えに行ってきますね。もう病院の近くまで来てるかもしれません」

私は椅子から立ち上がり、扉へ向かう。

圭史郎さんも私のあとを付いてきた。

「俺も行こう」

「もしかして病室がどこかわからないのかもしれないですね。初めに病院の中を……うひゃあああ⁉」

思わず妙な悲鳴を上げてしまう。

扉を開けると、目の前に玉枝が立っていた。

じっとこちらを見つめて佇《たたず》んでいる姿はまるで呪いの人形のような風情だ。

驚いて飛び退いた私は、すぐ後ろにいた圭史郎さんに勢いよくぶつかってしまう。

「おい、なんだ。来てるじゃないか」

「玉枝……もしかして、ずっとここにいました？」

部屋に入るのをためらっていたのだろうか。

玉枝はきつい眼差しをして、私を上目で睨《にら》む。

「暁《あかつき》の頃からいた」

暁《あかつき》とは夜が明ける時間のことだ。今はもう昼前なのに。

「朝から⁉　みずほさんの病室と行き来しましたけど、全然気づきませんでした」

「おまえたちが廊下を通ったときは隠れていた」

「どうしてです？」

「……理由などない」

極端に交流を避けたいようだ。それとも私たちに遠慮していたのかな。

身をのり出して玉枝を見た健太君は、途端に笑顔を弾《はじ》けさせた。

「玉枝、来てくれたんだね！」

声には喜びが溢《あふ》れている。

玉枝は恥ずかしそうに頬を染めながら、静々と病室に入った。

「健太……気分はよいのか、悪いのか」

「もちろんいいよ！　だって玉枝が来てくれたんだもの」

「待っていたのか？　わたしを」

「そうだよ。いっぱい話したいことあったんだ」

玉枝は意外そうに瞳を瞬《またた》かせた。健太君に嫌われていないか、玉枝も不安だったのかもしれない。

ふたりが会えてよかった。

安堵した私は、それまで座っていたみずほさんの隣の椅子に腰を下ろす。

みかんの皮をテーブルに追加してのせたみずほさんは、そっと私に囁《ささや》いた。

「玉枝ちゃん、そこにいるんだね。あたしはともかくとして、看護師さんが来たら変に思われない？　玉枝ちゃんがあやかしだってこと、健太君は知ってるの？」

「あっ……」

みずほさんは花湯屋の仲居なので、あやかしについて理解がある。

けれど事情を知らない他の人から見れば、健太君が会話のような独り言を喋っているという異様な状況だ。昨日はお母さんが不審に思っていたけれど、山の神様ということで納得していた。

健太君は玉枝の正体についてまだ知らない。あやかしに纏《まつ》わることは伏せておきたい。

私は小声で返した。

「みずほさん、玉枝は山の神様ということになってます。迷子になった健太君を助けてあげたことがあるんです」

「なるほどね。じゃあ看護師さんが来たらあたしたちで対応しておこうか」

「そうしましょう。お願いします」

頷《うなず》いたみずほさんは、微笑ましい目をふたりに向ける。

玉枝と健太君は楽しそうに会話を繰り広げていた。

「あたしもあんな純粋な頃、あったのかなぁ。小さな恋を応援してあげたいよね」

――恋。

私はみずほさんの台詞《せりふ》を胸の裡《うち》で反芻《はんすう》した。

この若芽のような恋が、成就してくれればいい。

でも……

ふたりを取り巻く環境が、それを許さないのではないだろうか。

あやかしのことについては、私たちでどうにかしてあげられるかもしれない。健太君が、玉枝が神様でないと気づいても、きちんと説明して誤解を解いてあげたい。

けれど、健太君の病気のことは……

私は不安な面持ちで、健太君と玉枝のやり取りを見守った。

「僕、退院したら学校に行きたいんだ。みんなと勉強したい」

「皆と勉強するのと、ひとりでするのは何が違う？」

「うーん。みんないると隣の子と教え合ったりできるし、手を挙げて答えたりするから楽しいんだけど、ひとりだとドリルしかできないからつまらないんだ」

「どりる……とはなんだ？」

健太君は傍らのテーブルから、漢字ドリルを取り出した。赤地にキャラクターのイラストが描かれた、細長い冊子だ。

「これだよ。玉枝はこういうドリルやったことないの？」

「ないね……。学校に通ったことすらない」

「え⁉　じゃあ、どこで勉強するの？」

「……したことがない。駄目か？」

玉枝は窺《うかが》うように健太君を見上げた。

地獄から来たあやかしである玉枝が、勉強したことがないのは当然なのだけれど、彼女はそれを恥じているようだった。しかも健太君に判断を求めている。

「だめなんかじゃないよ。じゃあ、僕が玉枝に勉強を教えてあげるね！」

「そ、そうか。健太が教えてくれるのか」

「うん！　えーと、はじめは……『あいうえお』は知ってる？」

「どういうことだ？」

玩具《おもちゃ》の置かれたテーブルの端にはノートなどが積まれている。健太君はそこから大きな表を引っ張り出した。小さな子が文字を覚えるときに使用する大判の表を、ベッドに広げる。あいうえお順に描かれた枠の中には、対応するイラストが付いていた。何度も使用したのか、表はかなり傷んでいる。

「これが、『あ』っていう文字だよ。赤ちゃんの『あ』だよ」

ざっと表を眺めた玉枝は即座に理解したようだった。

「ああ……そういうことか。字体がわたしの知っているものとは大きく変わったんだな」

「字は知ってるの？」

「いや、わからないに等しい。……これはなんだ？　太った魚か？」

玉枝は『い』の枠に描かれたイルカを指差した。

「これはイルカだよ。卵じゃなくて赤ちゃんを生むから、動物なんだって。水族館で見たことあるよ。すごく大きいんだ。飼育員さんが合図するとジャンプしてボールを蹴るんだよ」

「相当賢そうだな。そんな生物もいるのか。……こちらはなんだ？　これはさすがに生物ではないな？」

今度は玉枝は『う』のイラストを指した。

「これは、うきわだよ」

「釣りで使うウキか。見たことがある」

「うきわは釣りで使わないよ。この丸い穴に人が入るんだよ」

「……人が？　それで魚が獲れるのか？」

「魚は獲らないよ。うきわで浮いて、プールや海で遊ぶの」

「遊び道具か。それは何か意味があるのか……？」

「楽しいよ」

「……そうか」

私とみずほさんは笑いを堪《こら》えながら、ふたりの学習を眺めていた。

住んでいる世界の違うふたりだけれど、こうして理解し合うことができる。

玉枝の思考は捕獲して食べることに寄っているようだ。それが彼女の生きてきた世界といえる。表のイラストを見ながら、玉枝は健太君の話を興味深く聞いていた。

ちらりと窓辺に佇《たたず》んでいる圭史郎さんに目を向ければ、何も言わずに外の景色を眺めている。

圭史郎さんも、ふたりを応援してくれているようだ。

この穏やかな流れがずっと続けばいい。

　健太君と玉枝の会話を耳にしながら、私は切に願った。

その日以来、私と圭史郎さんは毎日のように健太君の病室を訪れて、玉枝と共に数時間を過ごすようになった。みずほさんは無事に退院して、すでに花湯屋に復帰している。

玉枝と健太君をふたりきりにするのは賛成しないからというのが圭史郎さんの意見だ。

圭史郎さんはまだ玉枝が健太君を喰らうと警戒しているのかもしれない。

健太君は毎日玉枝に勉強を教えてあげている。

初めは、かな文字からだったけれど、玉枝は瞬《また》く間に漢字を習得していった。ただ現代に馴染《なじ》んでいないだけで、元々の知識は持っていたと思われる。

仲睦まじいふたりが、捕食者と食糧という関係になるはずがない。

圭史郎さんの心配は杞憂《きゆう》だ。

私としては見張っているわけではなくて、看護師さんやお母さんが病室に来たときに、健太君が不審に思われないために付き添っている。私と圭史郎さんがいれば、三人で話していたということにできるから。

今日の健太君はいつも以上に笑顔で、そわそわしていた。

　何やら嬉しい報告があるようで、玉枝に告げたくてたまらないというように、彼女の顔を覗《のぞ》き込んでいる。

玉枝は漢字ドリルから顔を上げた。

「健太、どうした？」

「あのね、僕ね、実は……退院できるんだ！」

「そうなのか？　病気は治ったのか？」

「治ってないけど……でも、ちょっとだけ退院できるんだよ」

玉枝はなぜか複雑そうな表情を浮かべた。

健太君が家に帰れるのは喜ばしいことだけれど、玉枝にとってはそうでもないようだ。

私は健太君にお祝いの言葉を述べた。

「よかったですね、健太君。学校にも行けますね」

「うん！　玉枝も僕と一緒に学校に行こうよ！」

無垢《むく》な刃が玉枝に突き刺さる。

私は、今が健太君に真実を伝えるときなのかと緊張を漲《みなぎ》らせた。

玉枝はじっと健太君の顔を見つめると、静かに告げた。

「わたしは、学校には行けない」

「どうして？　神様は人間の学校に通っちゃいけないの？」

「……そうだね。他の人間には、わたしの姿は見えていないんだ。そこのふたりはわたしの眷属《けんぞく》だから見えている。健太も退院すれば、わたしが見えなくなるかもしれない」

玉枝は健太君が日常という遠いところに去って行ってしまうのが、寂しいのかもしれない。病室での楽しいひとときは、いずれ終わりを迎える。

玉枝と離れることになるという現実に気づかされた健太君は衝撃を露《あら》わにした。

「そんな……そんなことない。僕は玉枝の友達なんだから、僕だってお姉さんやお兄さんみたいに、玉枝のことずっと見える！」

俯《うつむ》いた玉枝は、何も答えなかった。

私のあやかし使いの能力を、健太君に分けてあげられたらいいのに。

窓辺に佇《たたず》んでいる圭史郎さんは黙ってふたりの対話を耳にしていた。

病室に重苦しい沈黙が流れる。

やがて玉枝は、微笑を浮かべながら顔を上げた。

「健太の字を教えてほしい。健太という漢字は、どう書くの？」

「えっとね……こうだよ」

鉛筆を持った健太君は、ノートに自分の名前を綴《つづ》った。

玉枝は瞳を煌《きら》めかせて、『健太』という文字を、自らの目に刻みつけるように見つめる。

「これが……健太か」

「健康という字から一字とってるよ。僕が健康に育ちますようにっていう願いを込めたんだって」

健太君は生まれつき心臓の病気を抱えていると、お母さんは語っていた。その名前には、両親の切実な願いが込められていた。

「玉枝の字はこうだよ。玉こんの玉に、木の枝の枝」

健太君が名付けたという玉枝の名前をノートに書く。玉枝はふと首を傾げた。

「ずっと不思議に思っていたんだが……玉こんとはなんのことだ？」

「玉こんはね、こんにゃくだよ。玉みたいに丸いから、玉こんっていうの」

私も玉こんはなんのことか知らなかった。そっと圭史郎さんに話しかける。

「圭史郎さん。玉こんって、お菓子なんですか？」

「菓子じゃない。団子のように四つほど串に刺した玉こんにゃくを醤油で煮詰めたものを、山形では玉こんと呼ぶ。祭りや観光地なんかでよく売ってるな。一本百円だ」

お団子のような形状のこんにゃくらしい。

健太君もきっとお祭りや町おこしのイベントなどで食べたことがあるのだろう。

長年の謎が解けたかのように、玉枝はとても驚いていた。

「こんにゃくのことだったのか……。健太は、その玉こんが好きなんだね」

「玉枝は食べたことないの？」

「……そういうものは食べたことがないね」

唇を噛んで俯《うつむ》いた玉枝はどこか居心地が悪そうだった。

けれど鉛筆を手にして、健太君といつもそうしているように、ノートに文字を記していった。

健太、玉枝と交互に綴《つづ》る。

病室に零《こぼ》れる明るい陽の光が、ふたりの名を色濃く浮かび上がらせている。

それは儚いふたりの時間を、文字にして懸命につなぎ止めているかのようだった。

健太君はふと訊《たず》ねた。

「僕の名前を玉枝が書けば、ずっと玉枝のこと見えるようになる？」

そのような力が玉枝にはあるのだろうか。

玉枝は答えない。鉛筆の滑る音だけが、とても小さく響く。

圭史郎さんに目を向けると、彼は私にだけわかるように首を横に振った。

不安を感じたのか、健太君は続けて玉枝に問いかける。

「玉枝はどこに住んでるの？　お姉さんは花湯屋の若女将なんだよね。お姉さんのところにいるの？」

「それは……その……わたしは……」

「退院したら、花湯屋に遊びに行くよ。そうしたら、また会えるよね？　そうしようよ、玉枝」

玉枝はひどく困惑している。

今しかない。

私は椅子から立ち上がると、ふたりの傍に歩み寄った。

「玉枝、花湯屋に来てください。健太君が退院しても、そこで会えますよ」

すかさず圭史郎さんは窓辺から離れてこちらにやってきた。

そうなることは想定済みだ。

圭史郎さんが口を開く前に、私は毅然《きぜん》としてふたりの前に立ち塞《ふさ》がる。

「健太君と玉枝に、玉こんをごちそうしましょう。健太君が好きな食べ物なら、きっと玉枝も食べてくれますよ」

おなかを空かせているから人間を食べたくなる。それなら玉こんでおなかいっぱいになれば心配事もなくなるはず。

圭史郎さんは私の考えを見透《みす》かしたようで、玉枝に訊《たず》ねた。

「キモク……玉枝、おまえはどうなんだ」

健太君は心配そうに玉枝を見ている。

鉛筆を握りしめて俯《うつむ》いていた玉枝は、小さな声で呟いた。

「……花湯屋に、行く。健太の好きな玉こんを、わたしも食べてみたい」

健太君は歓声を上げた。私も安堵の息を吐く。

よかった。これで、健太君が退院してもふたりは会うことができる。玉枝を花湯屋に迎えることも叶えられる。

「楽しみにしてるね！　また会おうね、玉枝。約束だよ」

約束という言葉に、はっとした表情を玉枝は見せた。

「……うん。また、会おう。約束だ、健太」

ぎこちなく約束を交わした玉枝は、私たちと共に病室を出る。

いつもは素早く走り去ってしまう玉枝だけれど、今日は私の後ろを付いてきた。

早速、圭史郎さんは玉枝に釘を刺す。

「いいか、キモクイ。決して人間を喰うなよ。それが、おまえを花湯屋に呼ぶ条件だ。破ればどうなるかわかるよな」

玉枝は鋭い眼差しで、じろりと圭史郎さんを睨《にら》みつける。健太君に会っているときは見せない、あやかしの目つきだ。

「わかっている。だが、神使に言われたから条件を呑むわけではない。健太のためだ」

「それは結構だ。……ところで、地獄にいるはずのおまえがどうしてこの土地に棲《す》みついているんだ？」

「答える必要はない」

玉枝はすげなく答えた。

健太君とは打ち解けているけれど、玉枝は人間と交流したいとは考えていないようだ。

でもこれで、玉枝を花湯屋に呼ぶことができた。

あやかしお宿の若女将として、こんなに嬉しいことはない。きっと花湯屋にいるうちに、玉枝は他の人とも打ち解けてくれるだろう。

病院を出て、駐車場へ向かう。駐車場に停めてある軽トラックにのるため、私は玉枝を抱っこしようと手を伸ばした。小さな女の子なので抱きかかえるのは私でもできるのだけれど、玉枝は素早く私の手を避けた。

「何をする」

「抱っこしてのりましょう。軽トラックはふたりのりなんです」

玉枝は呆れたように双眸《そうぼう》を細めて鼻で嗤《わら》う。

ひどく大人びた仕草だ。

「わたしはここでいい」

俊敏《しゅんびん》な動作で荷台に飛びのると、膝を抱えた玉枝は私から顔を背けた。

抱っこは断固拒否するようだ。

「落ちないよう、気をつけてくださいね」

仕方ないので圭史郎さんと座席にのり込む。

車を発進させた圭史郎さんは、バックミラー越しに玉枝の様子を窺《うかが》った。

「キモクイを子ども扱いしなくていいぞ。見た目は幼女だが、実際の年齢は数百歳のはずだ」

「数百歳⁉　じゃあ、少なくとも江戸時代から生きてるってことですか？」

「地獄のあやかしは頑丈だからな。地獄からやってきて、この土地に棲《す》みついたと考えると相当な年月が経過してるはずだ。キモクイの知る人間社会の常識も古そうだしな。あいつから見れば、優香は生まれたての雛みたいなものさ」

健太君の前では柔らかい対応だけれど、玉枝の中身はとうに大人の女性を通り越して成熟しているのだろう。

振り向いて玉枝の様子を見ると、彼女は大人しく荷台に座っていた。

ふいに、私は疑問を口にする。

「……圭史郎さんは地獄を見たことがあるんですか？　いつも思いますけど、とても詳しいですよね」

圭史郎さんは、どこであやかしについての知識を学んだのだろう。

花湯屋での圭史郎さんは古書を紐解いているわけでもない。知識はすべて彼の頭の中に入っているようだ。あやかしについて勉強できる学校でもあるのだろうか。

「さあな」

圭史郎さんは飄々《ひょうひょう》とした様子で答えた。

私の疑問は、ひとことで片付けられてしまう。

「いつか、教えてくださいね。圭史郎さんの秘密」

「……ああ。いつかな」

軽トラックは山間を吹き抜ける風を受けながら、銀山温泉に向かう。


花湯屋に辿り着くと、コロさんは喜んで玉枝を迎えてくれた。

「いらっしゃいませ！　僕は看板犬のコロだよ」

一方、玉枝は尻尾を振るコロさんから距離を取り、睥睨《へいげい》する。

「犬のあやかしか。雑種だな」

「コロさんは柴犬ですよ」

「犬の種類のことではない。低級なあやかしをすなわち雑種と呼ぶ」

「へえ。そうなんですね」

あやかしの世界では低級や上級などの格が存在するようだ。そういえば圭史郎さんはキモクイは格が違うというようなことを言っていた。地獄からやってきた数百歳の玉枝にとっては、最近あやかしに生まれ変わった犬のコロさんは格下なのだろう。

低級と呼ばれたコロさんは気を悪くすることもなく、玉枝に笑みを向けている。

「若女将さん、この子が捜していた女の子だね。やっと花湯屋に来てくれたんだね」

「そうなんです。今度、友達の健太君が遊びに来てくれるから、玉枝に毎日泊まってもらえますよ」

「わあい。お客さんがいてくれて嬉しいな」

飛び跳ねるコロさんを横目で見た玉枝は、花湯屋の臙脂《えんじ》の暖簾《のれん》をくぐる。

彼女は滑るように廊下を駆けると、客間の一室に入っていった。

そのまま部屋の隅に行き、無言で座る。

おかっぱで白い着物の女の子が部屋の隅にじっと正座しているさまは、背筋を冷やすものがある。

温泉宿を訪れるのは初めてだろうから、勝手がわからないのかな？

私は正座のまま微動だにしない玉枝に声をかけた。

「玉枝、とりあえず談話室でお茶でも飲みませんか？」

「指図するな。宿代は払う」

胸の合わせに手を差し入れた玉枝は、数個の銀粒を畳に置いた。

花湯屋を訪れるあやかしのお客様は、宿代として銀粒を支払うことになっている。その銀粒はあやかしのみが知る秘密の銀鉱から採取するという。

「ありがとうございます。玉枝も秘密の銀鉱に行ったことがあるんですね」

「わたしはこの辺りの山に棲《す》んでいるからな。あやかしとも極力関わりを持たないが、花湯屋や秘密の銀鉱についてては聞いたことがある」

「そうなんですね。秘密の銀鉱はどんな感じなんですか？」

玉枝は呆れたような目線を投げてきた。

そんなくだらないことを聞くなと言いたげだ。

「どんなといっても、銀鉱だ」

「なるほど……」

にべもない。

ふと廊下から、ひそひそ声が耳に届いてきた。

茜と蒼龍だ。

ふたりは柱の陰からこちらを窺《うかが》っている。

「キモクイだね。初めて見たね」

「オレ知ってる。地獄の上級あやかしだぞ」

「閻魔《えんま》に仕えてる偉いあやかしだね。あの体すごいね」

「子鬼、去《い》ね」

玉枝がひとこと命じると、子鬼たちは素早く逃げ去る。

私は少し心配になった。

あやかしの中にも格が存在していて、玉枝はその格ゆえに他のあやかしたちと仲良くできないのだ。

キモクイという性質が人間と関わることを阻《はば》み、上級あやかしという格が他のあやかしとの交流を隔ててしまう。

玉枝の孤独な境遇が、私には不憫《ふびん》に思えた。

「子鬼たちもコロさんも、とても親切ですよ。仲良くしてあげてください」

「……あんな雑種どもと仲良くしろと？　あやかし使いの娘は珍妙なことを勧めるのだな」

「雑種という言い方はよくないと思います。どんな種類でも、同じあやかしじゃありませんか」

玉枝は私に不審な目を向ける。

価値観に相当な隔たりがあるので、私の言い分が受け入れがたいのだろう。

けれど、みんなとも打ち解けたほうが玉枝もきっと楽しく過ごせるはずだ。

そう信じた私は玉枝の返事を根気よく待ち続ける。

ふい、と玉枝は私から目を逸らした。

「わたしには考えることがある。もう出て行ってよい」

冷淡に告げた玉枝は表情のない顔で正面を向く。まるでお姫様のように上品な尊大さだ。

まだ花湯屋に来たばかりだし、戸惑っているのかもしれない。少しひとりにしてあげよう。私は腰を上げた。

「それじゃあ、またあとで来ますね」

玉枝は答えない。

人形のように動かない。

襖《ふすま》を閉めると、私は小さく嘆息《たんそく》する。

「どうしたらいいのかな……」

子鬼たちの話では、玉枝は地獄の閻魔に仕えていた格の高いあやかしらしい。

だからお姫様のような態度なのだろう。

彼女から見れば、雛のような若女将と低級のあやかしに囲まれているわけで、それは鬱陶《うっとう》しいだけなのかもしれない。

廊下を戻ると、荷物を携えてきた圭史郎さんに出くわす。私たちを送ってくれたあと、買い出しに行ってきたらしい。

「お疲れさまでした……」

肩を落としている私を見た圭史郎さんは片眉を上げた。

「何があったか大体わかった」

「そうですか……。言ってみてください」

「早速玉枝に手を焼いたんだろう。あやかし使いごときがわたしに指図するとは何事だ、とでも言われたんじゃないか？」

大体合っている。私は瞳を瞠《みは》った。

「圭史郎さん、どうしてわかったんですか！」

「健太の前では猫被《かぶ》ってたが、上級あやかしだからな。気位が高いんだよ。それでなくても俺に人間を喰うなと制約されて機嫌が悪い。ああいうのは放っとけ。説得しようとすると意固地になるぞ」

圭史郎さんは厨房《ちゅうぼう》へ歩いて行くので、私もあとを付いていく。

「子鬼たちが言ってました。玉枝は地獄の閻魔に仕える、上級あやかしだって。だからお姫様みたいなんですね」

「昔は栄華を誇って、手下のあやかしに傅《かしず》かれたこともあったんだろうな。奴がなぜ地上に残ったのかは知らないが、もう地獄との縁は切れてるはずだ」

「どうして、そう言えます？」

「人の世界のように助け合うような考え方が地獄にはない。キモクイがいなくなっても、誰も気にも留めない。戻らないのなら、それまでだ」

地獄は上級あやかしにとっても、想像以上に冷酷な場所のようだ。

ということは、玉枝は本当にひとりぼっちなのだ。

もし健太君が退院して花湯屋を訪れたときに、玉枝の姿が見えなくなっていたら、そのとき玉枝は大きな喪失感を抱えてしまうのではないだろうか。

そうなれば健太君が死期を脱したということになる。玉枝に健太君を食べる意思がないという証明にもなる。だから喜ばしいことでもあるのだけれど、その結果が出ても私は素直に喜べないだろう。

厨房《ちゅうぼう》に入った圭史郎さんは買ってきた食材を作業台に出した。

「優香が悩んでも仕方ないだろ。とりあえず、玉こんでも見ておけよ」

健太君と玉枝にごちそうするための玉こんを購入してきてくれたのだ。

たくさんの丸いこんにゃくが袋に詰められている。これが玉こんだ。

想像していたよりも、ひとつひとつのこんにゃくは結構大きい。一般的なお団子よりも二回りは大きいだろうか。

それが大袋に入れられて、何袋も出てくる。瞬《また》く間に作業台は玉こんの袋で埋められた。平こんにゃくのような掌《てのひら》サイズしか知らない私は驚いて袋の山を眺める。

「こんなにたくさん⁉　多すぎないですか？」

「串に刺して大鍋で煮るから、さほどでもないぞ。他の料理と違って、こんにゃくしか煮ないんだ。わりとかさばらない」

数多ある食材の中でも、こんにゃくは脇役というイメージが強い。

けれど、玉こんは主役なのだ。

「醤油で味付けするんですよね？　他に、お肉などで出汁を取るんですか？」

「いいや。玉こん、醤油、その他砂糖みりんなど調味料。鍋に入れるのはそれだけだ」

「それだけですか……。シンプルですね」

「まあ、食ってみればわかる。とりあえず煮てみるか」

圭史郎さんは袋のひとつをざるに開けて軽く水洗いすると、玉こんを竹串に刺し始めた。

「私もお手伝いします」

「玉の真ん中に刺してくれ。俺は鍋を用意する」

「了解です」

つるつるした玉こんを指先で摘まみ、慎重に串に刺していく。竹串一本につき、四つでちょうどいいくらい。

鍋に水を注いでコンロにかけた圭史郎さんは、私の手許《てもと》を窺《うかが》ってきた。

「上手いぞ。試しに十本くらい作ってみるか」

「玉こんって、結構難しいんですか？」

「料理としては簡単なんだが、煮込むから時間調整が難しいな。早いと味が薄いし、煮込みすぎると味が濃くなりすぎる」

シンプルゆえに難しいらしい。

沸騰したお湯に醤油やみりんで味付けを施した圭史郎さんは、串に刺した玉こんを鍋の中に並べた。中火にして様子を見ながら、ゆるく掻《か》き混ぜている。

立ち上る醤油の芳香が厨房《ちゅうぼう》に満ちた。

遊佐さんがやってきて、鍋も見ずにぼそりと呟く。

「玉こんか」

「そうなんです。遊佐さん、どうしてわかったんですか？」

「匂いでわかる」

膳を下げてきたみずほさんも、醤油の匂いに誘われて鍋を覗《のぞ》き込む。体の具合はすっかりよくなったようだ。

「わあ、玉こんね。おいしそう」

「試作です。できあがったら食べてくださいね」

「いいの？　じゃあ、しょうがないから試食してあげようかしら」

嬉しそうなみずほさんに、遊佐さんは重い口を開いた。

「みずほさん、腹の具合はいいのか」

「やだぁ、遊佐さん。玉こんはいくら食べても大丈夫よ。救急車を呼んだときは、ホントすみませんでしたってば！」

厨房《ちゅうぼう》に笑い声が満ちる。

やがて鍋で煮た玉こんは綺麗なきつね色に染め上げられた。醤油が染み込んでいて、とてもおいしそうだ。

「そろそろいいか。食べてみてくれ」

ほかほかできたての玉こんを、圭史郎さんはみんなに配る。

みずほさんは一個丸ごと頬張った。

「おいしー！　あふ、あつ……っ」

できたてなので熱々だ。

やきとりと同じように串から直接かじる要領で食べるらしい。

圭史郎さんは冷蔵庫から、からしを取り出した。調味料を入れる小さな白い陶器に入れ替えている。

「圭史郎さん、からしをどうするんですか？」

「玉こんに塗るんだ。大人は大抵からしを塗って食べる。露店で売ってる玉こんの鍋の脇には、必ずからし入れが置いてあるぞ」

からしを調味料として付けるらしい。

遊佐さんは丁寧に小さなスプーンでからしを掬《すく》い、玉こんに塗っていた。

「醤油とからしは相性が良いからな」

「あっ、あたしも塗ろう。からしちょうだい」

みずほさんも手を差し出した。

玉こんを食べるために、からし待ちになってしまう。

私も玉こんに、ちょんと少しだけからしを付けてみた。

「いただきます」

温かな湯気を上げている玉こんにかじりつく。

醤油の優しい味わいが、玉こんに深く染み込んでいた。

そこにからしのピリリとした刺激が加わり、絶妙なアクセントとなっている。

もっちりとした玉こんの弾力がたまらない。

「おいしい！　玉こんって、こんなにおいしいんですね」

こんにゃくを醤油で煮ただけのシンプルな料理なのに、こんなにもおいしいものができあがってしまうなんてすごい。この玉こんをお祭りや観光地などの屋外で、みんなで食べたら、さらにおいしさは倍増するだろう。

遊佐さんは串を回して玉こんの色合いを見ながら咀嚼《そしゃく》した。

「いい塩梅だ」

「遊佐さんのお墨付きなら大丈夫だな。本番は健太が遊びに来る数日後なんだ」

「体が弱くて入院してる子だな。みずほさんから聞いた」

「玉こんが好物なんだ。あやかしのキモクイが花湯屋にいるから、会いに来る」

最後のひと玉を食べ終えた私は閃《ひらめ》いた。

健太君が花湯屋を訪れる日に、玉枝にも玉こんを作ってもらえないだろうか。

健太君のためなら、玉枝も協力してくれるかもしれない。そうすればみんなとも交流するきっかけになる。

「圭史郎さん、玉枝も呼んできていいですか？」

「ああ、呼んでこいよ。あいつにも玉こんを食べてもらわないとな」

私は早速厨房《ちゅうぼう》から出て、玉枝のいる客間へ向かった。

「失礼します」

声をかけて膝を突き、襖《ふすま》を開ける。玉枝は先程と全く変わらない姿勢で部屋の隅にいた。

目だけを動かし、鋭い眼差しで私を見る。

「何か用か」

「今、厨房《ちゅうぼう》で玉こんの試作品を作ったんです。玉枝も味見してくれませんか？」

玉枝は視線を彷徨《さまよ》わせて、瞬《まばた》きをする。迷っているようだ。

「……味見か。悪くない」

すうと立ち上がり、滑るように歩いて私の横を通り過ぎていく。

ところが廊下の途中で玉枝はぴたりと立ち止まった。

「厨《くりや》はどこだ」

「こっちですよ」

厨房《ちゅうぼう》に玉枝を案内する。

扉を開けると、流れてくるのは食欲をそそる醤油の香り。

「玉枝を連れてきました」

みずほさんと遊佐さんは私の周囲に視線を送るけれど、玉枝と目は合わない。鍋をゆっくり掻《か》き混ぜていた圭史郎さんは玉こんをひとつ手に取ると、皿にのせて作業台に置いた。

「おまえも食べてみろよ。これが健太の好きな玉こんだ」

背の低い玉枝は踵《かかと》を上げて、作業台にのせられた玉こんを大きな目で見つめた。

「これが……玉こん。わたしの名の元になった、玉こんか」

じっくりと眺めてから、小さな手で竹串を掴む。

珍しげに玉枝は竹串をくるくると回す。そうすると玉こんも、ぐるりと回転した。

「これは団子ではないのか？　人間が食べているのを見たことがある」

「形は似てますけど、お団子とは材料が違いますね。こんにゃくを醤油で味付けした食べ物なんです」

「こんにゃくなのか……！　このような形に作れるとは驚いた。人間は器用なのだな」

感心した玉枝は、おそるおそる玉こんに唇を近づける。

ぱくりとかじりついて、口の中に入れた。

無言で咀嚼《そしゃく》している。またひとつかじり、玉枝は無心に玉こんを食べ続けた。

「どうですか……？」

玉枝は今までに人間の食べ物をほとんど食べたことがないのだろうと思う。

口に合っただろうか。

私が訊《たず》ねると、玉枝は空になった串を皿に戻した。

「……どうとは、味のことか？」

「そうです。おいしいですか？」

玉枝は少々考え込んでいるようだった。

おいしくなかったのだろうか。

やがて、ためらいがちに口を開く。

「よくわからない……。感触も、味も、初めてだ。それに生き物の肝とは異なる熱さだ。あまりにも違いすぎて、おいしいだとかまずいだとかというよりも、ただ驚いた」

これまでの食事とはかけ離れていたので、判断できないようだ。

けれど、玉枝は串に刺されていた四つの玉こんすべてを食べてくれた。

少なくとも、吐き出すようなことはなかった。

これは受け入れられたということではないだろうか。

「健太君が食べる玉こんを、玉枝が作ってくれませんか？」

私の提案に驚いた玉枝は瞳を見開く。

「わたしが？　これをか？」

「私たちもお手伝いしますから。いいでしょう、圭史郎さん？」

圭史郎さんは、さらにもうひとつの玉こんを玉枝の皿にのせる。

「ああ、それがいい。健太も喜んでくれる」

視線を彷徨《さまよ》わせていた玉枝は、お代わりの串を手にすると、俯《うつむ》きながら玉こんをもぐもぐと食べている。

「健太が喜ぶのなら……作ってやっても、いいぞ」

口調は仕方ないというふうだけれど、玉枝の頬はほんのりと染まっている。

私は思わず両手を天井に向かって掲げた。

「やったぁ！　たくさんありますから、頑張って作りましょうね」

やり取りを見守っていたみずほさんと遊佐さんは、何やら小声で相談を交わしていた。

「……ってことで、どうかしら？」

「設営は任せてくれ。小物は頼む」

仕事の話だろうか。

圭史郎さんも加わり、三人で話し込んでいる。

私と玉枝は玉こんを食べながら、悪巧みを考えているような三人を眺めていた。

鶴子おばさんを通して、健太君は退院したと連絡を受けた。

今日はいよいよ健太君が花湯屋へ遊びに来てくれる。

早起きをした私は着物をたすき掛けにして気合を入れ、厨房《ちゅうぼう》で玉こん作りに精を出していた。

「あやかし使いの娘。早く次の分を出せ。急がないと健太が来てしまう」

玉枝と共に、こんにゃくを串に刺す作業を延々と続ける。

なぜか圭史郎さんは厨房《ちゅうぼう》に来てくれないので、ふたりだけで玉こん作りだ。玉枝の指示を受けた私は新しい玉こんの袋を取り出した。

「はい、ただいま。まだ時間は大丈夫ですよ。このあと玉こんを鍋で煮る工程がありますから」

「わたしが串に刺す。あやかし使いの娘は鍋を用意しろ」

数日前には玉こん作りを提案されて戸惑っていた玉枝だけれど、いざとなると頼もしい。

作業台に置かれた大皿には、綺麗に揃えられた玉こんの串が並んでいる。玉枝は滑る玉こんにゃくを小さな手に取ると、鮮やかに竹串に刺していく。

私は慌てて大鍋を用意した。

「えっと、水を入れてと……圭史郎さんはどこに行ったんでしょうね？」

みずほさんと遊佐さんを交えた三人で色々と相談していたようだけれど、何をするつもりなのだろう。

朝食を終えるとあやかし食堂から早々に追い出されてしまった私は首を捻《ひね》る。そのあと遊佐さんが食堂に大荷物を運び込んでいるようだった。

「あやかし使いの娘！　水を入れすぎだ」

「あっ……ちょっと多かったですね」

鍋から溢《あふ》れるほど水を入れてしまっていた。玉枝は別の鍋を差し出し、鍋に手を添えて水を移す。

「まったく。ぼんやりするな。醤油を入れるのは、わたしがやるからな」

「お願いします……」

とても手際のよい玉枝はまるでお姉さんのような風格を見せる。

慎重に醤油を投入したり鍋に串を並べたりしている玉枝は、懸命に玉こんを作っていく。私はそんな玉枝を微笑ましく見守りながら、お手伝いをした。

やがて玉こんは煌《きら》めく黄金のように色づいた。

鍋からは香ばしい醤油の香りと温かな湯気が立ち上る。

「……できた」

「できましたね。とってもおいしそうです」

玉枝は玉こんが万遍なく色づくよう、何度も丁寧に串を返していた。

初めての玉こん作りを終えた玉枝は感慨深げに頬を上気させ、鍋の中身をきらきらした瞳で覗《のぞ》き込む。

「わたしにもできたんだな。おいしいか？　健太はおいしいと言ってくれるか？」

「ちょっとだけ味見してみましょうか」

私は一本の竹串を掬《すく》い上げると、箸でこんにゃくを取り、一個だけ皿にのせる。半分に割って、玉枝とそれぞれの欠片を口に入れてみた。

玉枝はほっぺたを膨らませて、玉こんを頬張っている。

「ん……この間のと同じだな。これは、おいしいのか？」

この数日で玉枝は徐々に宿の食事を食べてくれるようになったけれど、やはり味についてはおいしいという感覚がわからないのだという。

彼女にとって食事とは楽しいものではなく、ただ生きるための義務なのだ。

これまでは。

「おいしいです！　自信を持って健太君に食べてもらえますよ」

「そうか……そうかな」

玉枝は不安と期待の入り交じった表情で、湯気を立てている玉こんを見つめた。

初めて作った玉こん。

きっと健太君に喜んでもらえるはずだ。

そのとき、がらりと厨房《ちゅうぼう》の扉が開いて、圭史郎さんが顔を出す。

「玉こんの具合はどうだ？」

「圭史郎さん！　どこに行ってたんですか？　玉こんは玉枝とふたりで作りました。ちょうどよくできあがりましたよ」

「そりゃよかった。俺も少々準備が忙しくてな」

なんの準備だろう。

私が首を傾げると、圭史郎さんは顎をしゃくった。

「健太が来たぞ。火加減は俺が見ておくから、出迎えてやれよ」

その言葉を聞いた途端、玉枝は圭史郎さんの脇を擦り抜けて廊下を駆けていった。

いつも思うけれど、驚くほど足が速い。音も立てないので、まるで風のようだ。

私はあとを圭史郎さんに任せて、玉枝を追いかける。

臙脂《えんじ》の暖簾《のれん》を掻《か》き分けると、お母さんに連れられた健太君が緊張の面持ちで花湯屋の玄関に立っていた。鶴子おばさんがすでにふたりを出迎えている。

「お久しぶりねえ。いらっしゃい、健太君。おばさんはお母さんのお友達なのよ。今日はゆっくりしていってね」

「はい……」

「よろしくお願いします、鶴子さん。健太がどうしても花湯屋に泊まっている友達に会うんだと言ってきかなくて」

温泉宿に遊びに行っては迷惑がかかると、お母さんは思っているのかもしれない。健太君のお母さんと鶴子おばさんは同級生なので、互いの事情をある程度知っている。

鶴子おばさんは如才ない笑みを浮かべた。

「いいんですよ。お友達に会いたいわよね。今日はね、健太君のためにみなさん頑張って用意を……あらあら、私の口からこれ以上は言えないわねえ」

鶴子おばさんは品よく口許《くちもと》に手を当てた。

え、と健太君は瞳を瞬《またた》く。

健太君の目線が、鶴子おばさんの後方に向けられた。臙脂《えんじ》の暖簾《のれん》の真下で止まる。

「あ……玉枝！」

ぱぁっと、健太君の笑顔が輝く。

対して玉枝は緊張したように表情を強張《こわば》らせている。

健太君は玉枝の傍に歩み寄った。

「おはよう！　元気？」

「……げ、げんき？」

元気の意味がわからないらしい玉枝は、たどたどしく繰り返した。

健太君は玉枝に手を差し出す。

「僕は元気だよ。はい、握手」

「……わたしは元気だ。握手？」

「手を握るんだよ。あいさつして、仲良くするしるしだよ」

「手を……こう？」

おずおずと玉枝は健太君の掌《てのひら》に、自らの指先を触れさせた。

健太君はぎゅっと力強く、玉枝の白い手を握る。

「玉枝に会えて嬉しい。今日絶対花湯屋に行くんだって、僕、楽しみにしてたんだ」

「そうか……。わたしも、楽しみにしていた」

「ホント⁉」

「……うん」

頬を染めた玉枝は恥ずかしそうに健太君の顔を見ては、また目を伏せる。

私は小さな恋人同士のようなふたりを微笑ましく見守っていたけれど、とある事実に気づかされた。

健太君は、以前と変わらず玉枝の姿が見えている。

ということは、退院はしたものの、健太君はやはり死期が近い状態ということになるのだろうか。

元気そうな健太君が近いうちに死んでしまうなんて、思いたくないのだけれど。

もしかしたら玉枝には特殊な能力が備わっていて、健太君と意思疎通がとれているのかもしれない。それを玉枝は、私たちには内緒にしているのかもしれない。私は一縷《いちる》の望みをかけて、そう願った。

お母さんは私の前で握手している健太君に、眉をひそめる。

「鶴子さん……健太は山の神様と友達になったと言ってるんです。今の見ました？　まるで若女将さん以外の誰かがそこにいるみたい」

「まあまあ、そういうこともあるのでしょう。銀山温泉は不思議な土地ですからねえ。あとはうちの若い者に任せて、私たちはお茶でも飲みましょうか」

お母さんは首を傾げながらも、女将である鶴子おばさんの言葉に納得したようだ。鶴子おばさんに促されて藍の暖簾《のれん》をくぐるお母さんに、私は声をかけた。

「健太君をお預かりします」

「お願いします。若女将さん」

暖簾《のれん》は分かれているけれど、同じ建物の中なので万が一のことがあってもすぐに駆けつけられる。健太君は握りしめた玉枝の手を引いて、臙脂《えんじ》の暖簾《のれん》をくぐった。

すると、食堂のほうから音楽が流れてくるのを耳にする。

まるで祭り囃子《ばやし》のような、笛と太鼓の軽快な音楽だ。

「何かな？　行ってみようよ！」

食堂に向かった健太君と玉枝のあとに私も続いた。

宿で音楽は流していない。

どういうことだろう？

あやかし食堂の入口に到着すると、より大きくなる祭り囃子《ばやし》。

いつもとは違う食堂の様相に、私たちは歓声を上げた。

「わあ……！」

天井と窓から巡らされたカラフルな旗。

壁にはすだれが垂らされて、いくつもの提灯が飾られている。それから『祭』と太字で書かれた大きな団扇《うちわ》や幟《のぼり》があり、華やかさを添えていた。

「すごい、すごい！　お祭りだ！」

「お祭り……遠くから見たことがある」

健太君と玉枝は手を繋《つな》いだまま、食堂に足を踏み入れた。

途端に威勢のよいかけ声が降ってくる。

「いらっしゃい！」

遊佐さんとみずほさん、それに圭史郎さんがいつのまにか祭り用の赤い法被《はっぴ》を着込み、紅白の幕が巡らされた屋台の前にそれぞれ立っていた。

みずほさんの屋台には玩具《おもちゃ》などの小物や、くじ引きの箱が並んでいる。遊佐さんの前には子供用のビニールプールに、色鮮やかなヨーヨーがたくさん浮かんでいた。

「これ……もしかして、お祭りの屋台ですか？」

みずほさんは片目を瞑《つむ》って、額に巻いたねじり鉢巻を指し示す。

「せっかくだから、お祭り風にしたらどうかなって思ったの。初デートは楽しい思い出にしなくちゃね」

三人がこっそり相談を交わしていたのは、このお祭りを用意するためだったのだ。

みずほさんの言葉に、遊佐さんも頷《うなず》きを返す。

「備品は花湯屋の屋台イベントで使っているものばかりだからな。圭史郎さんも朝から設営を手伝ってくれた」

圭史郎さんの屋台には、玉こんの鍋が置かれていた。コンロで弱火にかけられているので、温められている状態だ。どうやら私たちが健太君の出迎えに行ったときに鍋を移動して、すべての準備を終えたらしい。

「圭史郎さんは玉こん屋さんですね」

「おう。今日は俺が作ったわけじゃないけどな」

「ほとんど玉枝が作ってくれたんですよ」

醤油の香りに誘われるように玉こんの鍋を覗《のぞ》いた健太君は、俯《うつむ》いている玉枝を驚いた顔で見た。

「これ、玉枝が作ったの？」

「……うん。健太が、玉こんが、好きだって言うから、食べてほしかった……」

ぼそぼそと呟く玉枝は自信がなさそうだったけれど、健太君は満面の笑みを浮かべて圭史郎さんに向き直る。

「玉こん屋さん。玉こん、ふたつください！　おいくらですか？」

「今日はサービスだ。玉こん、タダにしてやるよ」

圭史郎さんは鍋から串を二本取り出した。きつね色に染まった、まん丸な玉こんにゃくが光り輝いている。

それぞれ玉こんの串を受け取った健太君と玉枝は、湯気を立てている玉こんにかじりつく。

玉枝は窺《うかが》うように、横目で健太君を見た。

もぐもぐと咀嚼《そしゃく》した健太君は歓声を上げる。

「おいしい！」

「……本当か、健太。おいしいのか……？」

「うん！　玉枝が作ってくれた玉こん、とってもおいしいよ！」

健太君に喜んでもらえたようだ。

玉枝は瞳を潤ませながら、玉こんを頬張る健太君を見つめていた。

「そうか……よかった。わたしは、健太の好きな玉こんを初めて食べて、初めて作った」

「玉枝も、玉こん、おいしい？」

無邪気に訊《たず》ねる健太君に、玉枝は微笑みを浮かべながら頷《うなず》く。

「おいしいよ。わたしは、おいしいという感覚を知らなかった。でも健太と食べる玉こんは、こんなにもおいしいものだったんだね」

華やいだ場所で友達と一緒に食べるものは、心がおいしいと感じるのだ。

仲良く玉こんを食べるふたりを、私は満ち足りた思いで見守ることができた。

「優香も食えよ。玉こんは鍋いっぱいあるぞ」

圭史郎さんは私にも串を差し出す。

せっかくだから、いただこう。

「じゃあ、いただきます。からしも付けようかな」

「ちょっと圭史郎さん、あたしにもちょうだいよ」

屋台から出てきたみずほさんに、圭史郎さんは苦笑を零《こぼ》す。

「やれやれ。玉こんは大人気だな」

「お客様は健太君たちだけだもの。店番が暇なのよねえ」

「ほら。遊佐さんにもあげてくれ」

圭史郎さんはみずほさんに二本の玉こんを渡して、自分も食べ始めた。大人たちの間でからしが入った陶器が一時取り合い状態になる。

私は声を上げて笑った。

玉こんに馴染《なじ》んだ醤油の味が心地よく胸を満たしていく。

みずほさんは玉こんを片手に持ちながら、健太君と玉枝を手招いた。

「屋台でくじを引いてみて。色んな玩具《おもちゃ》が当たるわよ」

みずほさんの屋台には様々な景品が並べられていた。

紙風船、折り紙、駒《こま》。どれも懐かしさの漂う玩具《おもちゃ》だ。

今時の玩具《おもちゃ》しか知らないであろう健太君は、瞳を煌《きら》めかせて景品を眺める。

「わあ、すごい。玉枝はどれがほしい？」

「……え。う……ん。これかな」

訊《たず》ねられた玉枝は戸惑いながらも、折り紙を指差す。真四角の折り紙セットは様々な色が揃えられた二十枚入りだ。

「折り紙だね。じゃあ、僕から引くね」

健太君は箱から、くじをひとつ引いた。

みずほさんが受け取り、小さく畳まれたお手製のくじを開く。

くじには、『5』と書かれていた。

折り紙には、同じく『5』という小さな紙が付けられている。

「あっ……折り紙が当たった！」

「おめでとう〜。五番は折り紙よ。はい、どうぞ」

なんと、玉枝の欲しかった折り紙が健太君に当たってしまった。私たちは少々複雑な気持ちで拍手を送る。

折り紙を受け取った健太君は、ためらいもなくそれを玉枝に手渡した。

「はい。玉枝にあげる」

「え……？　これは健太のものではないのか？」

「僕、折り紙を当てて、玉枝にあげたかったんだ。だから、もらってよ」

「……そうか」

玉枝は手渡された折り紙を、じっと眺めている。

おそらく玉枝は、くじ引きの仕組みや、誰かから物をもらえるということを不思議に思っているのではないだろうか。折り紙も何に使用するものなのか、わからないのかもしれない。

「次は玉枝が、くじを引いて」

「じゃあ……健太は、どれがほしい？」

「えっとね、僕はこれかな」

健太君は駒《こま》を指差した。白木で作られた素朴な駒《こま》は、緑色の線が入っている。駒《こま》には『7』と書かれた紙が貼られていた。駒《こま》の番号は七番だ。

玉枝はくじの箱に腕を入れる。

ごそり、と大量のくじを掴み上げた。

私は慌てて玉枝に耳打ちする。

「玉枝、一度に引くのは一枚だけですよ」

「そうなのか？　どれが駒《こま》の当たるくじだ？」

「それがわからないから、くじなんです……」

困ったように眉を下げた玉枝は、同じように見えるくじの紙を真剣に吟味している。

みずほさんは笑いながら玉こんを頬張った。

「くじ屋もサービスで無料だけど、ひとり何回までにしようかしらね。とりあえず一枚選んじゃいなさいよ」

「では……これにしよう」

玉枝は選んだ一枚のくじをテーブルに置く。みずほさんが開くと、それには『1』と書かれてある。

「おめでと～！　一番の文房具セットよ！」

がくりと玉枝は肩を落とした。

豪華な文房具セットはノートや鉛筆が入った大物なのだけれど、玉枝は健太君の望んだ駒《こま》が欲しかったのだ。

顔を上げた玉枝は屋台のテーブルにしがみつく。

「頼む、人間の娘。もう一度くじを引かせてくれ」

私からも通訳がてら、お願いする。ここはぜひとも駒《こま》が当たってほしい。

「みずほさん、もう一度引かせてほしいそうです。お願いします」

「いいわよ。じゃあもう一回ね」

玉枝は緊張しながら、またくじを引いた。

ところが何度引いても、駒《こま》の番号は出ない。

玉枝が獲得した数々の景品を抱えた健太君が、心配そうな顔で玉枝に言った。

「玉枝、もういいよ。こんなにもらっちゃったし……」

「うう……なぜ出ない。最後に、もう一回だ」

これが最後と、玉枝は残り少なくなったくじの箱を探る。

並べられた景品はまばらになったけれど、まだいくつか残っている。その中のひとつに健太君の欲しがった駒《こま》はあった。

ふたりのためのくじ引きなので、景品は欲しいものをあげてもいいと思うのだけれど、それではくじの楽しみが薄れてしまう。

次に駒《こま》が出なかったら、帰りにあげることにしてほしいな。

みずほさんに目を向ければ、彼女は悪女のように高慢な笑みを浮かべた。

「残った景品はあげないわよ。当てるのが、くじのルールだからね」

私の考えを読んだかのように、みずほさんは人差し指を立ててふたりに言い聞かせた。

お願い、当たって！

私は祈るように両手を合わせる。

玉枝は残った駒《こま》を恨めしげに眺めながら唸る。

「うう……」

「大丈夫だよ、玉枝。次はきっと当たるよ！」

健太君が励ますけれど、外れてばかりの玉枝は自信がなさそうだ。

「そうだろうか。やはり、また外れるのではないか？」

「そんなこと決まってないよ。うまくいくって、信じるんだよ！」

「信じる……。そうか。信じる、信じる……」

健太君に言われた『信じる』という言葉を繰り返し唱える。

箱の中を探っていた玉枝は、くじを引いた。

緊張の面持ちをしたみんなが祈る中、みずほさんがくじを開く。

手にしたくじを見下ろしたみずほさんは、にやりと笑んだ。

「七番よ」

一同は息を呑む。

当たった。本当に当たってしまった。

健太君は歓声を上げた。玉枝の手を取ると、嬉しそうに飛び跳ねる。

「やったぁ！　よかったね、玉枝！」

「あ……当たった……のか。そうか……」

玉枝の体は、健太君に釣られて一緒に跳ねた。

玉枝の顔に、じわりと笑みが広がる。ふたりは繋《つな》いだ手を高く掲げながら、幾度もジャンプを繰り返した。

「健太の言うとおり、信じたからだね」

「そうだよ。信じれば、願いは叶うんだよ」

ふたりの言葉が光り輝く。

玉枝の表情に喜びが満ち溢《あふ》れた。それは上級あやかしの昏《くら》い顔つきとはかけ離れた、ひとりの少女らしい無垢《むく》な笑顔だった。

みずほさんから景品を受け取った玉枝は、そのまま健太君に駒《こま》を差し出す。

健太君は初めに自分が欲しがったからだと、改めて気づいたように目を瞬《またた》かせた。

「僕がもらっていいの？」

「もちろんだ。健太はわたしに折り紙をくれただろう。この駒《こま》は、健太のものだ」

「ありがとう。玉枝」

健太君は笑顔で駒《こま》を受け取った。

「……ありがとう。健太」

玉枝は噛みしめるかのように大切に、ありがとうと口にする。

くじ引きのあとは遊佐さんのヨーヨー釣りに移動する。

小さな釣り竿で色鮮やかなヨーヨーを釣り上げているふたりの後ろで、圭史郎さんはみずほさんに訊《たず》ねた。

「みずほさん。最後のくじは本当に七番だったのか？」

小声なので、ふたりには届いていない。

そういえば、みずほさんは七番と言っただけで、番号が書かれた紙は見せなかった。

はしゃぐふたりを眺めながら、みずほさんは唇に弧を描く。

「あたしが優しさから偽ったと思ってんでしょ？　圭史郎さんは疑り深いわねえ」

「そう思うのが自然だろ」

「ところが、本当に七番だったのよね。あたしも驚いたわよ」

みずほさんは開いたくじを、ひらりと掲げる。

そこには確かに『7』の文字。

私は目を見開いて、くじに書かれた数字を確認した。

「幸運なふたりですね」

「そうだな。たいした強運だ。みずほさんが情け容赦《ようしゃ》ないということも証明されたようなもんだな」

みずほさんは唇を尖らせて肩を竦《すく》めた。

「ちょっとぉ。あたしも準備頑張ったのよ。買い出し大変だったんだからね」

「感謝してます、みずほさん」

「そう言ってくれるのは優香ちゃんだけよぉ」

賑やかな笑い声が広がる。

遊佐さんの前からも歓声が湧いた。健太君に手解《てほど》きされた玉枝は小さな手でヨーヨーを弾ませている。

「できた。稀有《けう》な感触だ。面白い……」

「こうやってポンポンするんだよ。楽しいね、玉枝」

「うん、楽しい。楽しいよ、健太」

初めて楽しいという感情を覚えたであろう玉枝は、健太君と眩《まばゆ》い笑みを交わす。ふたりの明るい笑顔を、私たちは微笑ましく見守っていた。


お祭りのあと、私は健太君と玉枝を連れて談話室に移動した。

食堂は圭史郎さんたちが片付けている。私もお手伝いを申し出たけれど、若女将としてふたりの傍についていてくれと圭史郎さんに返された。

談話室のテーブルに、ふたりは早速屋台の戦利品を広げた。

そこへキャビネットの裏から出てきた子鬼たちがやってきた。

茜と蒼龍はテーブルに並べられた景品を見たいようで首を伸ばすけれど、玉枝の存在が気になるのか、遠慮がちにちらちらと様子を窺《うかが》っている。

「あっ！　鬼だ。ちっちゃいね」

子鬼たちに気づいた健太君が声を上げると、茜と蒼龍は左右対称の決めポーズを取る。

「あたしは茜。子鬼だね」

「オレは蒼龍。オレたちも見ていいか？」

「もちろんだよ。いいよね、玉枝」

小さな子鬼たちを掌《てのひら》に掬《すく》い上げた健太君は明るい声音《こわね》で玉枝に訊《たず》ねる。玉枝は気まずそうに視線を逸らしたけれど、こくりと頷《うなず》いた。

「……健太がいいのなら。子鬼たち、見よ。健太が当ててくれた折り紙だ」

折り紙を差し出した玉枝のもとに、茜と蒼龍は破顔して駆け寄る。

玉枝が歩み寄ってくれたことを、私は心から嬉しく思った。

「折り紙で何か作ってみましょうか？」

「作る？　この美しい紙で、何かを作るのか？」

健太君は身をのり出した。

「僕、鶴を折れるよ！　クラスのみんなに千羽鶴を贈ってもらったから折り方知ってるんだ」

「千羽鶴とは……健太の病室にあった紙の飾りのことか。鳥を模してあったね。あれは何かの意味があるのか？」

「病気が治りますように、っていう願いが込められてるんだよ。あとね、鶴は長生きのしるしなんだって」

玉枝は感心したように頷《うなず》いた。

鶴は長寿を象徴する吉祥の鳥なので、病気回復を祈って千羽鶴に願いを託す。

「折り紙といえば、鶴ですね。みんなで鶴を折ってみましょう」

「そうだね。わたしも折ってみたい」

「どの色にしますか？　私も一枚いただきますね」

折り紙を開封すると、金、銀、赤や青など様々な色が入っている。

玉枝は眩《まぶ》しそうに目を細めて、鮮やかな色をした折り紙を見た。

「たくさんありすぎてわからない。健太はどの色がいい？」

「僕は、赤が好きだよ。赤にしようっと」

「……そうか。わたしも赤にする」

同色は二枚ずつ入っている。ふたりは赤の折り紙を手に取った。茜と蒼龍は瞳の色と同じ金色を、ふたりで一枚折ることに決めたようだ。

「じゃあ、私は黄色にしますね。……ええと、初めはどう折るんでしたっけ」

「こうだよ、お姉さん。三角に折るの」

健太君は鶴の折り方を忘れてしまった私と、初めて折り紙に触れる玉枝に教えながら器用に折っていく。子鬼たちは健太君の手許《てもと》を見ながら、体と同じサイズの折り紙をふたりで畳んでいた。

「これでいいのか？　健太」

「うん、上手だよ。次はね、こういうふうに開くんだ」

健太君は合間に鼻歌を口ずさんだ。

楽しそうな歌だけれど、なんの曲だろう。

私は折り紙を正しく折るのに熱中して、健太君に曲名を訊《たず》ねそびれた。

「ここを曲げて頭を作って……鶴のできあがり！」

そして羽根を広げた四羽の鶴が完成した。

玉枝はできあがった鶴を掌《てのひら》にのせて、双眸《そうぼう》を煌《きら》めかせる。

「できた……鶴だね。私にも、作れるんだな」

「玉枝の鶴、とっても綺麗だよ」

綺麗と褒められた玉枝の顔が朱に染まる。彼女はどうしてよいのかわからないようで、真っ赤になった頬を隠すように、掌《てのひら》に包んだ鶴を眼前に掲げた。

「そんなことは初めて言われた……。健太は私に、次々に特別な言葉をかけてくれる」

「そうかな？　玉枝は嬉しい？」

「嬉しいよ。わたしは健太と過ごす時間のすべてが嬉しい」

「よかった。もっといっぱい折ってみようよ」

健太君はまた鶴を折りながら、鼻歌を歌う。

やがてテーブルの上がみんなで折った鶴でいっぱいになる頃、圭史郎さんが談話室に現れる。

「健太。お母さんが呼んでるぞ。そろそろ帰る時間だ」

楽しい時は、あっという間だ。

健太君は寂しげな顔をしたけれど、様々な色の鶴に囲まれた玉枝に笑顔を向けた。

「今日は楽しかった。ありがとう、玉枝」

「……わたしも、楽しかった。ありがとう、健太」

玉枝は、健太君と全く同じ発音で『ありがとう』の言葉を返す。

彼女が健太君に教えてもらって、初めて『ありがとう』という言葉とその意味を知ったのだと、私は気づかされた。

屋台でもらった玩具《おもちゃ》をおみやげ袋に入れていた私は、健太君に訊《たず》ねる。

「健太君が作った折り紙の鶴も、持って帰りますよね？」

「ううん。折り紙は玉枝にあげたから、持って帰らないよ。全部、玉枝のだよ」

健太君は私が袋に入れようとしていた駒《こま》を掬《すく》い上げた。

大切そうに胸に抱くと、空いたもう片方の手で玉枝の手を握る。

ふたりは来たときのように手を繋《つな》いで、玄関へ向かっていった。

「健太……わたしは、今日のことを忘れない」

「僕も。また一緒に遊ぼうね」

「そうだね……。また、遊ぼう」

玄関では、健太君のお母さんが鶴子おばさんと話していた。

健太君の姿を見て、安堵の息を吐く。

「健太、楽しかった？」

「うん……お祭りで……」

健太君は眠そうに呟いて言葉を切った。大きな欠伸《あくび》を零《こぼ》している。

「眠くなっちゃったわね。それでは、お世話になりました。鶴子さん、若女将さん」

「私もたくさんお話しできて楽しかったわ。また来てちょうだいね。いつでも歓迎しますよ」

車にのせられた健太君は、まだ玉枝の手を離さない。お母さんには玉枝が見えていない。私はそっと健太君に声をかけた。

「健太君。手を、離しましょうか」

はっとした健太君は、手の力を抜いた。

繋《つな》いだ手が離れた玉枝は、腕を下ろした。

「健太。またね」

「うん……また……」

健太君はひどく眠そうだ。遊び疲れてしまったのかもしれない。

車のドアが閉められて、健太君をのせた車は発進した。やがて車体は銀山温泉街から見えなくなる。

祭りのあとは、もの哀しさが漂う。

車が見えなくなっても、私と玉枝は銀山川の畔《ほとり》に佇《たたず》んでいた。

一週間後、健太君は再び入院したと聞かされた。

またお見舞いに行こうと、私は圭史郎さんと話し合った。もちろん、玉枝も一緒に。けれど、鶴子おばさんが連絡を取ってくれたところによると、健太君の病状が思わしくないので、安定するまで待ってほしいとの答えだった。

ほんの数日のことだろうと思い、みかんを準備していたけれど、健太君のお母さんからは今は待ってほしいという返事しか返ってこない。

玉枝の焦燥が滲《にじ》み始めて、挙動に落ち着きがなくなり、私も心配になった。

そうこうしているうちに、健太君が花湯屋に遊びに訪れてから一か月が経過してしまった。

お土産に買ったみかんは、腐ってしまった。

みんなで作った折り紙の鶴たちは、神棚のある部屋の出窓に飾ってある。

玉枝は日がな一日、ぼんやりとそれを眺めていた。

「玉枝。今日はいい報せを持ってきましたよ」

私は抑えきれない喜びを湛えて声をかける。玉枝は鶴を見つめたまま、ぽつりと呟いた。

「……なんだ」

「健太君のお見舞いに行ってもいいそうです。今日、お母さんから連絡がありました」

きっと健太君の病状が回復したのだろう。

お母さんと話した鶴子おばさんはなぜか神妙な面持ちだったけれど、それは迷惑をかけないようにという意味だ。

目を見開いた玉枝は顔を上げた。

「本当か⁉　健太に会えるのか？」

「会えますよ。新しいお土産のみかんを買っていきましょうね」

玉枝の顔に安堵と喜びが広がっていく。

ようやく玉枝に笑顔が戻った。ほっとしたように体の力を抜いている。

玉枝は、健太君のことが好きになったのだろう。

その想いが友情か愛情かはわからないけれど、判定を下すのは無粋であると思った。

きっと玉枝にも、胸の感情にまだ名は付けられていないだろうから。

「すぐに行こう。早く支度をしろ、あやかし使いの娘！」

「はいはい、わかりました。すぐに着替えてきますね」

部屋を去り際、ふと私の目が出窓の鶴たちに吸い寄せられる。

並べたのは私だけれど、なんだか違和感があるような気がする。

「あれ……？」

すぐにその違和感の正体に気がついた。

赤い鶴が、一羽しかいない。

赤い鶴は健太君と玉枝が一羽ずつ折ったので、つがいでいるはずなのだ。

それなのに一羽しかいなかった。私が折った黄色い鶴はあるのに。どこかに落ちたのだろうか。

今は出かけるところなので、あとで確認しよう。

踵《きびす》を返した私は、廊下を駆けていった。


玉枝を連れて来たときと同じように三人をのせた軽トラックは、圭史郎さんの運転で花湯屋から病院へ向かった。

ただし、あのときとは玉枝の態度が明らかに異なる。

「神使、もっと速く走れ！　もっと馬力は出ないのか！」

以前は荷台にのっていた玉枝だけれど、私と圭史郎さんに挟まれるように、座席の中央に陣取っていた。前のめりになってダッシュボードにしがみついている。

圭史郎さんは嘆息《たんそく》した。

「あのな、法定速度というものがあるんだよ。焦らなくても着くから大人しく座ってろ」

私は、くすりと笑いを零《こぼ》した。

玉枝は健太君に会いたくてたまらないのだ。

何しろ、一か月ぶりの再会なのだから。

出会い始めの頃は冷酷な態度だった玉枝をここまで変えた健太君の力は、とても大きなものだと改めて感じる。

「病院の前に商店に立ち寄りますね」

「なんだと⁉　なぜそんなところに寄るのだ」

「お土産のみかんを買います。……と、さっきも言いましたけど」

「あ……ああ、そうだったか。土産は必要だ」

「焦らなくても大丈夫ですよ。健太君はちゃんと玉枝を待っていてくれますから」

「そんなことはわかっている」

唇を尖らせた玉枝はまるでふつうの女の子のようだ。

商店に寄ると、玉枝は私たちと一緒に店に入り、自らお土産のみかんを選んだ。お店の人には玉枝の姿は見えていないにもかかわらず、「見舞い用だ」などと言うものだから、私は通訳をしておいた。

無事にお土産を購入して、ようやく病院に到着する。

玉枝は嬉しさを隠しきれないようで、笑みを迸《ほとばし》らせながらそわそわと体を動かしていた。

「ええと……前とは違う病室なんです。こっちですね」

前もって伺っていた病室の番号を探す。病院内はどこも似たような景色が広がっている。今度の健太君の病室は、病院のもっとも奥まった場所だった。

「ここですね」

病室の前に立つと、室内から女の啜《すす》り泣く声が聞こえてきた。

まるで幽霊のような。

私たちは顔を見合わせる。

「なんでしょうか……」

「入ってみよう。失礼」

圭史郎さんは躊躇《ちゅうちょ》せず扉を開けた。

思いもかけなかった光景を目の当《ま》たりにした私は茫然と立ち尽くす。

カーテンが閉められた薄暗い部屋。

重苦しい空気。

ベッドに横たわる、ぐったりとした健太君。

彼の口許《くちもと》には人工呼吸器が宛《あて》がわれていた。腕に刺した点滴の管が痛々しい。体から伸びた数本のコードは機器に繋《つな》がれている。

その隣には背を丸くしたお母さんが肩を震わせている。

私たちに気づいたお母さんは、乱れた髪の隙間からこちらを見上げた。

お母さんの目は真っ赤に腫れ上がっている。漏れ聞こえてきた嗚咽《おえつ》は、お母さんが上げていたのだ。

私は戸惑いながらも挨拶をした。

「こんにちは……。健太君のお見舞いに来ました」

緩慢に椅子から立ち上がったお母さんは、私たちに礼をした。その仕草は項垂《うなだ》れたように見えた。

「健太に……話しかけてあげてください。もう最後かもしれません」

「え……!?」

私と圭史郎さん、それに玉枝が、ベッドに横たわっている健太君を取り囲むようにして覗《のぞ》き込む。

瞼《まぶた》を閉じた健太君は眠っているようだった。

顔色は死人のように白く、生気がない。

呼吸器の透明なカバーが曇っていて、彼が細い呼吸をしているのだとかろうじてわかった。

「お母さん……健太君の容態は、そんなに悪いんですか？」

一か月前に花湯屋で遊んだときは、元気だったのに。

「……お医者様は、いつ容態が急変してもおかしくないと……。今までに何度か一時退院できたこともありましたが、もう健太の心臓は、限界を迎えているそうです……」

「そんな……手術して治る可能性は……？」

お母さんは哀しそうに瞼《まぶた》を伏せた。刻まれた皺《しわ》に、心労が滲《にじ》んでいた。お母さんも、一か月前に会ったときの朗らかな様子とはまるで別人のようだった。

「健太の心臓病はとても複雑な難病で……移植でしか命を繋《つな》げないんです。でも結局、移植手術は受けられませんでした」

それでは、健太君は死んでしまうのだろうか。

笑顔で玉こんを食べて、玉枝と折り紙を折っていたあの日の景色が、急速に遠くへ去って行く。

私は機械のようにぎこちなく首を巡らせて、健太君に視線を戻した。

玉枝が健太君の枕元に顔を寄せている。

玉枝はひとことも喋らない。ただ、健太君の細い呼吸を聞いている。

圭史郎さんが低い声音《こわね》で、嗚咽《おえつ》を噛み殺しているお母さんに話しかけた。

「お母さん。今から俺たちは健太と話すが、その内容は友達同士だけに通用するものだから、多少不自然でもそっとしておいてほしい」

お母さんは頷《うなず》いた。

圭史郎さんは、玉枝に健太君と話してほしいのだ。

玉枝は健太君の耳許《みみもと》に唇を寄せた。

「健太……わたしだ」

呼びかけられた健太君は、薄《うっす》らと瞼《まぶた》を開ける。眼球が何かを捜すようにうろうろと動いて、すぐ傍の玉枝を捉えた。

「た……まえ……」

「健太、眠いか？」

「ん……。僕……夢を見たよ」

「夢？　どんな」

「僕は大人になって、先生になるんだ。それで、玉枝も通える学校をつくるんだ……」

「わたしも通える学校……？」

健太君は微笑んだ。呼吸が浅く、速かった。

「玉枝は、みんなと学校で勉強してる。僕は先生で、みんなに勉強を教えてる」

「そうか。それが、健太の未来なんだね」

「うん……僕の、未来……」

健太君の見た夢は、彼の願望を反映させていた。

学校に行ったことがないと話していた玉枝を、健太君は学ばせてあげたいと思っていたのだ。

玉枝に文字を教え、鶴の折り方を教えてくれた健太君は、きっと優しくて面倒見の良い先生になれるだろう。

大人になれば。

私は滲《にじ》む涙を拭《ぬぐ》おうと、ふと顔を上げた。

すると、ベッド脇のテーブルの、健太君から手を伸ばせる一番近い位置に置かれたケースが目に入る。

駒《こま》だ。

白木作りで緑色の線が入った駒《こま》が、まるで宝物であるかのように透明なケースに入れられて飾られていた。

花湯屋の屋台で、玉枝が最後にくじで引いた駒《こま》だった。

もっと高価な玩具《おもちゃ》はたくさんあるのに、健太君はこの駒《こま》を、もっとも大切に扱ってい
たのだとわかる。

健太君の呼吸が乱れて、苦しそうに眉を寄せた。

「僕は……未来へ行けない……」

「何を言うんだ、健太。わたしも通える学校をつくるのだろう？　健太は先生になって、
わたしにまた勉強を教えてくれるのだろう？」

「玉枝……学校……つくりたい……」

「ならば、信じるんだ。健太は大人になれる。先生になれる。信じることを教えてくれ
たのは健太だ」

健太君はわずかに頷《うなず》いた。

忙しなかった呼吸が、急に収まる。

けれどそれは、呼吸が落ち着いたというよりは、体の中に吸い込まれていくような、
すべてが終息していく気配を感じさせた。

そして健太君は、ひとこと呟いた。

「僕の心臓を食べてほしい」

玉枝は驚愕に目を見開く。

健太君は、玉枝の正体を知らないはずなのに、なぜ。

「健太君、どうしてですか？　玉枝のこと、知ってたんですか？」

私が問いかけると、圭史郎さんに目で阻《はば》まれる。彼は小さく首を振った。

玉枝の口から以外、真実を語るなと圭史郎さんは言っている。

「知ってるよ。玉枝は神様だよ」

嬉しそうに断言する健太君。

彼はまだ、玉枝が山の神様だと思っている。

玉枝は罪の重みに耐えるかのように、頭を下げた。

「わたしは……神じゃないんだ。わたしの、正体は……」

「だって、玉枝の体の中、臓器がたくさんあるんだもの。心臓と肺と、肝臓とそれから……同じのもいっぱいあるね。そんなに持ってるのは、病気の人の臓器を食べてあげたからだよね」

ひゅっと、玉枝は息を呑む。

彼女の葛藤は一瞬にして、驚愕に塗り替えられた。

「なぜ、わかる……？　まさか、透けて見えているのか？」

「見えるよ？　玉枝に会ったときから、そうだったよ」

玉枝は瞳を瞠《みは》ったまま、息をしていない人形のように、ゆっくりと首を横に動かして、私と圭史郎さんに顔を向けた。

その様子から、私は真実を悟る。

私は、玉枝の確認したい事柄を正直に伝えた。

「……私にも、見えていますよ。玉枝の体は透けて見えています。数々の臓器が、あなたの体の中に入っています」

玉枝の体は、透明だった。

白い着物に浮かび上がる小さな体と、その体内。

体の中に無数の臓器が詰め込まれているさまは、彼女があやかしのキモクイであることを表していた。

玉枝は、おそるおそる自らの体を見下ろした。

まるで人間がキモクイに遭遇したかのように、玉枝はぶるぶると体を震わせる。

「見えない……わたしには、何も見えない！」

玉枝の悲鳴が病室に響き渡る。

これまでに食べてきた臓腑《ぞうふ》が、玉枝だけは見えないという皮肉な事実がそこにあった。

地獄の亡者を震撼《しんかん》させるためだろうか。それとも、キモクイが己の罪から目を逸らすためだろうか。それは地獄が生み出した、哀しい定めだった。

唯一の救いは、玉枝が病人の悪い部分を食べる神様だと健太君が思っていることだ。

健太君はやはり、玉枝の本質を知らない。

知らないままでいいと私は思った。

健太君は瞼《まぶた》を閉じながら、静かに語る。

「僕の心臓も、その中に加えてほしい。僕は、もうすぐ死んじゃうから。僕の心臓を食べてくれたら、死んでも玉枝と、いっしょにいられるから」

玉枝は健太君の体に縋《すが》りついた。

冷え切っていた彼女の瞳から、大粒の涙が零《こぼ》れ落ちる。

「死ぬな、健太！」

健太君はもう、返事ができないようだった。

意識が、深淵に沈んでいく。

健太君の心臓が、止まってしまう。

息を呑んだお母さんは必死の形相で健太君に呼びかける。

「健太、健太！」

圭史郎さんはナースコールを押した。

看護師と医師が駆けつけて、病室は喧噪《けんそう》に呑まれた。

意識を失った健太君の手術が、緊急に行われることになった。

できうる限りの延命措置を施すとの医師の説明には、亡くなる覚悟をしておいてほしいことが、言外に滲《にじ》んでいた。

私と圭史郎さんは花湯屋に連絡を入れて、健太君の手術に付き添う旨を伝えた。

付き添うといっても、何もできないのだけれど、私には健太君の手術が終わるのを見届けなければならないという責任感があった。

「ほら。ココア」

床に目を落としていた私の鼻先に、紙コップが差し出される。ココアの濃厚な香りが広がるけれど、心は沈んだままだ。

私は紙コップを受け取る。熱いはずなのに、あまり感じなかった。隣に腰を下ろして、同じく紙コップに入った珈琲を啜《すす》る圭史郎さんの横顔を見る。

「圭史郎さん……こんな状況でよく飲めますね」

「自分が脱水症状で倒れてたんじゃ、世話ないからな」

唇に近づけて、ココアを一口啜《すす》る。熱い飲み物は、じわりと喉を流れていった。

私たちは手術室の近くにある廊下のソファに腰かけていた。健太君の家族は、家族の方が利用する待機室で手術が終わるのを待っている。健太君が病気を持って生まれた責任の所在を問い質す家族の諍《いさか》いが待機室から漏れ聞こえ、私は耳を塞《ふさ》ぎたくなった。絶望的な状況であることは、健太君が生まれたときから抱えている病気の経過で明らかなようだった。

「……玉枝は、どうしているんでしょうか？」

健太君が手術室に運ばれていったとき、玉枝は健太君がのせられたストレッチャーのあとを付いていき、そのまま一緒に入ってしまった。

玉枝の姿は他の人には見えないので、誰も玉枝に気づかなかった。

もしかしたら玉枝は、健太君の心臓を食べるのかもしれない。

そうだとしても、私には止められなかった。

健太君が、望んだことだから。

「好きなようにさせてやれ」

圭史郎さんは重く言い含めた。

彼には初めから、この結末が見えていたかのようだった。

やがて、長く重苦しい時間が経過したのち、手術室の前に健太君の家族が集まってきた。

手術が終了したらしい。

祖父母や親戚と見られる人たちが苦渋に塗《まみ》れた顔つきをしていた。お母さんは立っていられないようで、健太君のお父さんが肩を支えている。

「終わったようだな」

圭史郎さんと私も立ち上がり、手術室の扉が開くのを待ち受ける。

誰もが、健太君の死を予期していた。

けれど私は、健太君が回復したという一縷《いちる》の希望を捨てなかった。

私は、健太君に生きてほしい。

先生になり、玉枝が通える学校を作るという夢を叶えてほしい。

信じれば願いは叶うと言っていた健太君の言葉を、私も信じよう。

玉枝がどんな判断を下したのかはわからない。

ひとつの臓器として玉枝の中で生きることが、健太君にとって最良の選択なのかもしれない。

それでも。

玉枝の作った玉こんをおいしそうに食べた健太君の笑顔を、未来へ繋《つな》いでいけることを望んだ。

場に充満する緊迫感が破裂しそうな頃、手術室の扉が開く。

お母さんは医師に駆け寄った。

「先生！　健太は……」

医師は落ち着き払った態度で、お母さんに憐れみの目を向ける。

「残念ですが……」

その言葉で健太君の死を察し、泣き崩れるお母さんを中心に、慟哭《どうこく》の輪が広がる。

そのとき、看護師のひとりが医師を呼んだ。

「先生、患者さんの脈拍が……！　ご家族のみなさんはここでお待ちください」

踵《きびす》を返した医師と看護師は慌ただしく手術室に戻っていく。

どうしたというのだろう。

残された人々の間に、期待と不安の欠片が散らばる。

手術室の扉が閉められる寸前、中から玉枝が滑り出てきた。

「玉枝！」

冷静な目をした玉枝は無表情である。

その様子からは、健太君の心臓を食べたのかどうか、わからない。

透けて見える玉枝の体内には無数の臓器があるので、どれが健太君のものなのか判別はつかない。

ただ、彼女の左胸にある心臓が黒ずんでいた。

それは元からそのような色だったろうか。それとも光の加減によるものだろうか。

「キモクイ。健太の心臓を喰ったのか？」

直球を投げる圭史郎さんを、玉枝はじろりと睨《にら》みつける。

「神使に言う必要はない」

冷たい言いざまは、健太君の病室の前で初めて会ったときを彷彿とさせた。

何かが、終わった。

それは健太君を交えて玉枝と交流した楽しい日々だろうか。

私の胸に込み上げた切なさは、痛みを伴っていた。


ややあって、再び手術室の扉は開かれた。

先程とは異なり、医師の表情には喜色が浮かんでいる。健太君の担当医は集まった人々に朗々と告げた。

「手術は成功しました。健太君はもう大丈夫です。まもなく意識も回復するでしょう」

一瞬の沈黙ののち、驚喜が満ち溢《あふ》れる。

医師の言葉を裏付けるように、健太君をのせたストレッチャーが手術室から運び出された。人工呼吸器を付けた健太君は仰向けになり、麻酔で眠っている。

「健太……！　よかった、先生、ありがとうございます」

お母さんは医師に感謝した。絶望に満ちていた家族も、突然の僥倖《ぎょうこう》に喜びを湛えた。

手術は成功した。

健太君は、助かったのだ。

安堵に力が抜けた私の体は崩れ落ちそうになった。圭史郎さんに腕を取られながら、健太君が運ばれていくストレッチャーを見送る。

「健太君は無事だったんですね……。心臓も、あるんですね」

でも、どうして。

玉枝はなぜ、健太君の心臓を食べなかったのだろう。

健太君が回復すると、手術の経過を見てわかったからだろうか。

「玉枝……」

ふと玉枝の姿を捜すけれど、彼女はもうどこにもいなかった。


数日後、私と圭史郎さんは健太君の病室を訪れていた。

手術の経過は順調で、もうすぐ退院できるそうだ。

健太君の心臓病は重度の先天性心疾患だったが、手術後の検査の結果、心疾患の痕跡は見当たらず、健康な心臓であると診断された。

手術中、一時は心臓が停止したものの、突然鼓動は再開されたのだという。

レントゲンで確認した心臓の形状が以前とは変わったかのようで驚いたけれど、これも本人が生きようとした結果でしょうと健太君の担当医は語った。そして、心疾患は克服されたとも付け加えた。

健太君の心臓病は治癒したのだ。

奇跡が起こったと、お母さんや家族は泣いて喜んでいた。

けれど、健太君の病気が治ったのは奇跡でも幸運でもない。

私には、心当たりがあった。

「よかったですね、健太君。退院したら、また花湯屋に遊びに来てくださいね」

「うん……」

すっかり顔色もよくなった健太君だけれど、元気がない。

意識を取り戻した健太君は、玉枝に会いたいと何度も言っているのだけれど、その望みは未だ叶えられていなかった。

「ねえ、お姉さんとお兄さん。玉枝はもう来てくれないの？　花湯屋にいるの？」

私は答えに窮《きゅう》する。

健太君は無垢《むく》な瞳で、懇願するように私たちを見上げた。

ベッド脇に置かれた、駒《こま》が入ったケースを掬《すく》い上げた圭史郎さんは、健太君の掌《てのひら》に握らせる。

「玉枝からもらった宝物があるだろ。この思い出を、大切にしろよ」

答えになっていないのだけれど、今は他に言いようがなかった。

健太君は手の中でケースを転がす。

「もっと宝物もらったよ」

「もっと？　玉枝にか？」

それはなんだろう。

私と圭史郎さんは顔を見合わせて、首を傾げる。

「命だよ」

健太君は笑顔を輝かせる。その笑みは生命の煌《きら》めきに満ちていた。

「僕、見たんだ。玉枝が手術室にいて、僕の心臓と玉枝の心臓を交換したんだよ。この心臓、玉枝のなんだ。先生もすごく丈夫だって言ってた」

手術中は麻酔で眠っていたはずだけれど、健太君にはわかっていた。

玉枝は、健太君の心臓を食べた。

けれどその代わりに、自らの心臓を健太君に与えたのだ。

「そうかもしれませんね。玉枝からの、贈り物ですよ」

「……でも玉枝は大丈夫なのかな。僕の心臓は穴が空いてるんだ。玉枝が来られないのは、僕の代わりに病気になったからなのかな……？」

左胸に手を当てた健太君は玉枝を案じた。

もう、見えない。

実は玉枝はベッドの傍にいて、健太君をじっと見ているのだけれど、その姿は病気が治った健太君には見えなくなってしまったのだ。

健太君は、死期を脱した。

玉枝のおかげで。

けれど命を救ってくれた恩人には二度と会えないという条件が付けられた。

圭史郎さんは唇を噛んでいる健太君に、ひとこと放つ。

「玉枝は無事だ」

「本当……？」

健太君は顔を上げて、目を瞬《またた》いた。圭史郎さんは話を継ぐ。

「健太も見ただろう。玉枝は臓器をたくさん持っている。山の神様は丈夫だから、病気になったりしないんだ。何しろ、神だからな」

「そっか……」

「だけど、神の心臓をあげるのは本当に特別なことだ。そんなことは見たことも聞いたこともないから、俺も驚いたよ。玉枝は大きな仕事をしたから、健太の前にはもう出てこられないかもな。神の事情ってやつだ」

「そうなんだ……。神様の心臓、僕が使ってもいいのかな？」

「いいぞ。玉枝がそうしたいと望んだからな。健太が大人になったら、自分の夢を叶えろ。それが命をくれた神様への恩返しだ」

健太君は目に涙を浮かべながら頷《うなず》いた。

玉枝への感謝と、二度と会えないことへの寂しさが、彼の胸の裡《うち》で同居していた。

玉枝はそんな健太君を瞬《まばた》きもせずに見つめていたけれど、袂《たもと》から取り出した赤い鶴を、そっと白いシーツの上に置いた。

目許《めもと》を拭《ぬぐ》っていた健太君は突然現れた折り紙の鶴に、ふと目を向ける。

「あれ……？　これ、玉枝と一緒に折った鶴だ」

出窓に飾られていた、つがいの赤い鶴の一羽だ。

なくなったと思っていたけれど、玉枝が持ち出したらしい。

健太君はそっと赤い鶴を掌《てのひら》で掬《すく》い、眺めていたが、何かに気がつく。

折り込まれた鶴の羽根の裏を、指先で開いた。

「あ……字が書いてある」

私たちは開かれた鶴の内側を覗《のぞ》いてみた。

『健太のうた』

ひとことだけ、そう記されている。

何度もノートに練習していた、玉枝の筆跡だ。

私にはその言葉がどういう意味なのか、わからなかった。

はっとした健太君の掌《てのひら》にのせた鶴が微かに震える。

「これ……曲名だ。玉枝は僕との約束、覚えていてくれたんだ……」

健太君は、玉枝が綴《つづ》った文字を愛しげに撫《な》でた。

ふたりの間で交わされた約束を、玉枝は果たしたのだ。私と圭史郎さんはそれだけを察して、互いに頷《うなず》いた。

鶴を贈るのは、病気回復や長寿を祈る意味があるのだと健太君と玉枝は花湯屋で会話していた。その願いを込めた玉枝からの、最後の贈り物だった。

「僕、大人になったら先生になって、人間も神様も通える学校をつくるんだ。そうすればきっと玉枝も、来てくれるよね」

「そうですね。玉枝も、健太君が将来先生になって学校をつくることを、楽しみにしていますよ」

「うん！」

未来への希望に瞳を輝かせる健太君は、力強く頷《うなず》いた。

玉枝はそんな健太君を、眩《まぶ》しげに見つめていた。

病室に戻ってきたお母さんに挨拶をして、私たちは健太君に別れを告げた。

もうじき退院できるとのことなので、お見舞いに来るのも最後だろうと思えた。

病棟の白い廊下は、みずほさんのお見舞いに来たときとなんら変わり映えのない風景だ。

けれどあのときと違うのは、この出会いが健太君や玉枝、そして私の心にも大きな変化をもたらしたこと。

圭史郎さんは、私たちの間を歩く玉枝に訊《たず》ねた。

「なぜ、おまえと健太の心臓を交換したんだ？」

透けて見える玉枝の心臓は、黒ずんでいた。

それは健太君の、死んでしまった心臓だから。

玉枝はどこかぼんやりとして廊下の向こうを眺める。

「健太に、生きてほしかった。それにわたしは、あやかしだから心臓がなくても死なないからね。肝を貪《むさぼ》ってきた私が生きてほしいと願うなんて……おかしいね」

キモクイとして幾多の命を奪ってきたはずの玉枝が、命を与えたという尊い行為は、私たちだけが知る秘密となった。

健太君の真心が、玉枝の冷たい心を溶かしたのだ。

「おかしくなんてないですよ。玉枝は、健太君の命を救いました。健太君に未来を贈ってあげたんです」

「未来……。美しい響きだ。健太と共にいて生まれた言葉のすべては、どれも美しかった。もう伝えることはできないが、わたしのほうこそ、かけがえのない思い出を健太から贈ってもらった」

掠《かす》れた声音《こわね》で、玉枝は小さく呟いた。外へ出ると、ふらりと山のほうへ向かっていく。

「玉枝。どこに行くんですか？　花湯屋へ帰りましょう」

玉枝は、ゆるりと首を振る。

「山へ帰る。世話になったな、あやかし使いの娘。それに神使」

さよならの代わりの台詞《せりふ》に、私は目を見開いた。

「どうして？　健太君はまた花湯屋に遊びに来てくれますよ」

「健太にはずっと、わたしのことを山の神様だと思っていてほしい。だから……もう会わない。それに、わたしの姿は見えないだろうしね」

「そんな……じゃあ、もう健太君に会ってあげないんですか？　健太君は大人になったらきっと、玉枝のために学校を作ってくれます」

「健太の学校には、これから生まれてくる人間の子に通ってほしい。わたしは、健太からその言葉をもらえただけで、救われた」

玉枝は健太君に、二度と会わないつもりなのだ。

確かに健太君は玉枝の姿が見えなくなってしまったけれど、大人になっても、健太君はずっと玉枝との約束を忘れることはないだろう。

「また会えるじゃないか。もう一度だけ、健太が玉枝の姿を見られるときが必ずやってくる」

圭史郎さんの言葉に、私は首を捻《ひね》る。

それは一体いつだろう。

玉枝にはわかっているようで、彼女はそよぐ風に黒髪をなびかせながら、遠くを見据える。

「そうだね。年老いた健太が死を迎えるとき、わたしが見えるだろう。そのときに健太の本当の心臓を返す。……この、動かない心臓を」

玉枝は大切な宝物を抱くように、胸に手を当てた。

瞬《まばた》きをすると、すでに玉枝は、風のように去って行ったあとだった。

◆◇◆◇◆

晴天の朝、小学校の校門からは子どもたちの歓声が響き渡る。

私と圭史郎さんは高校へ向かう途中に、他の小学生たちと一緒に通学班で登校する健太君を見つけた。彼の背負う黒いランドセルが、跳ねて朝陽に眩《まばゆ》く光っている。

健太君は私たちに気がつくと、明るい笑顔を弾《はじ》けさせた。

「おはよう！　お姉さん、お兄さん！」

大きな声で挨拶してくれた健太君に手を振り返す。

すっかり元気になった健太君は、楽しい学校生活を送れているようだ。

健太君の病気が治って、本当によかった。

けれど、私の胸には一抹の寂しさが過《よぎ》る。

「圭史郎さん……これでよかったんでしょうか」

ふたりが再会できるのは何十年も先の未来になる。

しかもそれは、健太君が死ぬときなのだ。

圭史郎さんは校門をくぐった健太君の背を見送ると、晴天の空を見上げる。

「俺たちが判定することじゃないさ。健太が死ぬとき、よかったかどうか、健太が決めてくれる」

私も圭史郎さんと同じように空を見上げた。まっすぐな飛行機雲が青い空に描かれている。

夢を叶えた健太君がこの世を去る、再会のときでも、玉枝は山の神様だと信じていてくれるだろう。

「私は、信じます。大人になった健太君が、あやかしも人間も神も、みんなが通える学校を創設してくれることを」

たとえ見えなくても、そこに存在するのだから。命、愛情、そして、あやかしも。

圭史郎さんは射し込む陽の光に、眩《まぶ》しそうに双眸《そうぼう》を細めた。

「俺も、そうなればいいと思う」

未来への道はまだ、始まったばかり。

私は煌《きら》めく朝陽の中で、玉枝がいる山の奥に目を向ける。

鳥のさえずりが耳に届く山は、静かに佇《たたず》んでいた。

エピローグ　けえと夏の花湯屋

萌葱《もえぎ》色をした山々に囲まれた銀山温泉街に、容赦《ようしゃ》ない夏の陽射しが照りつける。

私が銀山温泉にやってきてから、初めての夏を迎えた。

「暑い……蜃気楼《しんきろう》が見えそう……」

水筒を携えて、玄関前でお客様を待っているコロさんの様子を見に行く。この気温で外に立っていたら熱中症になってしまいそうだ。

山形の夏は、朝晩は涼しくて過ごしやすいけれど、日中は驚くほど気温が上昇する。寒暖差が激しいのでその分、おいしい果物が作れる。

「コロさん、大丈夫ですか？」

花湯屋の三和土《たたき》にコロさんはお座りをしていた。舌を出し、ハッハッと忙しない呼吸を繰り返している。

毛皮を着ているコロさんは、人間よりさらに暑そうだ。

「僕は大丈夫だよ。今日も暑いね、若女将さん」

「はい、どうぞ。氷水の差し入れです」

「わあい。ありがとう」

差し出した水筒を肉球の付いた手で受け取ったコロさんは、口を開けておいしそうに氷水を飲んでくれた。カランと涼しげな氷の音色が鳴る。

「ふう、冷たくておいしい。僕は暑いと舌が出ちゃうけど、体の熱を下げてるだけだから心配いらないよ」

犬は汗を掻《か》けないので、体温を調節するために舌から熱を逃がしているのだ。

水分を摂取したコロさんは目を細めて笑顔を見せた。

「夏は水分をこまめに取らないといけないので、コロさん専用の水筒を玄関先に置いておきましょうか？」

「持ち場を離れなくていいから助かるね。そうしてくれたら嬉しいな」

「了解しました！」

空の水筒を持って立ち上がったとき、表通りを軽トラックが通り過ぎた。

硝子越しに見える銀山温泉街は夏の陽射しを浴びて、うだるような熱気に包まれている。

「圭史郎さんの軽トラですね。ちょっと見てきます」

買い出しに行ってくると言い残した圭史郎さんは早朝から出かけていた。ちらりと見えた軽トラックの荷台には、相当な荷物が積んであったようだけれど……

私は花湯屋の裏口から出て、ガレージへ向かう。

シャッターを上げたガレージでは、圭史郎さんがすでに積み荷を下ろしていた。

深緑と黒に彩《いろど》られた丸くて大きな物体が、辺り一面を覆い尽くしている。

「わあ、スイカですね！　こんなにたくさん！」

ひとつひとつが、とてつもなく巨大なスイカだ。

「夏のデザートといえばスイカだからな。農家に注文してたスイカだから朝摘みで新鮮だ」

「尾花沢はスイカの産地なんですよね。スイカの木は見たことないですけど、尾花沢にはたくさんあるんですか？」

瞳を輝かせながら訊《たず》ねると、圭史郎さんは呆れたような半眼で私を見た。

「優香の冗談が寒い。一気に汗が引いたな」

「えっ。冗談なんて言ってませんけど？」

「スイカが木にぶらさがってたら、重すぎて木が大変だから勘弁してやれ」

私も圭史郎さんと一緒に荷台からスイカを下ろしていく。ふたりで巨大なスイカを抱えて、落とさないよう丁寧に、ござの上に並べていく。

「果物だから木になってるんじゃないんですか？」

「スイカは畑に植えられてるから、野菜だ。だけど食品としては果物という分類になってるな」

「どっちなんですか……」

「美味けりゃどっちでもいいだろ。白黒つけられないこともあるんだよ。何しろ、スイカは緑黒だからな」

「圭史郎さんの冗談が寒いです」

肩を竦《すく》めた圭史郎さんと共に、すべてのスイカをござに並べ終えた。

「今年は豊作だ。この辺が美味そうだな」

圭史郎さんは掌《てのひら》でスイカを叩く。

ぼんぼんと、結構大きな音が鳴る。

「圭史郎さん、叩かないでくださいよ。傷んじゃいます」

「スイカはこうやって叩いて出来を確認するんだ。ひとつずつ音が違うぞ」

「そうなんですか？」

「試してみろ。強く叩いても、へこんだりしないから大丈夫だ」

遠慮がちに掌《てのひら》で、ぽんと叩いてみる。他のスイカも叩いてみると、確かに音が違うような気がする。軽いもの、それから重厚な音などの差がある。

「良い音が響きますね」

「音が重いほうが中身が詰まってる。これなんか、いいスイカだな」

圭史郎さんが勧めるスイカを叩いてみると、ぼん、と音が鳴った。

「こっちのほうが、いい音しません？」

「そうか？　どれだ」

ぼんぼん、ぼんぼん……

ふたりで、あちらこちらのスイカを叩いて回る。

ぼんぼーん、ぼぉん、ぼーん、ぼんぼん！

辺りに軽快な音が響き渡る。

なんだか、別の音が混じっているような……

それはスイカを叩く音によく似た、何者かの声のように聞こえた。

「圭史郎さん、今、何か言いました？」

「いや、何も」

不思議に思い、辺りを見回す。さっと動いた小さなものが、スイカの陰に隠れたのを目の端に留めた。

私はスイカを軽く叩きながら、そっと近づいてみる。

ぽん、ぽん、ぽん……

ぼんぼん！　ぼーん、ぼぉん！

声はスイカに隠れた小さなものが上げている。

ひょいとスイカの陰を覗《のぞ》けば、妖精のような格好のものが懸命に声を上げていた。

「ぽん、ぽん、ぽぉ――……はっ！」

「こんにちは」

全身が深い緑色をしている妖精は、声をかけた私に気づくと慌ててスイカの間を縫って逃げようとする。

すかさず圭史郎さんが首根を掴み上げた。

「けぇ、けぇ、けぇ……」

吊り下げられてしまったので、驚いて手足をばたつかせている。スイカを叩く音を真似ていたようだけれど、今は「けぇ」としか喋らない。

「圭史郎さん、下ろしてあげてください。この子はもしかして、あやかしですか？」

「こいつは、あやかしのけぇだ。スイカに紛れて付いてきたんだな」

圭史郎さんは私の掌《てのひら》に、緑色をしたその子を下ろした。

「え？　あやかしの……なんて言いました？」

「だから、『けぇ』だ。けぇは夏になると現れて、スイカを叩く音に紛れて声を出す。それだけの無害なやつだ」

私の掌《てのひら》で立ち上がった『けぇ』は、スイカの種のような漆黒の瞳で見上げてきた。

頭のてっぺんからは蔓《つる》が伸びて、はっぱがくっついている。足許《あしもと》は黒い長靴らしきものを履いていた。それ以外は顔も体も緑色で、まさにスイカの妖精のようなあやかしだ。

「こんにちは。私は花湯屋の若女将で、優香といいます」

「……けえ」

ひとことだけ呟いて、こてんと首を傾げる。あまり喋れないのかな。

「けえ、だと短すぎるので、けえちゃんと呼んでもいいですか？」

「……けえ」

またひとことだけ。つぶらな瞳がとても可愛らしい。

無害なあやかしだそうで、けえちゃんに興味のなさそうな圭史郎さんはスイカを選別しだした。けえちゃんは慌てた様子で私の掌《てのひら》から飛び降《お》りると、圭史郎さんの前にひとつのスイカを押し出すようにする。

「けえ！　けえ！」

「おまえのお勧めはそれか。それと、この辺も良さそうだな」

「けえ」

圭史郎さんは、ひょいとけえちゃんを掴むとスイカの上にのせた。

「優香はそいつを持ってきてくれ。今夜の分を厨房《ちゅうぼう》で切ってみよう」

「わかりました。じゃあ、けえちゃんも一緒に行きましょうね」

けえちゃんは、こくりと頷《うなず》く。

かった。

「ん」

私はけえちゃんののったスイカを抱えると、圭史郎さんに続いて花湯屋の厨房《ちゅうぼう》へ向

長い夏の日がようやく暮れる。藍の天に瞬《また》く星と共に、銀山温泉のガス灯も橙色に輝く。

みんなの集まったあやかし食堂には歓声が湧いた。

「今夜の夕飯のデザートはスイカです」

私と圭史郎さんは、大皿に盛り付けたスイカをテーブルに置く。圭史郎さんと遊佐さんが厨房《ちゅうぼう》で切り分けてくれたのだ。私は包丁を扱うのは危ないとのことで、切ったスイカを盛り付ける係に徹した。

コロさんは運ばれてきたデザートのスイカの匂いを、黒い鼻でクンクンと嗅いでいる。

「スイカの甘い匂いがするよ。おいしそうだね」

三角に切られた真っ赤なスイカは艶々と煌《きら》めいている。まるで宝石の欠片を凝縮したかのような輝きだ。

子鬼の茜と蒼龍も、大皿にたくさん並べられたスイカの周囲を、瞳を輝かせながら飛び跳ねている。

「スイカだね、夏だね」

「スイカだね、おいしいよね。……あ、見てみろ。茜」

ふと気づいた蒼龍がスイカの狭間を指差す。

スイカに紛れた緑色のものが、もぞりと動いた。

「……けえ」

厨房《ちゅうぼう》では私の肩にとまって作業を眺めていたけえちゃんだけれど、いつのまにかスイカの陰に隠れていたらしい。

子鬼たちと同じサイズのけえちゃんは、おずおずと顔を出した。

「スイカのあやかしの、けえだね。あたしは茜」

「オレは蒼龍。けえも、スイカ食っていけよ」

茜と蒼龍に体ほどもある一切れのスイカを差し出されたけえちゃんは、きょろきょろと辺りを見回していたけれど、やがてスイカを受け取った。

「けえ！　けえ！」

何かを訴えるように、必死にけえちゃんはみんなに向かって声を上げている。

圭史郎さんはスイカを手にして、一口かじる。

「わかったよ。食べるから、けえも食べろ」

「圭史郎さんは、けえちゃんの言ってることがわかるんですか？」

「けえ、というのは山形弁で『どうぞ、お食べなさい』って意味だ。あやかしのけえは、割れて廃棄されたスイカから生まれた。食べてもらえなかった哀しみから、スイカを叩く音に合わせて声を出したり、けえと勧めたりするわけだ」

「……そうだったんですね」

けえちゃんは、みんなにスイカを食べてほしいのだ。

だからスイカを叩く音に合わせて、このスイカはおいしいよと懸命に声を上げていた。

「いただきます。けえちゃん」

「けえ、けえ！」

スイカの先端をかじると、瑞々しさが口の中に染み渡り、甘く溶けていく。

食べてもらうことのできなかったけえちゃんの哀しみが、少しでも薄れますように。

私はそう願いを込めながら、ありがたくスイカをいただいた。

みんながおいしそうにスイカを食べている姿を見て安心したらしいけえちゃんは、自らもスイカを頬張る。

「スイカ、おいしいね」

「甘くておいしいね」

「僕はスイカが大好きだよ。けえさんもおいしい？」

「ん」

子鬼たちやコロさんと一緒にスイカを食べるけえちゃんは楽しそうだ。

やがて大皿のスイカはすっかり平らげられた。

なぜかけえちゃんは不安げに両手を胸に抱いて、窓のほうを向いている。

「……けえ」

「けえ、畑に帰りたいのか？」

圭史郎さんの問いに、けえちゃんは必死に頷《うなず》く。

「おまえは畑の番人だからな。残ったスイカもきちんと全部食べるから、けえは畑に帰れよ」

「じゃあ、僕が送っていってあげるよ。僕は走るとすごく速いんだよ。けえさん、僕の背中にのってくれる？」

送りを申し出てくれたコロさんはお座りをする。けえちゃんは、ふさふさしたコロさんの背中によじ登った。

「ん」

ひとつ頷《うなず》いたけえちゃんは、しっかりとコロさんの背中に掴まっている。

私たちは花湯屋の臙脂《えんじ》の暖簾《のれん》をくぐり、見送りのため玄関の外に出る。夏の夜空には満天の星々が煌《きら》めいていた。

「じゃあ、行ってくるね」

「よろしくお願いします、コロさん。けえちゃんも気をつけてくださいね。スイカ、ごちそうさまでした」

手を振った私に応えるように、けえちゃんも緑色の手を挙げる。そして、けえちゃんは小さく呟いた。

「あり……がと」

走り出したコロさんが白銀橋を通り、坂の向こうに消えていく。

私と圭史郎さんは花湯屋の玄関先に並んで、その様子を見守っていた。

「けえちゃん……ありがとうって言ってくれました」

「あいつには、食べてもらえなかったという無念がある。そのうえ臆病なんだ。無害だが、哀しいあやかしだ」

私は無垢《むく》なけえちゃんが懸命にスイカを勧める様子を瞼《まぶた》の裏に思い返した。

「けえ」には哀しい運命を含めた様々な想いが込められているのだ。

スイカを残さずにおいしく食べてあげるのが、けえちゃんのためになる唯一の方法だと思えた。東京に住んでいた頃は無意識に食べていたスイカだけれど、今後は味わって食べよう。みんながおいしそうにスイカを食べていたときの笑顔と共に、私はそう胸に刻んだ。

「私……これからも圭史郎さんやコロさん、子鬼たちと一緒に、あやかしのお客様を花湯屋に迎え入れていきたいです。みなさんを癒していきたい。……いいですか？」

　私の知らないあやかしたち、そして彼らの抱える運命が、まだこの世界にはたくさん存在する。花湯屋の若女将として、これからもずっと、あやかしたちをおもてなししていきたい。

　圭史郎さんは見上げていた星空から視線を下ろすと、唇に弧を描いた。

「もちろんだ。俺も手伝わせてもらうよ。ずっとな」

「改めて、よろしくお願いします。圭史郎さん」

「ああ。俺のほうこそ、よろしく頼む」

　圭史郎さんは掌《てのひら》を差し出した。

　顔を見合わせた私たちは互いに笑みを浮かべながら、握手を交わす。

　銀山温泉街には涼しい夜風が吹き抜ける。

　煌《きら》めく灯火《ともしび》が闇夜を明るく照らしていた。

　私と圭史郎さんは銀山川の畔《ほとり》を散歩しながら、コロさんの帰りを待ち侘びていた。

　やがてけえちゃんを畑に送り届けたコロさんが戻り、迎え入れた私たちは臙脂《えんじ》の暖簾《のれん》をくぐる。

　銀山川のせせらぎは、さらさらと静かに流れて、悠久の音色を奏でていた。

Matsuda Shiyori
松田詩依
ようこそアヤカシ相談所へ
ようこそあやかしそうだんじょへ
やっと決まった
就職先は、幽霊達の
駆け込み寺でした……
アルファポリス
「第1回
キャラ文芸大賞」
優秀賞
作品!
失敗続きの就活に疲れ果てた女子大生・山上《やまがみ》静乃《しずの》は、ある日大学で出会った白髪の青年・倉下《くらした》から、「相談所職員募集中」と書かれた用紙を渡される。
断りきれず記載の場所を訪ねると、そこはなんとボロボロの廃ビル……しかも中で待っていたのは人間嫌いの所長・ササキと、個性豊かな幽霊達だった!
「あれ、私ひょっとして幽霊に好かれてる?」
自信を失いかけていた静乃が優しく幽霊に寄り添い、彼らの悩みを解決に導いていく——。
ようこそアヤカシ相談所へ
松田詩依
やっと決まった
就職先は、幽霊達の
駆け込み寺でした……
優秀賞
作品!
◎定価:本体640円+税
◎ISBN978-4-434-24938-9
◎Illustration:けーしん

化け猫の手を借りれば
キャッと驚く癒しの空間!?

古く寂れた喫茶店を実家に持つ鹿嶋美来《かしまみらい》は、ひょんなことから巨大な老猫を拾う。しかし、その猫はなんと人間の言葉を話せる猫の神様だった！ しかも元々美来が飼っていた黒猫も「実は自分は猫鬼《びょうき》だ」と喋り出し、仰天する羽目に。なんだかんだで化け猫二匹と暮らすことを決めた美来に、今度は父が実家の喫茶店を猫カフェにしたいと言い出した！ すると、猫神がさらに猫又《ねこまた》と仙狸《せんり》も呼び出し、化け猫一同でお客をおもてなしすることに——!?

◎定価：本体640円+税　◎ISBN978-4-434-24670-8

●illustration:pon-marsh

神様の棲む《かみさまのすむ》
猫じゃらし屋敷《ねこじゃらしやしき》
Masuo Kinoko
木乃子増緒
都会の路地を抜けると
神様が暮らしていました。

この作品に対する皆様のご意見・ご感想をお待ちしております。
おハガキ・お手紙は以下の宛先にお送りください。

【宛先】
〒150-6005 東京都渋谷区恵比寿 4-20-3 恵比寿ｶﾞｰﾃﾞﾝﾌﾟﾚｲｽﾀﾜｰ 5F
（株）アルファポリス　書籍感想係

メールフォームでのご意見・ご感想は右のＱＲコードから、
あるいは以下のワードで検索をかけてください。

アルファポリス　書籍の感想　検索

ご感想はこちらから

アルファポリス文庫

みちのく銀山温泉《ぎんざんおんせん》　あやかしお宿《やど》の若女将《わかおかみ》になりました

沖田弥子（おきた やこ）

2019年　7月 25日初版発行

編　集ー桐田千帆・宮田可南子
編集長ー太田鉄平
発行者ー梶本雄介
発行所ー株式会社アルファポリス
　〒150-6005 東京都渋谷区恵比寿4-20-3 恵比寿ｶﾞｰﾃﾞﾝﾌﾟﾚｲｽﾀﾜｰ5F
　TEL 03-6277-1601（営業）　03-6277-1602（編集）
　URL http://www.alphapolis.co.jp/
発売元ー株式会社星雲社
　〒112-0005 東京都文京区水道1-3-30
　TEL 03-3868-3275
装丁イラストー乃希
装丁デザインーAFTERGLOW
印刷ー中央精版印刷株式会社

価格はカバーに表示されてあります。
落丁乱丁の場合はアルファポリスまでご連絡ください。
送料は小社負担でお取り替えします。

ISBN978-4-434-26148-0 C0193